朱自清 / 著

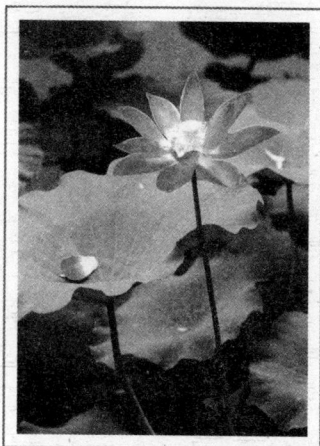

朱自清散文精选

ZHUZIQINGSANWENJINGXUAN

南京大学出版社

图书在版编目(CIP)数据

朱自清散文精选/朱自清著. - 南京:南京大学出版社,2009.4(2018.1 重印)
(青少年课外阅读系列丛书)
ISBN 978 - 7 - 305 - 05864 - 6

Ⅰ. 朱… Ⅱ. 朱… Ⅲ. 散文 - 作品集 - 中国 - 现代 Ⅳ. I266

中国版本图书馆 CIP 数据核字(2009)第 057854 号

出版发行 南京大学出版社
社　　址 南京市汉口路 22 号　　　　 邮　　编　210093
出 版 人 金鑫荣

丛 书 名 青少年课外阅读系列丛书
书　　名 朱自清散文精选
著　　者 朱自清
责任编辑 文　婷　　　　　　　 编辑热线　025 - 83206662
审读编辑 冯晓哲

照　　排 南京新洲印刷有限公司
印　　刷 皖南海峰印刷包装有限公司
开　　本 787 × 1092　1/16　　　印 张 12.25　　 字　数　180 千
版　　次 2009 年 4 月第 1 版　　 2018 年 1 月第 8 次印刷
ISBN 978 - 7 - 305 - 05864 - 6
定　　价 18.80 元

网　　址 http://www.njupco.com
官方微博 http://weibo.com/njupco
官方微信 njupress
销售咨询热线 025 - 66665152

前　言

朱自清,字佩弦,江苏海州人,我国著名文学家。留名青史得益于他优美的诗歌和散文以及他的民族气节。

人不可以没有灵魂,一个民族同样不可以没有灵魂。没有灵魂,就如同行尸走肉,更不用说进行创作,传之于后世了。身为作家的朱自清,是一个有着高洁灵魂,有着强烈的民族气节,把道义置于生命之上的人。在身染重病之时,做出几乎是舍弃生命的举动,拒绝了美国的援助粮食。作为一个文人,舍生取义,定当永垂不朽。

朱自清最为著名的两篇作品——《荷塘月色》和《背影》——分别代表了他的两种散文风格:一是感性的丰富的想象力和形象的描摹能力,文学语言的成就是相当高的,类似的作品还有《桨声灯影里的秦淮河》;二是《背影》所叙述的则是最真挚的人间真情,语言是质朴的,但是情感是温暖感人的,人性的光辉无论什么时候都是最值得赞颂的,所以要把《背影》作为朱自清散文最高成就的代表作,也毫无不妥。同样是记录自身情感的《儿女》,但是从父亲的角度来写,充满了慈爱和悔恨的情绪,让人动容。曾经出国游学的经历,让朱自清留下诸多外国的游记,他所描绘的当时的欧洲,英国、意大利的城市,通过其精湛的描写,给人身临其境的感受。对于其学者的身份,散文集还选取了真正具有学术意义的《你我》等文,浅显易懂的语言,深刻的学术内涵,对于长期学习基础课程的中学生和即将或者正在接受高等教育的大学生都具有很好的示范作用。

目 录

背影 / 1

看花 / 2

旅行杂记 / 6

择偶记 / 11

匆匆 / 14

重庆行记 / 15

沉默 / 21

论无话可说 / 23

论自己 / 25

论吃饭 / 27

论雅俗共赏 / 31

论青年 / 36

论诚意 / 39

论气节 / 42

荷塘月色 / 45

执政府大屠杀记 / 47

春 / 54

说扬州 / 55

哀韦杰三君 / 57

很好 / 60

不知道 / 63

温州的踪迹 / 67

我是扬州人 / 73

文学的标准与尺度 / 76

三家书店 / 82

如面谈 / 88

动乱时代 / 95

一封信 / 97

赠言 / 100

桨声灯影里的秦淮河 / 101

巴黎 / 107

博物院 / 123

圣诞节 / 129

罗马 / 132

话中有鬼 / 138

乞丐 / 140

憎 / 142

我所见的叶圣陶 / 145

女人 / 148

儿女 / 153

白采 / 158

你我 / 161

佛罗伦萨 / 172

撩天儿 / 175

论书生的酸气 / 181

说梦 / 187

加尔东尼市场 / 189

背　影

　　我与父亲不相见已二年余了，我最不能忘记的是他的背影。那年冬天，祖母死了，父亲的差使也交卸了，正是祸不单行的日子，我从北京到徐州，打算跟着父亲奔丧回家。到徐州见着父亲，看见满院狼藉的东西，又想起祖母，不禁簌簌地流下眼泪。父亲说，"事已如此，不必难过，好在天无绝人之路！"

　　回家变卖典质，父亲还了亏空；又借钱办了丧事。这些日子，家中光景很是惨淡，一半为了丧事，一半为了父亲赋闲。丧事完毕，父亲要到南京谋事，我也要回北京念书，我们便同行。

　　到南京时，有朋友约去游逛，勾留了一日；第二日上午便须渡江到浦口，下午上车北去。父亲因为事忙，本已说定不送我，叫旅馆里一个熟识的茶房陪我同去。他再三嘱咐茶房，甚是仔细。但他终于不放心，怕茶房不妥帖，颇踌躇了一会。其实我那年已二十岁，北京已来往过两三次，是没有什么要紧的了。他踌躇了一会，终于决定还是自己送我去。我两三回劝他不必去；他只说，"不要紧，他们去不好！"

　　我们过了江，进了车站。我买票，他忙着照看行李。行李太多了，得向脚夫行些小费，才可过去。他便又忙着和他们讲价钱。我那时真是聪明过分，总觉他说话不大漂亮，非自己插嘴不可。但他终于讲定了价钱；就送我上车。他给我拣定了靠车门的一张椅子，我将他给我做的紫毛大衣铺好座位。他嘱我路上小心，夜里警醒些，不要受凉。又嘱托茶房好好照应我。我心里暗笑他的迂，他们只认得钱，托他们直是白托！而且我这样大年纪的人，难道还不能料理自己么？唉，我现在想想，那时真是太聪明了！

　　我说道，"爸爸，你走吧。"他望车外看了看，说，"我买几个橘子去。你就在此地，不要走动。"我看那边月台的栅栏外有几个卖东西的等着顾客。走到那边月台，须穿过铁道，须跳下去又爬上去。父亲是一个胖子，走过去自然要费事些。我本来要去的，他不肯，只好让他去。我看见他戴着黑布小帽,穿着黑布大马褂,深青布棉袍,蹒跚地走到铁道边,慢慢探身下去,尚不大难。可是他穿过铁道,要爬上那边月台,就不容易了。他用两手攀着上面,两脚再向上缩,他肥胖的身子向左微倾,显出努力的样子。这时我看见他的背影,我的泪很快地流下来了。我赶紧拭干了泪,怕他看见,也怕别人看见。我再向外看时,他已抱了朱红的橘子往回走了。过铁道时,他先将橘子散放在地上,自已慢慢爬下,再抱起橘子走。到这边时,我赶紧去搀他。他和我走到车上,将橘子一股脑儿放在我的皮大衣上。于是扑扑衣上的泥土,心里很轻松似的,过一会说:"我走了,到那边来信!"我望着他走出去。他走了几步,回过头看见我,说:"进去吧,里边没人。"等他的背影混入来来往往的人里,再找不着了,我便进来坐下,我的眼泪又来了。

近几年来,父亲和我都是东奔西走,家中光景是一日不如一日。他少年出外谋生,独力支持,做了许多大事。哪知老境却如此颓唐!他触目伤怀,自然情不能自已。情郁于中,自然要发之于外,家庭琐屑便往往触他之怒。他待我渐渐不同往日。但最近两年的不见,他终于忘却我的不好,只是惦记着我,惦记着我的儿子。我北来后,他写了一信给我,信中说道,"我身体平安,唯膀子疼痛厉害,举箸提笔,诸多不便,大约大去之期不远矣。"我读到此处,在晶莹的泪光中,又看见那肥胖的,青布棉袍,黑布马褂的背影。唉!我不知何时再能与他相见!

看　花

生长在大江北岸一个城市里,那儿的园林本是著名的,但近来却很少;似乎自幼就不曾听见过"我们今天看花去"一类话,可见花事是不盛的。

有些爱花的人,大都只是将花栽在盆里,一盆盆搁在架上;架子横放在院子里。

院子照例是小小的，只够放下一个架子；架上至多搁二十多盆花罢了。

有时院子里依墙筑起一座"花台"，台上种一株开花的树；也有在院子里地上种的。但这只是普通的点缀，不算是爱花。

家里人似乎都不甚爱花，父亲只在领我们上街时，偶然和我们到"花房"里去过一两回。

但我们住过一所房子，有一座小花园，是房东家的。那里有树，有花架（大约是紫藤花架之类），但我当时还小，不知道那些花木的名字，只记得爬在墙上的是蔷薇而已。

园中还有一座太湖石堆成的洞门；现在想来，似乎也还好的。在那时由一个顽皮的少年仆人领了我去，却只知道跑来跑去捉蝴蝶；有时掐下几朵花，也只是随意按弄着，随意丢弃了。

至于领略花的趣味，那是以后的事：夏天的早晨，我们那地方有乡下的姑娘在各处街巷，沿门叫着，"卖栀子花来。"栀子花不是什么高品，但我喜欢那白而晕黄的颜色和那肥肥的个儿，正和那些卖花的姑娘有着相似的韵味。

栀子花的香，浓而不烈，清而不淡，也是我乐意的。我这样便爱起花来了。

也许有人会问，"你爱的不是花吧？"这个我自己其实也已不大弄得清楚，只好存而不论了。

在高小的一个春天，有人提议到城外 F 寺里吃桃子去，而且预备白吃，不让吃就闹一场，甚至打一架也不在乎。

那时虽远在五四运动以前，但我们那里的中学生却常有打进戏园看白戏的事。中学生能白看戏，小学生为什么不能白吃桃子呢？我们都这样想，便由那提议人纠合了十几个同学，浩浩荡荡地向城外而去。

到了 F 寺，气势不凡地呵叱着道人们（我们称寺里的工人为道人），立刻领我们向桃园里去。道人们踌躇着说："现在桃树刚才开花呢。"但是谁信道人们的话？我们终于到了桃园里。大家都丧了气，原来花是真开着呢！这时提议人 P 君便去折花。道人们是一直步步跟着的，立刻上前劝阻，而且用起手来。但P君是我们中最不好惹的；"说时迟，那时快"，一眨眼，花在他的手里，道人已跟跄在一旁了。

那一园子的桃花，想来总该有些可看，我们却谁也没有想着去看。只嚷着，"没有桃子，得沏茶喝！"道人们满肚子委屈地引我们到"方丈"里，大家各喝一大杯茶。这才平了气，谈谈笑笑地进城去。

大概我那时还只懂得爱一朵朵的栀子花，对于开在树上的桃花，是并不了然的，所以眼前的机会，便从眼前错过了。

以后渐渐念了些看花的诗，觉得看花颇有些意思。但到北平读了几年书，却只到过崇效寺一次，而去得又嫌早些，那有名的一株绿牡丹还未开呢。

北平看花的事很盛，看花的地方也很多，但那时热闹的似乎也只有一班诗人名士，其余还是不相干的。那正是新文学运动的起头，我们这些少年，对于旧诗和那一班诗人名士，实在有些不敬；而看花的地方又都远不可言，我是一个懒人，便干脆地断了那条心了。

后来到杭州做事，遇见了Y君，他是新诗人兼旧诗人，看花的兴致很好。我和他常到孤山去看梅花。孤山的梅花是古今有名的，但太少；又没有临水的，人也太多。

有一回坐在放鹤亭上喝茶，来了一个方面有须，穿着花缎马褂的人，用湖南口音和人打招呼道，"梅花盛开嗒！""盛"字说得特别重，使我吃了一惊，但我吃惊的也只是说在他嘴里"盛"这个声音罢了，花的盛不盛，在我倒并没有什么的。

有一回，Y来说，灵峰寺有三百株梅花；寺在山里，去的人也少。我和Y，还有N君，从西湖边雇船到岳坟，从岳坟入山。曲曲折折走了好一会，又上了许多石级，才到山上寺里。

寺甚小，梅花便在大殿西边园中。园也不大，东墙下有三间净室，最宜喝茶看花；北边有座小山，山上有亭，大约叫"望海亭"吧，望海是未必，但钱塘江与西湖是看得见的。

梅树确是不少，密密地低低地整列着。那时已是黄昏，寺里只我们三个游人；梅花并没有开，但那珍珠似的繁星似的骨朵儿，已经够可爱了；我们都觉得比孤山上盛开时有味。大殿上正做晚课，送来梵呗的声音，和着梅林中的暗香，真叫我们舍不得回去。在园里徘徊了一会，又在屋里坐了一会，天是黑定了，又没有月色，我们向庙里要了一个旧灯笼，照着下山。

路上几乎迷了道，又两次三番地狗咬，我们的 Y 诗人确有些窘了，但终于到了岳坟。

船夫远远迎上来道："你们来了，我想你们不会冤我呢!"在船上，我们还不离口地说着灵峰的梅花，直到湖边电灯光照到我们的眼。

Y 回北平去了，我也到了白马湖。那边是乡下，只有沿湖与杨柳相间着种了一行小桃树，春天花发时，在风里娇媚地笑着。还有山里的杜鹃花也不少。

这些日日在我们眼前，从没有人像煞有介事地提议，"我们看花去。"但有一位 S 君，却特别爱养花;他家里几乎是终年不离花的。我们上他家去，总看他在那里不是拿着剪刀修理枝叶，便是提着壶浇水。我们常乐意看着。他院子里一株紫薇花很好，我们在花旁喝酒，不知多少次。

白马湖住了不过一年，我却传染了他那爱花的嗜好。但重到北平时，住在花事很盛的清华园里，接连过了三个春，却从未想到去看一回。

只在第二年秋天，曾经和孙三先生在园里看过几次菊花。"清华园之菊"是著名的，孙三先生还特地写了一篇文，画了好些画。但那种一盆一干一花的养法，花是好了，总觉没有天然的风趣。直到去年春天，有了些余闲，在花开前，先向人问了些花的名字。

一个好朋友是从知道姓名起的，我想看花也正是如此。恰好 Y 君也常来园中，我们一天三四趟地到那些花下去徘徊。今年 Y 君忙些，我便一个人去。

我爱繁花老干的杏，临风婀娜的小红桃，贴梗累累如珠的紫荆;但最恋恋的是西府海棠。海棠的花繁得好，也淡得好;艳极了，却没有一丝荡意。疏疏的高干子，英气隐隐逼人。可惜没有趁着月色看过;王鹏运有两句词道:"只愁淡月朦胧影，难验微波上下潮。"我想月下的海棠花，大约便是这种光景吧。

为了海棠，前两天在城里特地冒了大风到中山公园去，看花的人倒也不少;但不知怎的，却忘了畿辅先哲祠。Y 告我那里的一株，遮住了大半个院子，别处的都向上长，这一株却是横里伸张的。花的繁没有法说，海棠本无香,昔人常以为恨,这里花太繁了,却酝酿出一种淡淡的香气,使人久闻不倦。

Y告我,正是刮了一日还不息的狂风的晚上,他是前一天去的。他说他去时地上已有落花了,这一日一夜的风,准完了。他说北平看花,是要赶着看的:春光太短了,又晴的日子多;今年算是有阴的日子了,但狂风还是逃不了的。我说北平看花,比别处有意思,也正在此。

这时候,我似乎不甚菲薄那一班诗人名士了。

旅 行 杂 记

这次中华教育改进社在南京开第三届年会,我也想观观光;故"不远千里"的从浙江赶到上海,决于七月二日附赴会诸公的车尾而行。

一 殷勤的招待

七月二日正是浙江与上海的社员乘车赴会的日子。在上海这样大车站里,多了几十个改进社社员,原也不一定能够显出什么异样;但我却觉得确乎是不同了,"一时之盛"的光景,在车站的一角上,是显然可见的。这是在茶点室的左边;那里丛着一群人,正在向两位特派的招待员接洽。壁上贴着一张黄色的磅纸,写着龙蛇飞舞的字:"二等四元□,三等二元□。"两位招待员开始执行职务了;这时已是六点四十分,离开车还有二十分钟了。招待员所应做的第一大事,自然是买车票。买车票是大家都会的,买半票却非由他们二位来"优待"一下不可。"优待"可真不是容易的事!他们实行"优待"的时候,要向每个人取名片,票价,——还得找钱。他们往返于茶点室和售票处之间,少说些,足有二十次!他们手里是拿着一叠名片和钞票洋钱;眼睛总是张望着前面,仿佛遗失了什么,急急寻觅一样;面部筋肉平板地紧张着;手和足的运动都像不是他们自己的,好容易费了二虎之力，居然买了几张票，凭着名片分发了。每次分发时，各位候补人都一拥而上。等到得不着票子，便不免有了三三两两的怨声了。那两位招待员买票事大，却也顾不得这些。可是钟走得真快，不觉七点还欠五分了。这时票子还有许多人没买着，大家都着急；而招待员竟不出来！有的人急忙寻着他们，情愿取回了钱，自买全票；有的向他们顿足舞手的责备着。他们却只是忙着照名片退钱，一言不发。——真好性儿！于是大家三步并作两步，自己去买票子；这一挤非同小可！我除照付票价外，还出了一身大汗，才弄到一张三等车票。这时候对两位招待员的怨声真载道了，"这样的饭桶！""真饭桶！""早做什么事的？""六点钟就来了，还是自己买票，冤不冤！"我猜想这时候两位招待员的耳朵该有些儿热了。其实我倒能原谅他们，无论招待的成绩如何，他们的眼睛和腿总算忙得可以了，这也总算是殷勤了；他们也可以对得起改进社了，改进社也可以对得起他们的社员了。——上车后，车就开了；有人问，"两个饭桶来了没有？""没有吧！"车是开了。

二 "躬逢其盛"

七月二日的晚上，花了约摸一点钟的时间，才在大会注册组买了一张旁听的标志。这个标志很不漂亮，但颇有实用。七月三日早晨的年会开幕大典，我得躬逢其盛，全靠着它呢。

七月三日的早晨，大雨倾盆而下。这次大典在中正街公共讲演厅举行。该厅离我所住的地方有六七里路远；但我终于冒了狂风暴雨，乘了黄包车赴会。在这一点上，我的热心决不下于社员诸君的。

到了会场门口。早已停着许多汽车，马车；我知道这确乎是大典了。走进会场，坐定细看，一切都很从容，似乎离开会的时间还远得很呢！虽然规定的时间已经到了。楼上正中是女宾席，似乎很是寥寥；两旁都是军警席——正和楼下的两旁一样。一个黑色的警察，间着一个灰色的兵士，静默的立着。他们大概不是来听讲的，因为既没有赛瓷的社员徽章，又没有和我一样的旁听标志，而且也没有真正的"席"——座位。（我所谓"军警席"，是就实际而言，当时场中并无此项名义，合行声明。）听说督军、省长都要"驾临"该场；他们原是保卫"两长"来的，他们原是监视我们来的，好一个武装的会场！

那时"两长"未到，盛会还未开场；我们忽然要做学生了！一位教员风的女士走上台来，像一道光闪在听众的眼前；她请大家练习《尽力中华》歌。大家茫然的立起，跟着她唱。但"出其不意，攻其不备"，有些人不敢高唱，有些人竟唱不出。所以唱完的时候，她温和地笑着向大家说："这回太低了，等等再唱一回。"她轻轻地鞠了躬，走了。等了一等，她果然又来了。说完"一——二——三——四"之后，《尽力中华》的歌声果然很响地起来了。她将左手插在腰间，右手上下的挥着，表示节拍；挥手的时候，腰部以上也随着微微的向左右倾侧，显出极为柔软的曲线；她的头略略偏右仰着，嘴唇轻轻的动着，嘴唇以上，尽是微笑。唱完时，她仍笑着说，"好些了，等等再唱。"再唱的时候，她拍着两手，发出清脆的响，其余和前回一样。唱完，她立刻又"一——二——三——四"的要大家唱。大家似乎很惊愕，似乎她真看得大家和学生一样了；但是半秒钟的惊愕与不耐以后，终于又唱起来了——自然有一部分人，因疲倦而休息。于是大家的临时的学生时代告终。不一会，场中忽然纷扰，大家的视线都集中在东北角上；这是齐督军，韩省长来了，开会的时间真到了！

空空的讲坛上，这时竟济济一台了。正中有三张椅子，两旁各有一排椅子，正中的三人是齐燮元，韩国钧，另有一个西装少年；后来他演说，才知是"高督办"——就是讳"恩洪"的了——的代表。这三人端坐在台的正中，使我联想到大雄宝殿上的三尊佛像；他们虽坦然的坐着，我却无端的为他们"惶恐"着。——于是开会了，照着秩序单进行。详细的情形，有各报记述可看，毋庸在下再来饶舌。现在单表齐燮元，韩国钧和东南大学校长郭秉文博士的高论。齐燮元究竟是督军兼巡阅使，他的声音是加倍的洪亮；那时场中也特别肃静——齐燮元究竟与众不同呀！他咬字眼儿真咬得清白；他的话是"字本位"，是一个字一个字吐出来的。字与字间的时距，我不能指明，只觉比普通人说话延长罢了；最令我惊异而且焦躁的，是有几句说完之后。那时我总以为第二句应该开始了，岂知一等不来，二等不至，三等不到；他是在唱歌呢，这儿碰着全休止符了！等到三等等完，四拍拍毕，第二句的第一个字才姗姗的来了。

这其间至少有一分钟；要用主观的计时法，简直可说足有五分钟！说来说去,究竟他说的是什么呢? 我恭恭敬敬地答道:半篇八股! 他用拆字法将"中华教育改进社"一题拆为四段:先做"教育"二字,是为第一股;次做"教育改进",是为第二股;"中华教育改进"是第三股;加上"社"字,是第四股。层层递进,如他由督军而升巡阅使一样。齐燮元本是廪贡生,这类文章本是他的拿手戏;只因时代维新,不免也要改良一番,才好应世;八股只剩了四股,大约便是为此了。

最叫我不忘记的,是他说完后的那一鞠躬。那一鞠躬真是与众不同,鞠下去时,上半身全与讲桌平行,我们只看见他一头的黑发;他然后慢慢地立起退下。这其间费了普通人三个一鞠躬的时间,是的的确确的。接着便是韩国钧了。他有一篇改进社开会词,是开会前已分发了的。里面曾有一节,论及现在学风的不良,颇有痛心疾首之概。我很想听听他的高见。但他却不曾照本宣扬,他这时另有一番说话。他也经过了许多时间;但不知是我的精神不济,还是另有原因,我毫没有领会他的意思。只有煞尾的时候,他提高了喉咙,我也竖起了耳朵,这才听见他的警句了。他说:"现在政治上南北是不统一的。今天到会诸君,却南北都有,同以研究教育为职志,毫无畛域之见。可见统一是要靠文化的,不能靠武力!"这最后一句话确是漂亮,赢得如雷的掌声和许多轻微的赞叹。他便在掌声里退下。这时我们所注意的,是在他肘腋之旁的齐燮元;可惜我眼睛不佳,不能看到他面部的变化,因而他的心情也不能详说:这是很遗憾的。于是——是我行文的"于是",不是事实的"于是",请注意——来了郭秉文博士。他说,我只记得他说,"青年的思想应稳健,正确。"旁边有一位告诉我说:"这是齐燮元的话。"但我却发见了,这也是韩国钧的话,便是开会辞里所说的。究竟是谁的话呢? 或者是"英雄所见,大略相同"么? 这却要请问郭博士自己了。但我不能明白:什么思想才算正确和稳健呢? 郭博士的演说里不曾下注脚,我也只好终于莫测高深了。

还有一事,不可不记。在那些点缀会场的警察中,有一个瘦长的,始终笔直地站着,几乎不曾移过一步,真像石像一般,有着可怕的静默。我最佩服他那昂着的头和垂着的手;那天真苦了他们三位了! 另有一个警官,也颇可观。他那肥硕的身体,凸出的肚皮,老是背着的双手,和那微微仰起的下巴,高高翘着的仁丹胡子,以及胸前累累挂着的徽章——那天场中,这后两件是他所独有的——都显出他的身份和骄傲。他在楼下左旁往来的徘徊着,似乎在督率着他的部下。我不能忘记他。

三　第三人称

七月四日,正式开会。社员全体大会外,便是许多分组会议。我们知道全体大会不过是那么回事,值得注意的是后者。我因为也忝然的做了国文教师,便决然无疑地投到国语教学组旁听。不幸听了一次,便生了病,不能再去。那一次所议的是"采用他,她,牠案"(大意如此,原文忘记了);足足议了两个半钟头,才算不解决地解决了。这次讨论,总算详细已极,无微不至;在讨论时,很有几位英雄,舌本翻澜,妙绪环涌,使得我茅塞顿开,摇头佩服。这不可以不记。

其实我第一先应该佩服提案的人!在现在大家已经"采用""他,她,"的时候,他才从容不迫地提出了这件议案,真可算得老成持重,"不敢为天下先",确遵老子遗训的了。在我们礼仪之邦,无论何处,时间先生总是要先请一步的;所以这件议案不因为他的从容而被忽视,反因为他的从容而被尊崇,这就是所谓"让德"。且看当日之情形,谁不兴高而采烈?便可见该议案的号召之力了。本来呢,"新文学"里的第三人称代名词也太分歧了!既"她""伊"之互用,又"牠""它"之不同,更有"佢""彼"之流,蹿跳其间;于是乎乌烟瘴气,一塌糊涂!提案人虽只为辨"性"起见,但指定的三字,皆属于也字系统,俨然有正名之意。将来"也"字系统若竟成为正统,那开创之功一定要归于提案人的。提案人有如彼的力量,如此的见解,怎不教人佩服?

讨论的中心点是在女人,就是在"她"字。"人"让他站着,"牛"也让它站着;所饶不过的是"女"人,就是"她"字旁边立着的那"女"人!于是辩论开始了。一位教师说,"据我的'经验,女学生总不喜欢'她'字——男人的'他',只标一个'人'字旁,女子的'她',却特别标一个'女'字旁,表明是个女人;这是她们所不平的!我发出的讲义,上面的'他'字,她们常常要将'人'字旁改成'男'字旁,可以见她们报复的意思了。"大家听了,都微微笑着,像很有味似的。另一位却起来驳道,"我也在女学堂教书,却没有这种情形!"海格尔的定律不错,调和派来了,他说,"这本来有两派:用文言的欢喜用'伊'字,如周作人先生便是;用白话的欢喜用'她'字,'伊'字用的少些;其实两个字都是一样的。""用文言的欢喜用'伊'字",这句话却有意思!文言里间或有"伊"字看见,这是真理;但若说那些"伊"都是女人,那却不免委屈了许多男人!周作人先生提倡用"伊"字也是实,但只是用在白话里;我可保证,他决不曾有什么"用文言"的话!而且若是主张"伊"字用于文言,那和主张人有两只手一样,何必周先生来提倡呢?于是又冤枉了周先生!——调和终于无效,一位女教师立起来了。大家都倾耳以待,因为这是她们的切身问题,必有一番精当之论!她说话快极了,我听到的警句只是,"历来加'女'字旁的字都是不好的字;'她'字是用不得的!"一位"他"立刻驳道,"'好'字岂不是'女'字旁么?"大家都大笑了,在这大笑之中。忽有苍老的声音:"我看'他'字譬如我们普通人坐三等车;'她'字加了'女'字旁,是请她们坐二等车,有什么不好呢?"这回真哄堂了,有几个人笑得眼睛亮晶晶的,眼泪几乎要出来;真是所谓"笑中有泪"了。后来的情形可有些模糊,大约便在谈笑中收了场;于是乎一幕喜剧告成。

"二等车","三等车"这一个比喻,真是新鲜,足为修辞学开一崭新的局面,使我有永远的趣味。从前贾宝玉说男人的骨头是泥做的,女人的骨头是水做的,至今传为佳话;现在我们的辩士又发明了这个"二三等车"的比喻,真是媲美前修,启迪来学了。但这个"二三等之别"究竟也有例外;我离开南京那一晚,明明在三等车上看见三个"她"!我想:"她""她""她"何以不坐二等车呢?难道客气不成?——那位辩士的话应该是不错的!

择 偶 记

自己是长子长孙,所以不到十一岁就说起媳妇来了。那时对于媳妇这件事简直茫然,不知怎么一来,就已经说上了。是曾祖母娘家人,在江苏北部一个小县份的乡下住着。

家里人都在那里住过很久，大概也带着我；只是太笨了，记忆里没有留下一点影子。

祖母常常躺在烟榻上讲那边的事，提着这个那个乡下人的名字。起初一切都像只在那白腾腾的烟气里。

日子久了，不知不觉熟悉起来了，亲昵起来了。除了住的地方，当时觉得那叫做"花园庄"的乡下实在是最有趣的地方了。因此听说媳妇就定在那里，倒也仿佛理所当然，毫无意见。

每年那边田上有人来，蓝布短打扮，衔着旱烟管，带好些大麦粉，白薯干儿之类。他们偶然也和家里人提到那位小姐，大概比我大四岁，个儿高，小脚；但是那时我热心的其实还是那些大麦粉和白薯干儿。

记得是十二岁上，那边捎信来，说小姐痨病死了。家里并没有人叹惜；大约他们看见她时她还小，年代一多，也就想不清是怎样一个人了。

父亲其时在外省做官，母亲颇为我亲事着急，便托了常来做衣服的裁缝做媒。为的是裁缝走的人家多，而且可以看见太太小姐。主意并没有错，裁缝来说一家人家，有钱，两位小姐，一位是姨太太生的；他给说的是正太太生的大小姐。他说那边要相亲。

母亲答应了，定下日子，由裁缝带我上茶馆。记得那是冬天，到日子母亲让我穿上枣红宁绸袍子，黑宁绸马褂，戴上红帽结儿的黑缎瓜皮小帽，又叮嘱自己留心些。茶馆里遇见那位相亲的先生，方面大耳，同我现在年纪差不多，布袍布马褂，像是给谁穿着孝。这个人倒是慈祥的样子，不住地打量我，也问了些念什么书一类的话。

回来裁缝说人家看得很细：说我的"人中"长，不是短寿的样子，又看我走路，怕脚上有毛病。总算让人家看中了，该我们看人家了。母亲派亲信的老妈子去。老妈子的报告是，大小姐个儿比我大得多，坐下去满满一圈椅；二小姐倒苗苗条条的。母亲说胖了不能生育，像亲戚里谁谁谁；教裁缝说二小姐。那边似乎生了气，不答应，事情就搁了。

母亲在牌桌上遇见一位太太，她有个女儿，透着聪明伶俐。母亲有了心，回家说那姑娘和我同年，跳来跳去的，还是个孩子。隔了些日子，便托人探探那边口气。

那边做的官似乎比父亲的更小，那时正是光复的前年，还讲究这些，所以他们乐意做这门亲。事情已到九成九，忽然出了岔子。本家叔祖母用的一个寡妇老妈子熟悉这家子的事，不知怎么教母亲打听着了。叫她来问，她的话遮遮掩掩的。到底问出来了，原来那小姑娘是抱来的，可是她一家很宠她，和亲生的一样。

母亲心冷了。过了两年，听说她已生了痨病，吸上鸦片烟了。母亲说，幸亏当时没有定下来。我已懂得一些事了，也这么想着。

光复那年，父亲生伤寒病，请了许多医生看。最后请着一位武先生，那便是我后来的岳父。

有一天，常去请医生的听差回来说，医生家有位小姐。父亲既然病着，母亲自然更该担心我的事。一听这话，便追问下去。听差原只顺口谈天，也说不出个所以然。

母亲便在医生来时，教人问他轿夫，那位小姐是不是他家的。轿夫说是的。母亲便和父亲商量，托舅舅问医生的意思。那天我正在父亲病榻旁，听见他们的对话。

舅舅问明了小姐还没有人家，便说，像 X 翁这样人家怎么样？医生说，很好呀。话到此为止，接着便是相亲；还是母亲那个亲信的老妈子去。这回报告不坏，说就是脚大些。事情这样定局，母亲教轿夫回去说，让小姐裹上点儿脚。妻嫁过来后，说相亲的时候早躲开了，看见的是另一个人。

至于轿夫捎的信儿，却引起了一段小小风波。岳父对岳母说，早教你给她裹脚，你不信；瞧，人家怎么说来着！岳母说，偏偏不裹，看他家怎么样！可是到底采取了折中的办法，直到妻嫁过来的时候。

匆　匆

燕子去了，有再来的时候；杨柳枯了，有再青的时候；桃花谢了，有再开的时候。

但是，聪明的，你告诉我，我们的日子为什么一去不复返呢？——是有人偷了他们罢：那是谁？又藏在何处呢？是他们自己逃走了罢：现在又到了哪里呢？

我不知道他们给了我多少日子；但我的手确乎是渐渐空虚了。

在默默里算着，八千多日子已经从我手中溜去；像针尖上一滴水滴在大海里，我的日子滴在时间的流里，没有声音，也没有影子。我不禁头涔涔而泪潸潸了。去的尽管去了，来的尽管来着；去来的中间，又怎样地匆匆呢？早上我起来的时候，小屋里射进两三方斜斜的太阳。太阳他有脚啊，轻轻悄悄地挪移了；我也茫茫然跟着旋转。

于是——洗手的时候，日子从水盆里过去；吃饭的时候，日子从饭碗里过去；默默时，便从凝然的双眼前过去。

我觉察他去的匆匆了，伸出手遮挽时，他又从遮挽着的手边过去，天黑时，我躺在床上，他便伶伶俐俐地从我身上跨过，从我脚边飞去了。

等我睁开眼和太阳再见，这算又溜走了一日。我掩着面叹息。但是新来的日子的影儿又开始在叹息里闪过了。

在逃去如飞的日子里，在千门万户的世界里的我能做些什么呢？只有徘徊罢了，只有匆匆罢了；在八千多日的匆匆里，除徘徊外，又剩些什么呢？过去的日子如轻烟，被微风吹散了，如薄雾，被初阳蒸融了；我留着些什么痕迹呢？我何曾留着像游丝样的痕迹呢？我赤裸裸来到这世界，转眼间也将赤裸裸的回去罢？但不能平的，为什么偏要白白走这一遭啊？

你聪明的，告诉我，我们的日子为什么一去不复返呢？

重庆行记

　　这回暑假到成都看看家里人和一些朋友，路过陪都，停留了四日。每天真是东游西走，几乎车不停轮，脚不停步。重庆真忙，像我这个无事的过客，在那大热天里，也不由自主的好比在旋风里转，可见那忙的程度。这倒是现代生活现代都市该有的快拍子。忙中所见，自然有限，并且模糊而不真切。但是换了地方，换了眼界，自然总觉得新鲜些，这就乘兴记下了一点儿。

飞

　　我从昆明到重庆是飞的。人们总羡慕海阔天空，以为一片茫茫，无边无界，必然大有可观。因此以为坐海船坐飞机是"不亦快哉"！其实也未必然。晕船晕机之苦且不谈，就是不晕的人或不晕的时候，所见虽大，也未必可观。海洋上见的往往是一片汪洋，水，水，水。当然有浪，但是浪小了无可看，大了无法看——那时得躲进舱里去。船上看浪，远不如岸上，更不如高处。海洋里看浪，也不如江湖里，海洋里只是水，只是浪，显不出那大气力。江湖里有的是遮遮碍碍的，山哪，城哪，什么的，倒容易见出一股劲儿。"江间波浪兼天涌"为的是巫峡勒住了江水；"波撼岳阳城"，得有那岳阳城，并且得在那岳阳城楼上看。

　　不错，海洋里可以看日出和日落，但是得有运气。日出和日落全靠云霞烘托才有意思。不然，一轮呆呆的日头简直是个大傻瓜！云霞烘托虽也常有，但往往淡淡的，懒懒的，那还是没意思。得浓，得变，一眨眼一个花样，层出不穷，才有看头。这是可遇而不可求的。平生只见过两回的落日，都在陆上，不在水里。水里看见的，日出也罢，日落也罢，只是些傻瓜而已。这种奇观若是有意为之，大概白费气力居多。有一次大家在衡山上看日出，起了个大清早等着。出来了，出来了，有些人跳着嚷着。那时一丝云彩没有，日光直射，教人睁不开眼，不知那些人看到了些什么，那么跳跳嚷嚷的，许是在自己催眠吧。自然，海洋上也有美丽的日落和日出，见于记载的也有。但是得有运气,而有运气的并不多。

赞叹海的文学,描摹海的艺术,创作者似乎是在船里的少,在岸上的多。海太大太单调,真正伟大的作家也许可以单刀直入,一般离了岸却掉不出枪花来,像变戏法的离开了道具一样。这些文学和艺术引起未曾航海的人许多幻想,也给予已经航海的人许多失望。天空跟海一样,也大也单调。日月星的,云霞的文学和艺术似乎不少,都是下之视上,说到整个儿天空的却不多。星空,夜空还见点儿,昼空除了"青天""明蓝的晴天"或"阴沉沉的天"一类词儿之外,好像再没有什么说的。但是初次坐飞机的人虽无多少文学艺术的背景帮助他的想象,却总还有那"天宽任鸟飞"的想象;加上别人的经验,上之视下,似乎不只是苍苍而已,也有那翻腾的云海,也有那平铺的锦绣。这就够揣摩的。

但是坐过飞机的人觉得也不过如此,云海飘飘拂拂的弥漫了上下四方,的确奇。可是高山上就可以看见;那可以是云海外看云海,似乎比飞机上云海中看云海还清切些。苏东坡说得好:"不识庐山真面目,只缘身在此山中。"飞机上看云,有时却只像一堆堆破碎的石头,虽也算得天上人间,可是我们还是愿看流云和停云,不愿看那死云,那荒原上的乱石堆。至于锦绣平铺,大概是有的,我却还未眼见。我只见那"亚洲第一大水扬子江"可冷得像条臭水沟似的。城市像地图模型,房屋像儿童玩具,也多少给人滑稽感。自己倒并不觉得怎样渺小,却只不明白自己是什么玩意儿。假如在海船里有时会觉得自己是傻子,在飞机上有时也会觉得自己是丑角吧。然而飞机快是真的,两点半钟,到重庆了,这倒真是个"不亦快哉"!

热

昆明虽然不见得四时皆春,可的确没有一般所谓夏天。今年直到七月初,晚上我还随时穿上衬绒袍。飞机在空中走,一直不觉得热,下了机过渡到岸上,太阳晒着,也还不觉得怎样热。在昆明听到重庆已经很热。记起两年前端午节在重庆一间屋里坐着,什么也不做,直出汗,那是一个时雨时晴的日子。想着一下机必然汗流浃背,可是过渡花了半点钟,满晒在太阳里,汗珠儿也没有沁出一个。后来知道前两天刚下了雨,天气的确清凉些,而感觉既远不如想象之甚,心里也的确清凉些。滑竿沿着水边一线的泥路走,似乎随时可以滑下江去,然而毕竟上了坡。有一个坡很长,很宽,铺着大石板。来往的人很多,他们穿着各样的短衣,摇着各样的扇子,真够热闹的。片段的颜色和片段的动作混成一幅斑驳陆离的画面,像出于后期印象派之手。我赏识这幅画,可是好笑那些人,尤其是那些扇子。那些扇子似乎只是无所谓的机械的摇着,好像一些无事忙的人。当时我和那些人隔着一层扇子,和重庆也隔着一层扇子,也许是在滑竿儿上坐着,有人代为出力出汗,会那样心地清凉罢。

第二天上街一走,感觉果然不同,我刚到了重庆就热了。扇子也买在手里了。穿着成套的西服在大太阳里等大汽车,等到了车,在车里挤着,实在受不住,只好脱了上装,摺起挂在膀子上。有一两回勉强穿起上装站在车里,头上脸上直流汗,手帕子简直揩抹不及,眉毛上、眼镜架上常有汗偷偷的滴下。这偷偷滴下的汗最教人担心,担心它会滴在面前坐着的太太小姐的衣服上,头脸上,就不是太太小姐,而是绅士先生,也够那个的。再说若碰到那脾气躁的人,更是吃不了兜着走。曾在北平一家戏园里见某甲无意中碰翻了一碗茶,泼些在某乙的竹布长衫上,某甲直说好话,某乙却一声不响的拿起茶壶向某甲身上倒下去。碰到这种人,怕会大闹街车,而且是越闹越热,越热越闹,非到宪兵出面不止。

话虽如此,幸而倒没有出什么岔儿,不过为什么偏要白白的将上装挂在膀子上,甚至还要勉强穿上呢?大概是为的绷一手儿罢。在重庆人看来,这一手其实可笑,他们的夏威夷短裤儿照样绷得起,何必要多出汗呢?这儿重庆人和我到底还隔着一个心眼儿。再就说防空洞罢,重庆的防空洞,真是大大有名,死心眼儿的以为防空洞只能防空,想不到也能防热的,我看沿街的防空洞大半开着,洞口横七竖八的安些床铺、马札子、椅子、凳子,横七竖八的坐着、躺着各样衣着的男人、女人。在街心里走过,瞧着那懒散的样子,未免有点儿烦气。这自然是死心眼儿,但是多出汗又好烦气,我似乎倒比重庆人更感到重庆的热了。

行

衣食住行,为什么却从行说起呢?我是行客,写的是行记,自然以为行第一。到了重庆，得办事，得看人，非行不可，若是老在屋里坐着，压根儿我就不会上重庆来了。再说昆明市区小，可以走路；反正住在那儿，这回办不完的事，还可以留着下回办，不妨从从容容的，十分忙或十分懒的时候，才偶尔坐回黄包车、马车或公共汽车。来到重庆可不能这么办，路远、天热、日子少、事情多，只靠两腿怎么也办不了。况这儿的车又相应、又方便，又何乐而不坐坐呢？

前几年到重庆，似乎坐滑竿最多，其次黄包车，其次才是公共汽车。那时重庆的朋友常劝我坐滑竿，因为重庆东到西长，有一圈儿马路，南到北短，中间却隔着无数层坡儿。滑竿可以爬坡，黄包车只能走马路，往往要兜大圈子。至于公共汽车，常常挤得水泄不通，半路要上下，得费出九牛二虎之力，所以那时我总是起点上终点下的多，回数自然就少。坐滑竿上下坡，一是脚朝天，一是头冲地，有些惊人，但不要紧，滑竿夫倒把得稳。从前黄包车下打铜街那个坡，却真有惊人的着儿，车夫身子向后微仰，两手紧压着车把，不拉车而让车子推着走，脚底下不由自主的忽紧忽慢，看去有时好像不点地似的，但是一个不小心，压不住车把，车子会翻过去，那时真的是脚不点地了，这够险的。所以后来黄包车禁止走那条街，滑竿现在也限制了，只准上坡时坐。可是公共汽车却大进步了。

这回坐公共汽车最多，滑竿最少。重庆的公用汽车分三类，一是特别快车，只停几个大站，一律廿五元，从哪儿坐到哪儿都一样，有些人常拣那候车人少的站口上车，兜个圈子回到原处，再向目的地坐；这样还比上路省时省力，比雇车省时省力省钱。二是专车，只来往政府区的上清寺和商业区的都邮街之间，也只停大站，二十五元。三是公共汽车，站口多，这回没有坐，好像一律十五元，这种车比较慢，行客要的是快，所以我没有坐。慢固然因停的多，更因为等的久。重庆汽车，现在很有秩序了，大家自动的排成单行，依次而进，座位满人，卖票人便宣布还可以挤几个，意思是还可以"站"几个。这时愿意站的可以上前去，不妨越次，但是还得一个跟一个"挤"满了，卖票宣布停止，叫等下次车，便关门吹哨子走了。公共汽车站多价贱，排班老是很长，在腰站上，一次车又往往上不了几个，因此一等就是二三十分钟，行客自然不能那么耐着性儿。

衣

二十七年春初过桂林,看见满街都是穿灰布制服的,长衫极少,女子也只穿灰衣和裙子。那种整齐,利落,朴素的精神,叫人肃然起敬;这是有训练的公众。后来听说外面人去得多了,长衫又多起来了。国民革命以来,中山服渐渐流行,短衣日见其多,抗战后更其盛行。从前看不起军人,看不惯洋人,短衣不愿穿,只有女人才穿两截衣,哪有堂堂男子汉去穿两截衣的。可是时世不同了,男子倒以短装为主,女子反而穿一截衣了。桂林长衫增多,增多的大概是些旧长衫,只算是回光返照。可是这两三年各处却有不少的新长衫出现,这是因为公家发的平价布不能做短服,只能做长衫,是个将就局儿。相信战后材料方便,还要回到短装的,这也是一种现代化。

四川民众苦于多年的省内混战,对于兵字深恶痛绝,特别称为"二尺五"和"棒客",列为一等人。我们向来有"短衣帮"的名目,是泛指,"二尺五"却是特指,可都是看不起短衣。四川似乎特别看重长衫,乡下人赶场或人市,往往头缠白布,脚登草鞋,身上却穿着青布长衫。是粗布,有时很长,又常东补一块,西补一块的,可不含糊是长衫。也许向来是天府之国,衣食足而后知礼义,便特别讲究仪表,至今还留着些流风余韵罢?然而城市中人却早就在赶时髦改短装了。短装原是洋派,但是不必遗憾,赵武灵王不是改了短装强兵强国吗?短装至少有好些方便的地方:夏天穿个衬衫短裤就可以大模大样的在街上走,长衫就似乎不成。只有广东天热,又不像四川在意小节,短衫裤可以行街。可是所谓短衫裤原是长裤短衫,广东的短衫又很长,所以还行得通,不过好像不及衬衫短裤的派头。

不过衬衫短裤似乎到底是便装,记得北平有个大学开教授会,有一位教授穿衬衫出入,居然就有人提出风纪问题来。三年前的夏季,在重庆我就见到有穿衬衫赴宴的了,这是一位中年的中级公务员,而那宴会是很正式的,座中还有位老年的参政员。可是那晚的确热,主人自己脱了上装,又请客人宽衣,于是短衫和衬衫围着圆桌子,大家也就一样了。西服的客人大概搭着上装来,到门口穿上,到屋里经主人一声"宽衣",便又脱下,告辞时还是搭着走。其实真是多此一举,那么热还绷个什么呢?不如衬衫入座倒干脆些。可是中装的却得穿着长衫来去,只在室内才能脱下。西服客人累累赘赘带着上装，倒可以陪他们受点儿小罪，叫他们不至于因为这点不平而对于世道人心长吁短叹。

战时一切从简，衬衫赴宴正是"从简"。"从简"提高了便装的地位，于是乎造成了短便装的风气。先有皮夹克，春秋冬三季（在昆明是四季），大街上到处都见，黄的、黑的、拉练的、扣钮的、收底的、不收底边的，花样繁多。穿的人青年中年不分彼此，只除了六十以上的老头儿。从前穿的人多少带些个"洋"关系，现在不然，我曾在昆明乡下见过一个种地的，穿的正是这皮夹克，虽然旧些。不过还是司机穿的最早，这成了司机文化一个重要项目。皮夹克更是哪儿都可去，昆明我的一位教授朋友，就穿着一件老皮夹克教书、演讲、赴宴、参加典礼，到重庆开会，差不多是皮夹克为记。这位教授穿皮夹克，似乎在学晏子穿狐裘，三十年就靠那一件衣服，他是不是赶时髦，我不能冤枉人，然而皮夹克上了运是真的。

再就是我要说的这两年至少在重庆风行的夏威夷衬衫，简称夏威夷衫，最简称夏威衣。这种衬衫创自夏威夷，就是檀香山，原是一种土风。夏威夷岛在热带，译名虽从音，似乎也兼义。夏威夷衣自然只宜于热天，只宜于有"夏威"的地方，如中国的重庆等。重庆流行夏威衣却似乎只是近一两年的事。去年夏天一位朋友从重庆回到昆明，说是曾看见某首长穿着这种衣服在别墅的路上散步，虽然在黄昏时分，我的这位书生朋友总觉得不大像样子。今年我却看见满街都是的，这就是所谓上行下效罢？

夏威衣翻领像西服的上装，对襟面袖，前后等长，不收底边，还开岔儿，比衬衫短些。除了翻领，简直跟中国的短衫或小衫一般无二。但短衫穿不上街，夏威衣即可堂哉皇哉在重庆市中走来走去。那翻领是具体而微的西服，不缺少洋味，至于凉快，也是有的。夏威衣的确比衬衫通风；而看起来飘飘然，心上也爽利。重庆的夏威衣五光十色，好像白绸子黄咔叽居多，土布也有，绸的便更见其飘飘然，配长裤的好像比配短裤的多一些。在人行道上有时通过持续来了三五件夏威衣，一阵飘过去似的，倒也别有风味，参差零落就差点劲儿。夏威衣在重庆似乎比皮夹克还普遍些，因为便宜得多，但不知也会像皮夹克那样上品否。到了成都时，宴会上遇见一位上海新来的青年衬衫短裤入门，却不喜欢夏威衣（他说上海也有），说是无礼貌。这可是在成都、重庆人大概不会这样想吧？

沉　　默

沉默是一种处世哲学，用得好时，又是一种艺术。

谁都知道口是用来吃饭的，有人却说是用来接吻的。我说满没有错儿，但是若统计起来，口的最多的（也许不是最大的）用处，还应该是说话，我相信。

按照时下流行的议论，说话大约也算是一种"宣传"，自我的宣传。所以说话彻头彻尾是为自己的事。

若有人一口咬定是为别人，凭了种种神圣的名字，我却也愿意让步，请许我这样说：说话有时的确只是间接地为自己，而直接的算是为别人！

自己以外有别人，所以要说话；别人也有别人的自己，所以又要少说话或不说话。于是乎我们要懂得沉默。你若念过鲁迅先生的《祝福》，一定会立刻明白我的意思。

一般人见生人时，大抵会沉默的，但也有不少例外。常在火车轮船里，看见有些人迫不及待似的到处向人问讯，攀谈，无论那是搭客或茶房，我只有羡慕这些人的健康。因为在中国这样旅行中，竟会不感觉一点儿疲倦！见生人的沉默，大约由于原始的恐惧，但是似乎也还有别的。

假如这个生人的名字，你全然不熟悉，你所能做的工作，自然只是有意或无意的防御——像防御一个敌人。沉默便是最安全的防御战略。

你不一定要他知道你，更不想让他发现你的可笑的地方——一个人总有些可笑的地方不是？——你只让他尽量说他所要说的，若他是个爱说的人。

末了你恭恭敬敬和他分别。假如这个生人，你愿意和他做朋友，你也还是得沉默。但是得留心听他的话，选出几处，加以简短的，相当的赞词。至少也得表示相当的同意。这就是知己的开场，或说起码的知己也可。

假如这个人是你所敬仰的或未必敬仰的"大人物"，你记住，更不可不沉默！大人物的言语，乃至脸色眼光，都有异样的地方，你最好远远地坐着，让那些勇敢的同伴上前线去。——自然，我说的只是你偶然地遇着或

青少年课外阅读系列丛书

随众访问大人物的时候。

若你愿意专诚拜谒，你得另想办法。在我，那却是一件可怕的事。——你看看大人物与非大人物或大人物与大人物间谈话的情形，准可以满足，而不用从牙缝里进出一个字。说话是一件费神的事，能少说或不说以及应少说或不说的时候，沉默实在是长寿之道。

至于自我宣传，诚哉重要——谁能不承认这是重要呢？——但对于生人，这是白费的，他不会领略你宣传的旨趣，只暗笑你的宣传热，他会忘记得干干净净，在和你一鞠躬或一握手以后。

朋友和生人不同，就在他们能听也肯听你的说话——宣传。这不用说是交换的，但是就是交换的也好。

他们在不同的程度下了解你，谅解你。他们对于你有了相当的趣味和礼貌。你的话满足他们的好奇心，他们就趣味地听着；你的话严重或悲哀，他们因为礼貌的缘故，也能暂时跟着你严重或悲哀。在后一种情形里，满足的是你。他们所真感到的怕倒是矜持的气氛。

他们知道"应该"怎样做，这其实是一种牺牲，"应该"也"值得"感谢的。但是即使在知己的朋友面前，你的话也还不应该说得太多同样的故事，情感，和警句，隽语，也不宜重复地说。《祝福》就是一个好榜样。

你应该相当的节制自己，不可妄想你的话占领朋友们整个的心——你自己的心，也不会让别人完全占领呀。你更应该知道怎样藏匿你自己。

只有不可知，不可得的，才有人去追求，你若将所有的尽给了别人，你对于别人，对于世界，将没有丝毫意义，正和医学生实习解剖时用过的尸体一样。那时是不可思议的孤独，你将不能支持自己，而倾仆到无底的黑暗里去。

一个情人常喜欢说："我愿意将所有的都献给你！"谁真知道他或她所有的是些什么呢？第一个说这句话的人，只是表示自己的慷慨，至多也只是表示一种理想；以后跟着说的，更只是"口头禅"而已。

所以朋友间，甚至恋人间，沉默还是不可少的。你的话应该像黑夜的星星，不应该像除夕的爆竹——谁稀罕那彻宵的爆竹呢？而沉默有时更有诗意。

譬如在下午，在黄昏，在深夜，在大而静的屋子里，短时的沉默，也许远胜于连续不断的倦怠了的谈话。有人称这种境界为"无言之美"，你瞧，多漂亮的名字！——至于所谓"拈花微笑"，那更了不起了！

可是沉默也有不行的时候。人多时你容易沉默下去，一主一客时，就不准行。你的过分沉默，也许把你的生客惹恼了，赶跑了！倘使你愿意赶他，当然很好；倘使你不愿意呢，你就得不时的让他喝茶，抽烟，看画片，读报，听话匣子，偶然也和他谈谈天气，时局——只是复述报纸的记载，加上几个不能解决的疑问——总以引他说话为度。

于是你点点头，哼哼鼻子，时而叹叹气，听着。他说完了，你再给起个头，照样的听着。但是我的朋友遇见过一个生客，他是一位准大人物，因某种礼貌关系去看我的朋友。他坐下时，将两手笼起，搁在桌上。说了几句话，就止住了，两眼炯炯地直看着我的朋友。我的朋友窘极，好容易陆陆续续地找出一句半句话来敷衍。

这自然也是沉默的一种用法，是上司对属僚保持威严用的。用在一般交际里，未免太露骨了；而在上述的情形中，不为主人留一些余地，更属无礼。大人物以及准大人物之可怕，正在此等处。

至于应付的方法，其实倒也有，那还是沉默；只消照样笼了手，和他对看起来，他大约也就无可奈何了罢？

论无话可说

十年前我写过诗；后来不写诗了，写散文；人中年以后，散文也不大写得出了——现在是，比散文还要"散"的无话可说！许多人苦于有话说不出，另有许多人苦于有话无处说；他们的苦还在话中，我这无话可说的苦却在话外。我觉得自己是一张枯叶，一张烂纸，在这个大时代里。

在别处说过，我的"忆的路"是"平如砥""直如矢"的；我永远不曾有过惊心动魄的生活，即使在别人想来最风华的少年时代。我的颜色永远是灰的。我的职业是教书，我的朋友永远是那么几个，我的女人永远是那么一个。有些人生活太丰富了，太复杂了，会忘记自己，看不清楚自己，我是什么时候都"玎玎玲玲地"知道，记住，自己是怎样简单的一个人。但是为什么还会写出诗文呢？——虽然都是些废话。这是时代为之！十年前正是五四运动的时期，大伙儿蓬蓬勃勃的朝气，紧逼着我这个年轻的学生；于是乎跟着人家的脚印，也说说什么自然，什么人生。但这只是些范畴而已。我是个懒人，平心而论，又不曾遭过怎样了不得的逆境；既不深思力索，又未亲自体验，范畴终于只是范畴，此处也只是廉价的，新瓶里装旧酒的感伤。当时芝麻黄豆大的事，都不惜郑重地写出来，现在看看，苦笑而已。

先驱者告诉我们说自己的话。不幸这些自己往往是简单的，说来说去是那一套；终于说的听的都腻了。我便是其中的一个。这些人自己其实并没有什么话，只是说些中外贤哲说过的和并世少年将说的话。真正有自己的话要说的是不多的几个人；因为真正一面生活一面吟味那生活的只有不多的几个人。一般人只是生活，按着不同的程度照例生活。这点简单的意思也还是到中年才觉出的；少年时多少有些热气，想不到这里。中年人无论怎样不好，但看事看得清楚，看得开，却是可取的。这时候眼前没有雾，顶上没有云彩，有的只是自己的路。他负着经验的担子，一步步踏上这条无尽的然而实在的路。他回看少年人那些情感的玩意，觉得一种轻松的意味。他乐意分析他背上的经验，不止是少年时的那些；他不愿远远地捉摸，而愿剥开来细细地看。也知道剥开后便没了那跳跃着的力量，但他不在乎这个，他明白在冷静中有他所需要的。这时候他若偶然说话，决不会是感伤的或印象的，他要告诉你怎样走着他的路，不然就是，所剥开的是些什么玩意。但中年人是很胆小的；他听别人的话渐渐多了，说了的他不说，说得好的他不说。所以终于往往无话可说——特别是一个寻常的人像我。但沉默又是寻常的人所难堪的，我说苦在话外，以此。

中年人若还打着少年人的调子，——姑不论调子的好坏——原也未尝不可，只总觉"像煞有介事"。他要用很大的力量去写出那冒着热气或流着眼泪的话；一个神经敏锐的人对于这个是不容易忍耐的，无论在自己在别人。这好比上了年纪的太太小姐们还涂脂抹粉地到大庭广众里去卖弄一般，是殊可不必的了。

其实这些都可以说是废话，只要想一想咱们这年头。这年头要的是"代言人"，而且将一切说话的都看做"代言人"；压根儿就无所谓自己的话。这样一来，如我辈者，倒可以将从前狂妄之罪减轻，而现在是更无话可说了。但近来在戴译《唯物史观的文学论》里看到，法国俗语"无话可说"竟与"一切皆好"同意。呜呼，这是多么损的一句话，对于我，对于我的时代！

论 自 己

翻开辞典，"自"字下排列着数目可观的成语，这些"自"字多指自己而言。这中间包括着一大堆哲学，一大堆道德，一大堆诗文和废话，一大堆人，一大堆我，一大堆悲喜剧。

自己"真乃天下第一英雄好汉"，有这么些可说的，值得说值不得说的！难怪纽约电话公司研究电话里最常用的字，在五百次通话中会发现三千九百九十次的"我"。这"我"字便是自己称自己的声音，自己给自己的名儿。

自爱自怜！真是天下第一英雄好汉也难免的，何况区区寻常人！冷眼看去，也许只觉得那枉自尊大狂妄得可笑；可是这只见了真理的一半儿。掉过脸儿来，自爱自怜确也有不得不自爱自怜的。

幼小时候有父母爱怜你，特别是有母亲爱怜你。到了长大成人，"娶了媳妇儿忘了娘"，娘这样看时就不必再爱怜你，至少不必再像当年那样爱怜你。——女的呢，"嫁出门的女儿，泼出门的水"；做母亲的虽然未必这样看，可是形格势禁而且鞭长莫及，就是爱怜得着，也只算找补点罢了。爱人该爱怜你？然而爱人们的嘴一例是甜蜜的，谁能说"你泥中有我，我泥中有你!"真有那么回事儿?赶到爱人变了太太,再生了孩子,你算成了家,太太得管家管孩子,更不能一心儿爱怜你。

你有时候会病,"久病床前无孝子",太太怕也够倦的,够烦的。住医院?好,假如有运气住到像当年北平协和医院样的医院里去,倒是比家里强得多。但是护士们看护你,是服务,是工作;也许夹上点儿爱怜在里头,那是"好生之德",不是爱怜你,是爱怜"人类"。——你又不能老呆在家里,一离开家,怎么着也算"作客";那时候更没有爱怜你的。可以有朋友招呼你;但朋友有朋友的事儿,那能教他将心常放在你身上?可以有属员或仆役伺候你,那——说得上是爱怜么?总而言之,天下第一爱怜自己的,只有自己;自爱自怜的道理就在这儿。

再说,"大丈夫不受人怜。"穷有穷干,苦有苦干;世界那么大,凭自己的身手,哪儿就打不开一条路?何必老是向人愁眉苦脸唉声叹气的!愁眉苦脸不顺耳,别人会来爱怜你?自己免不了伤心的事儿,咬紧牙关忍着,等些日子,等些年月,会平静下去的。说说也无妨,只别不拣时候不看地方老是向人叨叨,叨叨得谁也不耐烦的岔开你或者躲开你。也别怨天怨地将一大堆感叹的句子向人身上扔过去。你怨的是天地,倒碍不着别人,只怕别人奇怪你的火气怎么这样大。——自己也免不了吃别人的亏。值不得计较的,不做声吞下肚去。出入大的想法子复仇,力量不够,卧薪尝胆的准备着。可别这儿那儿尽嚷嚷——嚷嚷完了一扔开,倒便宜了那欺负你的人。"好汉胳膊折了往袖子里藏",为的是不在人面前露怯相,要人爱怜这"苦人儿"似的,这是要强,不是装。说也怪,不受人怜的人倒是能得人怜的人,要强的人总是最能自爱自怜的人。

大丈夫也罢,小丈夫也罢,自己其实是渺乎其小的,整个儿人类只是一个小圆球上一些碳水化合物,像现代一位哲学家说的,别提一个人的自己了。庄子所谓马体一毛,其实还是放大了看的。英国有一家报纸登过一幅漫画,画着一个人,仿佛在一间铺子里,周遭陈列着从他身体里分析出来的各种元素,每种标明分量和价目,总数是五先令——那时合七元钱。现在物价涨了,怕要合国币一千元了罢?然而,个人的自己也就值区区这一千元儿!自己这般渺小,不自爱自怜着点又怎么着!然而,"顶天立地"的是自己,"天地与我并生,万物与我为一"的也是自己;有你说这些大处只是好听的话语，好看的文句？你能愣说这样的自己没有！有这么的自己，岂不更值得自爱自怜的？再说自己的扩大，在一个寻常人的生活里也可见出。且先从小处看。小孩子就爱搜集各国的邮票，正是在扩大自己的世界。从前有人劝学世界语，说是可以和各国人通信。你觉得这话幼稚可笑？可是这未尝不是扩大自己的一个方向。再说这回抗战，许多人都走过了若干地方，增长了若干阅历。特别是青年人身上，你一眼就看出来，他们是和抗战前不同了，他们的自己扩大了。——这样看，自己的小，自己的大，自己的由小而大。在自己都是好的。

自己都觉得自己好，不错，可是自己的确也都爱好。做官的都爱做好官，不过往往只知道爱做自己家里人的好官，自己亲戚朋友的好官。这种好官往往是自己国家的贪官污吏。做盗贼的也都爱做好盗贼——好喽啰，好伙伴，好头儿，可都只在贼窝里。有大好，有小好，有好得这样坏。自己关闭在自己的丁点大的世界里，往往越爱好越坏。所以非扩大自己不可。但是扩大自己得一圈儿一圈儿的，得充实，得踏实。别像肥皂泡儿，一大就裂。"大丈夫能屈能伸"，该屈的得屈点儿，别只顾伸出自己去。也得估计自己的力量。力量不够的话，"人一能之，己百之，人十能之，己千之"；得寸是寸，得尺是尺。总之路是有的。看得远，想得开，把得稳；自己是世界的时代的一环，别脱了节才真算好。力量怎样微弱，可是是自己的。相信自己，靠自己，随时随地尽自己的一份儿往最好里做去，让自己活得有意思，一时一刻一分一秒都有意思。这么着，自爱自怜才真是有道理的。

论　吃　饭

我们有自古流传的两句话：一是"衣食足则知荣辱"，见于《管子·牧民篇》，一是"民以食为天"，是汉朝郦食其说的。这些都是从实际政治上认出了民食的基本性,也就是说从人民方面看,吃饭第一。

另一方面,告子说,"食色,性也",是从人生哲学上肯定了食是生活的两大基本要求之一。《礼记·礼运篇》也说到"饮食男女,人之大欲存焉",这更明白。照后面这两句话,吃饭和性欲是同等重要的,可是照这两句话里的次序,"食"或"饮食"都在前头,所以还是吃饭第一。

这吃饭第一的道理,一般社会似乎也都默认。虽然历史上没有明白的记载,但是近代的情形,据我们的耳闻目见,似乎足以教我们相信从古如此。例如苏北的饥民群到江南就食,差不多年年有。最近天津《大公报》登载的费孝通先生的《不是崩溃是瘫痪》一文中就提到这个。这些难民虽然让人们讨厌,可是得给他们饭吃。给他们饭吃固然也有一二成出于慈善心,就是恻隐心,但是八九成是怕他们,怕他们铤而走险,"小人穷斯滥矣",什么事做不出来! 给他们饭吃,江南人算是认了。

可是法律管不着他们吗? 官儿管不着他们吗? 干吗要怕要认呢? 可是法律不外乎人情,没饭吃要吃饭是人情,人情不是法律和官儿压得下的。

没饭吃会饿死,严刑峻罚大不了也只是个死,这是一群人,群就是力量:谁怕谁! 在怕的倒是那些有饭吃的人们,他们没奈何只得认点儿。所谓人情,就是自然的需求,就是基本的欲望,其实也就是基本的权利。但是饥民群还不自觉有这种权利,一般社会也还不会认清他们有这种权利;饥民群只是冲动的要吃饭,而一般社会给他们饭吃,也只是默认了他们的道理,这道理就是吃饭第一。

三十年夏天笔者在成都住家,知道了所谓"吃大户"的情形。那正是青黄不接的时候,天又干,米粮大涨价,并且不容易买到手。于是乎一群一群的贫民一面抢米仓,一面"吃大户"。他们开进大户人家,让他们煮出饭来吃了就走。这叫做"吃大户"。"吃大户"是和平的手段,照惯例是不能拒绝的,虽然被吃的人家不乐意。

当然真正有势力的尤其有枪杆的大户,穷人们也识相,是不敢去吃的。敢去吃的那些大户,被吃了也只好认了。那回一直这样吃了两三天,地面上一面赶办平粜,一面严令禁止,才打住了。据说这"吃大户"是古风;那么上文说的饥民就食,该更是古风罢。

但是儒家对于吃饭却另有标准。孔子认为政治的信用比民食更重，孟子倒是以民食为仁政的根本；这因为春秋时代不必争取人民，战国时代就非争取人民不可。然而他们论到士人，却都将吃饭看做一个不足重轻的项目。孔子说，"君子固穷"，说吃粗饭，喝冷水、"乐在其中"，又称赞颜回吃喝不够，"不改其乐"。道学家称这种乐处为"孔颜乐处"，他们教人"寻孔颜乐处"，学习这种为理想而忍饥挨饿的精神。

这理想就是孟子说的"穷则独善其身，达则兼善天下"，也就是所谓"节"和"道"。孟子一方面不赞成告子说的"食色，性也"，一方面在论"大丈夫"的时候列入了"贫贱不能移"一个条件。战国时代的"大丈夫"，相当于春秋时的"君子"，都是治人的劳心的人。这些人虽然也有饿饭的时候，但是一朝得了时，吃饭是不成问题的，不像小民往往一辈子为了吃饭而挣扎着。因此士人就不难将道和节放在第一，而认为吃饭好像是一个不足重轻的项目了。

伯夷、叔齐据说反对周武王伐纣，认为以臣伐君，因此不食周粟，饿死在首阳山。这也是只顾理想的节而不顾吃饭的。配合着儒家的理论，伯夷、叔齐成为士人立身的一种特殊的标准。所谓特殊的标准就是理想的最高的标准；士人虽然不一定人人都要做到这地步，但是能够做到这地步最好。

经过宋朝道学家的提倡，这标准更成了一般的标准，士人连妇女都要做到这地步。这就是所谓"饿死事小，失节事大"。这句话原来是论妇女的，后来却扩而充之普遍应用起来，造成了无数的残酷的愚蠢的殉节事件。这正是"吃人的礼教"。人不吃饭，礼教吃人，到了这地步总是不合理的。

士人对于吃饭却还有另一种实际的看法。北宋的宋郊、宋祁兄弟俩都做了大官，住宅挨着。宋祁那边常常宴会歌舞，宋郊听不下去，教人和他弟弟说，问他还记得当年在和尚庙里咬菜根否？宋祁却答得妙：请问当年咬菜根是为什么来着！这正是所谓"吃得苦中苦，方为人上人"。做了"人上人"，吃得好，穿得好，玩儿得好；"兼善天下"于是成了个幌子。照这个看法，忍饥挨饿或者吃粗饭、喝冷水，只是为了有朝一日可以大吃大喝，痛快的玩儿。

　　吃饭第一原是人情，大多数士人恐怕正是这么在想。不过宋郊、宋祁的时代，道学刚起头，所以宋祁还敢公然表示他的享乐主义；后来士人的地位增进，责任加重，道学的严格的标准掩护着也约束着在治者地位的士人，他们大多数心里尽管那么在想，嘴里却就不敢说出。嘴里虽然不敢说出，可是实际上往往还是在享乐着。于是他们多吃多喝，就有了少吃少喝的人；这少吃少喝的自然是被治的广大的民众。

　　民众，尤其农民，大多数是听天由命安分守己的，他们惯于忍饥挨饿，几千年来都如此。除非到了最后关头，他们是不会行动的。他们到别处就食，抢米，吃大户，甚至于造反，都是被逼得无路可走才如此。这里可以注意的是他们不说话；"不得了"就行动，忍得住就沉默。他们要饭吃，却不知道自己应该有饭吃；他们行动，却觉得这种行动是不合法的，所以就索性不说什么话。说话的还是士人。他们由于印刷的发明和教育的发展等等，人数加多了，吃饭的机会可并不加多，于是许多人也感到吃饭难了。这就有了"世上无如吃饭难"的慨叹。虽然难，比起小民来还是容易。因为他们究竟属于治者，"百足之虫，死而不僵"，有的是做官的本家和亲戚朋友，总得给口饭吃；这饭并且总比小民吃的好。孟子说做官可以让"所识穷乏者得我"，自古以来做了官就有引用穷本家穷亲戚穷朋友的义务。到了民国，黎元洪总统更提出了"有饭大家吃"的话。这真是"菩萨"心肠，可是当时只当做笑话。原来这句话说在一位总统嘴里，就是贤愚不分，赏罚不明，就是糊涂。然而到了那时候，这句话却已经藏在差不多每一个士人的心里。难得的倒是这糊涂！

　　第一次世界大战加上五四运动，带来了一连串的变化，中华民国在一颠一拐地走着之字路，走向现代化了。我们有了知识阶级，也有了劳动阶级，有了索薪，也有了罢工，这些都在要求"有饭大家吃"。

　　知识阶级改变了士人的面目，劳动阶级改变了小民的面目，他们开始了集体的行动；他们不能再安贫乐道了，也不能再安分守己了，他们认出了吃饭是天赋人权，公开的要饭吃，不是大吃大喝，是够吃够喝，甚至于只要有吃有喝。然而这还只是刚起头。到了这次世界大战当中，罗斯福总统提出了四大自由，第四项是"免于匮乏的自由"。"匮乏"自然以没饭吃为首，人们至少该有免于没饭吃的自由。这就加强了人民的吃饭权，也肯定了人民的吃饭的要求；这也是"有饭大家吃"，但是着眼在平民，在全民，意义大不同了。

抗战胜利后的中国，想不到吃饭更难，没饭吃的也更多了。到了今天一般人民真是不得了，再也忍不住了，吃不饱甚至没饭吃，什么礼义什么文化都说不上。这日子就是不知道吃饭权也会起来行动了，知道了吃饭权的，更怎么能够不起来行动，要求这种"免于匮乏的自由"呢？于是学生写出"饥饿事大，读书事小"的标语，工人喊出"我们要吃饭"的口号。这是我们历史上第一回一般人民公开的承认了吃饭第一。这其实比闷在心里糊涂的骚动好得多；这是集体的要求，集体是有组织的，有组织就不容易大乱了。可是有组织也不容易散；人情加上人权，这集体的行动是压不下也打不散的，直到大家有饭吃的那一天。

论雅俗共赏

陶渊明有"奇文共欣赏，疑义相与析"的诗句，那是一些"素心人"的乐事，"素心人"当然是雅人，也就是士大夫。这两句诗后来凝结成"赏奇析疑"一个成语，"赏奇析疑"是一种雅事，俗人的小市民和农家子弟是没有份儿的。

然而又出现了"雅俗共赏"这一个成语，"共赏"显然是"共欣赏"的简化，可是这是雅人和俗人或俗人跟雅人一同在欣赏，那欣赏的大概不会还是"奇文"罢。这句成语不知道起于什么时代，从语气看来，似乎雅人多少得理会到甚至迁就着俗人的样子，这大概是在宋朝或者更后罢。

原来唐朝的安史之乱可以说是我们社会变迁的一条分水岭。在这之后，门第迅速的垮了台，社会的等级不像先前那样固定了，"士"和"民"这两个等级的分界不像先前的严格和清楚了，彼此的分子在流通着，上下着。而上去的比下来的多，士人流落民间的究竟少，老百姓加入士流的却渐渐多起来。

王侯将相早就没有种了，读书人到了这时候也没有种了；只要家里能够勉强供给一些，自己有些天分，又肯用功，就是个"读书种子"；去参加那些公开的考试，考中了就有官做，至少也落个绅士。这种进展经过唐末跟五代的长期的变乱加了速度，到宋朝又加上印刷术的发达，学校多起来了，士人也多起来了，士人的地位加强，责任也加重了。

这些士人多数是来自民间的新的分子，他们多少保留着民间的生活方式和生活态度。他们一面学习和享受那些雅的，一面却还不能摆脱或蜕变那些俗的。

人既然很多，大家是这样，也就不觉其寒碜；不但不觉其寒碜，还要重新估定价值，至少也得调整那旧来的标准与尺度。"雅俗共赏"似乎就是新提出的尺度或标准，这里并非打倒旧标准，只是要求那些雅士理会到或迁就些俗士的趣味，好让大家打成一片。当然，所谓"提出"和"要求"，都只是不自觉的看来是自然而然的趋势。

中唐的时期，比安史之乱还早些，禅宗的和尚就开始用口语记录大师的说教。用口语为的是求真与化俗，化俗就是争取群众。

安史乱后，和尚的口语记录更其流行，于是乎有了"语录"这个名称，"语录"就成为一种著述体了。

到了宋朝，道学家讲学，更广泛的留下了许多语录；他们用语录，也还是为了求真与化俗，还是为了争取群众。

所谓求真的"真"，一面是如实和直接的意思。禅家认为第一义是不可说的。语言文字都不能表达那无限的可能，所以是虚妄的。然而实际上语言文字究竟是不免要用的一种"方便"，记录文字自然越近实际的、直接的说话越好。

在另一面这"真"又是自然的意思，自然才亲切，才让人容易懂，也就是更能收到化俗的功效，更能获得广大的群众。

道学主要的是中国的正统的思想，道学家用了语录做工具，大大的增强了这种新的文体的地位，语录就成为一种传统了。

比语录体稍稍晚些，还出现了一种宋朝叫做"笔记"的东西。这种作品记述有趣味的杂事，范围很宽，一方面发表作者自己的意见，所谓议论，也就是批评,这些批评往往也很有趣味。作者写这种书,只当做对客闲谈,并非一本正经,虽然以文言为主,可是很接近说话。这也是给大家看的,看了可以当做"谈助",增加趣味。

宋朝的笔记最发达,当时盛行、流传下来的也很多。目录家将这种笔记归在"小说"项下,近代书店汇印这些笔记,更直题为"笔记小说";中国古代所谓"小说",原是指记述杂事的趣味作品而言的。那里我们得特别提到唐朝的"传奇"。"传奇"据说可以见出作者的"史才、诗笔、议论",是唐朝士子在投考进士以前用来送给一些大人先生看,介绍自己,求他们给自己宣传的。

其中不外乎灵怪、艳情、剑侠三类故事,显然是以供给"谈助",引起趣味为主。无论照传统的意念,或现代的意念,这些"传奇"无疑的是小说,一方面也和笔记的写作态度有相类之处。照陈寅恪先生的意见,这种"传奇"大概起于民间,文士是仿作,文字里多口语化的地方。

陈先生并且说唐朝的古文运动就是从这儿开始。他指出古文运动的领导者韩愈的《毛颖传》,正是仿"传奇"而作。我们看韩愈的"气盛言宜"的理论和他的参差错落的文句,也正是多多少少在口语化。

他的门下的"好难"、"好易"两派,似乎原来也都是在试验如何口语化。可是"好难"的一派过分强调了自己,过分想出奇制胜,不管一般人能够了解欣赏与否,终于被人看做"诡"和"怪"而失败,于是宋朝的欧阳修继承了"好易"的一派的努力而奠定了古文的基础。——以上说的种种,都是安史乱后几百年间自然的趋势,就是那雅俗共赏的趋势。

宋朝不但古文走上了"雅俗共赏"的路,诗也走向这条路。胡适之先生说宋诗的好处就在"做诗如说话",一语破的指出了这条路。

自然,这条路上还有许多曲折,但是就像不好懂的黄山谷,他也提出了"以俗为雅"的主张,并且点化了许多俗语成为诗句。实践上"以俗为雅",并不从他开始,梅圣俞、苏东坡都是好手,而苏东坡更胜。

据记载梅和苏都说过"以俗为雅"这句话,可是不大靠得住;黄山谷却在《再次杨明叔韵》一诗的"引"里郑重的提出"以俗为雅,以故为新",说是"举一纲而张万目"。他将"以俗为雅"放在第一,因为这实在可以说是宋诗的一般作风,也正是"雅俗共赏"的路。

　　但是加上"以故为新"，路就曲折起来，那是雅人自赏，黄山谷所以终于不好懂了。不过黄山谷虽然不好懂，宋诗却终于回到了"做诗如说话"的路，这"如说话"，的确是条大路。雅化的诗还不得不回向俗化，刚刚来自民间的词，在当时不用说自然是"雅俗共赏"的。别瞧黄山谷的有些诗不好懂，他的一些小词可够俗的。

　　柳耆卿更是个通俗的词人。词后来虽然渐渐雅化或文人化，可是始终不能雅到诗的地位，它怎么着也只是"诗余"。词变为曲，不是在文人手里变，是在民间变的；曲又变得比词俗，虽然也经过雅化或文人化，可是还雅不到词的地位，它只是"词余"。

　　一方面从晚唐和尚的俗讲演变出来的宋朝的"说话"就是说书，乃至后来的平话以及章回小说，还有宋朝的杂剧和诸宫调等等转变成功的元朝的杂剧和戏文，乃至后来的传奇，以及皮黄戏，更多半是些"不登大雅"的"俗文学"。

　　这些除元杂剧和后来的传奇也算是"词余"以外，在过去的文学传统里简直没有地位；也就是说这些小说和戏剧在过去的文学传统里多半没有地位，有些有点地位，也不是正经地位。可是虽然俗，大体上却"俗不伤雅"，虽然没有什么地位，却总是"雅俗共赏"的玩意儿。

　　"雅俗共赏"是以雅为主的，从宋人的"以俗为雅"以及常语的"俗不伤雅"，更可见出这种宾主之分。起初成群俗士蜂拥而上，固然逼得原来的雅士不得不理会到甚至迁就着他们的趣味，可是这些俗士需要摆脱的更多。

　　他们在学习，在享受，也在蜕变，这样渐渐适应那雅化的传统，于是乎新旧打成一片，传统多多少少变了质继续下去。前面说过的文体和诗风的种种改变，就是新旧双方调整的过程，结果迁就的渐渐不觉其为迁就，学习的也渐渐习惯成了自然，传统的确稍稍变了质，但是还是文言或雅言为主，就算跟民众近了一些，近得也不太多。

　　至于词曲，算是新起于俗间，实在以音乐为重，文辞原是无关轻重的；"雅俗共赏"，正是那音乐的作用。后来雅士们也曾分别将那些文辞雅化，但是因为音乐性太重，使他们不能完成那种雅化，所以词曲终于不能达到诗的地位。而曲一直配合着音乐，雅化更难，地位也就更低，还低于词一等。

可是词曲到了雅化的时期，那"共赏"的人却就雅多而俗少了。真正"雅俗共赏"的是唐、五代、北宋的词，元朝的散曲和杂剧，还有平话和章回小说以及皮黄戏等。皮黄戏也是音乐为主，大家直到现在都还在哼着那些粗俗的戏词，所以雅化难以下手，虽然一二十年来这雅化也已经试着在开始。平话和章回小说，传统里本来没有，雅化没有合适的榜样，进行就不易。

《三国演义》虽然用了文言，却是俗化的文言，接近口语的文言，后来的《水浒》、《西游记》、《红楼梦》等就都用白话了。不能完全雅化的作品在雅化的传统里不能有地位，至少不能有正经的地位。

雅化程度的深浅，决定这种地位的高低或有没有，一方面也决定"雅俗共赏"的范围的小和大——雅化越深，"共赏"的人越少，越浅也就越多。所谓多少，主要的是俗人，是小市民和受教育的农家子弟。在传统里没有地位或只有低地位的作品，只算是玩意儿；然而这些才接近民众，接近民众却还能教"雅俗共赏"，雅和俗究竟有共通的地方，不是不相理会的两橛了。

单就玩意儿而论，"雅俗共赏"虽然是以雅化的标准为主，"共赏"者却以俗人为主。固然，这在雅方得降低一些，在俗方也得提高一些，要"俗不伤雅"才成；雅方看来太俗，以至于"俗不可耐"的，是不能"共赏"的。

但是在什么条件之下才会让俗人所"赏"的，雅人也能来"共赏"呢？我们想起了"有目共赏"这句话。孟子说过"不知子都之姣者，无目者也"，"有目"是反过来说，"共赏"还是陶诗"共欣赏"的意思。子都的美貌，有眼睛的都容易辨别，自然也就能"共赏"了。孟子接着说："口之于味也，有同嗜焉；耳之于声也，有同听焉；目之于色也，有同美焉。"这说的是人之常情，也就是所谓人情不相远。但是这不相远似乎只限于一些具体的、常识的、现实的事物和趣味。譬如北平罢，故宫和颐和园，包括建筑，风景和陈列的工艺品，似乎是"雅俗共赏"的，天桥在雅人的眼中似乎就有些太俗了。

说到文章，俗人所能"赏"的也只是常识的，现实的。后汉的王充出身是俗人，他多多少少代表俗人说话，反对难懂而不切实用的辞赋，却赞美公文能手。公文这东西关系雅俗的现实利益，始终是不曾完全雅化了的。

再说后来的小说和戏剧，有的雅人说《西厢记》诲淫，《水浒传》诲盗，这是"高论"。实际上这一部戏剧和这一部小说都是"雅俗共赏"的作品。《西厢记》无视了传统的礼教，《水浒传》无视了传统的忠德，然而"男女"是"人之大欲"之一，"官逼民反"，也是人之常情，梁山泊的英雄正是被压迫的人民所向往的。

俗人固然同情这些，一部分的雅人，跟俗人相距还不太远的，也未尝不高兴这两部书说出了他们想说而不敢说的。这可以说是一种快感，一种趣味，可并不是低级趣味；这是有关系的，也未尝不是有节制的。"诲淫""诲盗"只是代表统治者的利益的说话。

十九世纪二十世纪之交是个新时代，新时代给我们带来了新文化，产生了我们的知识阶级。这知识阶级跟从前的读书人不大一样，包括了更多的从民间来的分子，他们渐渐跟统治者拆伙而走向民间。

于是乎有了白话正宗的新文学，词曲和小说戏剧都有了正经的地位。还有种种欧化的新艺术。这种文学和艺术却并不能让小市民来"共赏"，不用说农工大众。于是乎有人指出这是新绅士也就是新雅人的欧化，不管一般人能够了解欣赏与否。他们提倡"大众语"运动。但是时机还没有成熟，结果不显著。

抗战以来又有"通俗化"运动，这个运动并已经在开始转向大众化。"通俗化"还分别雅俗，还是"雅俗共赏"的路，大众化却更进一步要达到那没有雅俗之分，只有"共赏"的局面。这大概也会是所谓由量变到质变罢。

论　青　年

冯友兰先生在《新事论·赞中华》篇里第一次指出现在一般人对于青年的估价超过老年之上。

这扼要地说明了我们的时代。这是青年时代,而这时代该从五四运动开始。从那时起,青年人才抬起了头,发现了自己,不再仅仅的做祖父母的孙子,父母的儿子,社会的小孩子。他们发现了自己,发现了自己的群,发现了自己和自己的群的力量。他们跟传统斗争,跟社会斗争,不断地在争取自己领导权甚至社会领导权,要名副其实的做新中国的主人。

但是,像一切时代一切社会一样,中国的领导权掌握在老年人和中年人的手里,特别是中年人的手里。于是乎来了青年的反抗,在学校里反抗师长,在社会上反抗统治者。他们反抗传统和纪律,用怠工,有时也用挺击。

中年统治者记得五四以前青年的沉静,觉着现在青年爱捣乱,惹麻烦,第一步打算压制下去。

可是不成。于是乎敷衍下去。敷衍到了难以收拾的地步,来了集体训练,开出新局面,可是还得等着瞧呢。

青年反抗传统,反抗社会,自古已然;只是一向他们低头受压,使不出大力气,见得沉静罢了。家庭里父代和子代闹别扭是常见的,正是压制与反抗的征象。政治上也有老少两代的斗争,汉朝的贾谊到戊戌六君子,例子并不少。中年人总是在统治的地位,老年人势力足以影响他们的地位时,就是老年时代,青年人势力足以影响他们的地位时,就是青年时代。

老年和青年的势力互为消长,中年人却总是在位,因此无所谓中年时代。老年人的衰朽,是过去,青年人还幼稚,是将来,占有现在的只是中年人。他们一面得安慰老年人,培植青年人,一面也在讥笑前者,烦厌后者。安慰还是顺的,培植却常是逆的,所以更难。培植是凭中年人的学识经验做标准,大致要养成有为有守爱人爱物的中国人。

青年却恨这种切近的典型的标准妨碍他们飞跃的理想。他们不甘心在理想还未疲倦的时候就被压进典型里去,所以总是挣扎着,在憧憬那海阔天空的境界。

中年人不能了解青年人为什么总爱旁逸斜出不走正路,说是时代病。其实这倒是成德达材的大路;压迫的,挣扎着,材德的达成就在这两种力的平衡里。这两种力永恒的一步步平衡着,自古已然,不过现在更其表面化罢了。

青少年课外阅读系列丛书

青年人爱说自己是"天真的","纯洁的"。但是看看这时代,老练的青年可真不少。老练却只是工于自谋,到了临大事,决大疑,似乎又见得幼稚了。

青年要求进步,要求改革,自然很好,他们有的是奋斗的力量。不过大处着眼难,小处下手易,他们的饱满的精力也许终于只用在自己的物质的改革跟进步上;于是骄奢淫逸,无所为,有利无义,有我无人。

中年里原也不缺少这种人,效率却赶不上青年的大。眼光小还可以有一步路,便是做自了汉,得过且过的活下去;或者更退一步,遇事消极,马马虎虎对付着,一点不认真。中年人这两种也够多的。可是青年时就染上这些习气,未老先衰,不免更教人毛骨悚然。

所幸青年人容易回头,"浪子回头金不换",不像中年人往往将错就错,一直沉到底里去。

青年人容易脱胎换骨改样子,是真可以自负之处;精力足,岁月长,前路宽,也是真可以自负之处。总之可能多。可能多倚仗就大,所以青年人狂。

人说青年时候不狂,什么时候才狂?不错。但是这狂气到时候也得收拾一下,不然会忘其所以的。青年人爱讽刺,冷嘲热骂,一学就成,挥之不去;但是这只足以取快一时,久了也会无聊起来的。青年人骂中年人逃避现实,圆通,不奋斗,妥协,自有他们的道理。

不过青年人有时候让现实笼罩住,伸不出头,张不开眼,只模糊的看到面前一段儿路,真是"前不见古人,后不见来者"。这又是小处。若是能够偶然到所谓"世界外之世界"里歇一下脚,也许可以将自己放大些。

青年也有时候偏执不回,过去一度以为读书就不能救国就是的。那时蔡孑民先生却指出"读书不忘救国,救国不忘读书"。这不是妥协,而是一种权衡轻重的圆通观。懂得这种圆通,就可以将自己放平些。能够放大自己,放平自己,才有真正的"工作与严肃",这里就需要奋斗了。

蔡孑民先生不愧人师,青年还是需要人师。用不着满口仁义道德,道貌岸然,也用不着一手摊经,一手握剑,只要认真而亲切的服务,就是人师。但是这些人得组织起来,通力合作。

讲情理,可是不敷衍,重诱导,可还归到守法上。不靠婆婆妈妈气去乞怜青年人,不靠甜言蜜语去买好青年人,也不靠刀子手枪去示威青年人。只言行一致后先一致的按着应该做的放胆放手做去。不过基础得打在学校里;学校不妨尽量社会化,青年训练却还是得在学校里。

学校好像实验室,可以严格的计划着进行一切;可不是温室,除非让它堕落到那地步。训练该注重集体的,集体训练好,个体也会改样子。人说教师只消传授知识就好,学生做人,该自己磨炼去。但是得先有集体训练,教青年有胆量帮助人,制裁人,然后才可以让他们自己磨炼去。

这种集体训练的大任,得教师担当起来。现行的导师制注重个别指导,琐碎而难实践,不如缓办,让大家集中力量到集体训练上。学校以外倒是先有了集中训练,从集中军训起头,跟着来了各种训练班。前者似乎太单纯了,效果和预期差得多,后者好像还差不多。

不过训练班至多只是百尺竿头更进一步,培植根基还得在学校里。在青年时代,学校的使命更重大了,中年教师的责任也更重大了,他们得任劳任怨的领导一群群青年人走上那成德达材的大路。

论　诚　意

诚伪是品性,却又是态度。从前论人的诚伪,大概就品性而言。诚实,诚笃,至诚,都是君子之德;不诚便是诈伪的小人。品性一半是生成,一半是教养;品性的表现出于自然,是整个儿的为人。

说一个人是诚实的君子或诈伪的小人,是就他的行迹总算账。君子大概总是君子,小人大概总是小人。虽然说气质可以变化,盖了棺才能论定人,那只是些特例。不过一个社会里,这种定型的君子和小人并不太多,一般常人都浮沉在这两界之间。所谓浮沉,是说这些人自己不能把握住自己,不免有诈伪的时候。这也是出于自然。还有一层,这些人对人对事有时候自觉的加减他们的诚意,去适应那局势。这就是态度。

青少年课外阅读系列丛书

态度不一定反映出品性来，一个诚实的朋友到了不得已的时候，也会撒个谎什么的。态度出于必要，出于处世的或社交的必要，常人是免不了这种必要的。这是"世故人情"的一个项目。有时可以原谅，有时甚至可以容许。态度的变化多，在现代多变的社会里也许更会使人感兴趣些。

我们嘴里常说的，笔下常写的"诚恳""诚意"和"虚伪"等词，大概都是就态度说的。

但是一般人用这几个词似乎太严格了一些。照他们的看法，不诚恳无诚意的人就未免太多。而年轻人看社会上的人和事，除了他们自己以外差不多尽是虚伪的。这样用"虚伪"那个词，又似乎太宽泛了一些。这些跟老先生们开口闭口说"人心不古，世风日下"同样犯了笼统的毛病。

一般人似于将品性和态度混为一谈，年轻人也如此，却又加上了"天真""纯洁"种种幻想。诚实的品性确是不可多得，但人孰无过，不论那方面，完人或圣贤总是很少的。我们恐怕只能宽大些，卑之无甚高论，从态度上着眼。不然无谓的烦恼和纠纷就太多了。至于天真纯洁，似乎只是儿童的本分——老气横秋的儿童实在不顺眼。可是一个人若总是那么天真纯洁下去，他自己也许还没有什么，给别人的麻烦却就太多。有人赞美"童心""孩子气"，那也只限于无关大体的小节目，取其可以调剂调剂平板的氛围气。若是重要关头也如此，那时天真恐怕只是任性，纯洁恐怕只是无知罢了。幸而不诚恳，无诚意，虚伪等等已经成了口头禅，一般人只是跟着大家信口说着，至多皱皱眉，冷笑笑，表示无可奈何的样子就过去了。自然也短不了认真的，那却苦了自己，甚至于苦了别人。

年轻人容易认真，容易不满意，他们的不满意往往是社会改革的动力。可是他们也得留心，若是在诚伪的分别上认真得过了分，也许会成为虚无主义者。人与人事与事之间各有分际，言行最难得恰如其分。诚意是少不得的，但是分际不同，无妨斟酌加减点儿。种种礼数或过场就是从这里来的。

有人说礼是生活的艺术，礼的本意应该如此。日常生活里所谓客气，也是一种礼数或过场。有些人觉得客气太拘形迹，不见真心，不是诚恳的态度。这些人主张率性自然。

率性自然未尝不可，但是得看人去。若是一见生人就如此这般，就有点野了。即使熟人，毫无节制的率性自然也不成。夫妇算是熟透了的，有时还得"相敬如宾"，别人可想而知。总之，在不同的局势下，率性自然可以表示诚意，客气也可以表示诚意，不过诚意的程度不一样罢了。客气要大方，合身份，不然就是诚意太多；诚意太多，诚意就太贱了。

看人，请客，送礼，也都是些过场。有人说这些只是虚伪的俗套，无聊的玩意儿。但是这些其实也是表示诚意的。总得心里有这个人，才会去看他，请他，送他礼，这就有诚意了。

至于看望的次数，时间的长短，请作主客或陪客，送礼的情形，只是诚意多少的分别，不是有无的分别。看人又有回看，请客有回请，送礼有回礼，也只是回答诚意。古语说得好，"来而不往非礼也"，无论古今，人情总是一样的。有一个人送年礼，转来转去，自己送出去的礼物，有一件竟又回到自己手里。他觉得虚伪无聊，当做笑谈。笑谈确乎是的，但是诚意还是有的。又一个人路上遇见一个本不大熟的朋友向他说，"我要来看你。"这个人告诉别人说，"他用不着来看我，我也知道他不会来看我，你瞧这句话才没意思哪！"那个朋友的诚意似乎是太多了。凌叔华女士写过一个短篇小说，叫做《外国规矩》，说一位青年留学生陪着一位旧家小姐上公园，尽招呼她这样那样的。她以为让他爱上了，哪里知道他行的只是"外国规矩"！这喜剧由于那位旧家小姐不明白新礼数，新过场，多估量了那位留学生的诚意。可见诚意确是有分量的。

人为自己活着，也为别人活着。在不伤害自己身份的条件下顾全别人的情感，都得算是诚恳，有诚意。这样宽大的看法也许可以使一些人活得更有兴趣些。西方有句话，"人生是做戏。"做戏也无妨，只要有心往好里做就成。客气等等一定有人觉得是做戏，可是只要为了大家好，这种戏也值得做的。另一方面，诚恳，诚意也未必不是戏。现在人常说，"我很诚恳的告诉你"，"我是很有诚意的"，自己标榜自己的诚恳，诚意，大有卖瓜的说瓜甜的神气，诚实的君子大概不会如此。不过一般人也已习惯自然，知道这只是为了增加诚意的分量，强调自己的态度，跟买卖人的吆喝到底不是一回事儿。常人到底是常人，得跟着局势斟酌加减他们的诚意，变化他们的态度；这就不免沾上了些戏味。西方还有句话，"诚实是最好的政策"，"诚实"也只是态度；这似乎也是一句戏词儿。

论 气 节

气节是我国固有的道德标准，现代还用着这个标准来衡量人们的行为，主要的是所谓读书人或士人的立身处世之道。但这似乎只在中年一代如此，青年代倒像不大理会这种传统的标准，他们在用着正在建立的新的标准，也可以叫做新的尺度。

中年代一般的接受这传统，青年代却不理会它，这种脱节的现象是这种变的时代或动乱时代常有的。

因此就引不起什么讨论。直到近年，冯雪峰先生才将这标准这传统作为问题提出，加以分析和批判：这是在他的《乡风与市风》那本杂文集里。

冯先生指出"士节"的两种典型：一是忠臣，一是清高之士。他说后者往往因为脱离了现实，成为"为节而节"的虚无主义者，结果往往会变了节。他却又说"士节"是对人生的一种坚定的态度，是个人意志独立的表现。

因此也可以成就接近人民的叛逆者或革命家，但是这种人物的造就或完成，只有在后来的时代，例如我们的时代。

冯先生的分析，笔者大体同意；对这个问题笔者近来也常常加以思索，现在写出自己的一些意见，也许可以补充冯先生所没有说到的。

气和节似乎原是两个各自独立的意念。《左传》上有"一鼓作气"的话，是说战斗的。

后来所谓"士气"就是这个气，也就是"斗志"；这个"士"指的是武士。孟子提倡的"浩然之气"，似乎就是这个气的转变与扩充。他说"至大至刚"，说"养勇"，都是带有战斗性的。"浩然之气"是"集义所生"，"义"就是"有理"或"公道"。后来所谓"义气"，意思要狭隘些，可也算是"浩然之气"的分支。现在我们常说的"正义感"，虽然特别强调现实，似乎也还可以算是跟"浩然之气"联系着的。至于文天祥所歌咏的"正气"，更显然跟"浩然之气"一脉相承。不过在笔者看来两者却并不完全相同，文氏似乎在强调那消极的节。

节的意念也在先秦时代就有了，《左传》里有"圣达节，次守节，下失节"的话。古代注重礼乐，乐的精神是"和"，礼的精神是"节"。礼乐是贵族生活的手段，也可以说是目的。他们要定等级，明分际，要有稳固的社会秩序，所以要"节"，但是他们要统治，要上统下，所以也要"和"。礼以"节"为主，可也得跟"和"配合着；乐以"和"为主，可也得跟"节"配合着。节跟和是相反相成的。

明白了这个道理，我们可以说所谓"圣达节"等等的"节"，是从礼乐里引申出来成了行为的标准或做人的标准；而这个节其实也就是传统的"中道"。按说"和"也是中道，不同的是"和"重在合，"节"重在分；重在分所以重在不犯不乱，这就带上消极性了。

向来论气节的，大概总从东汉末年的党祸起头。那是所谓处士横议的时代。在野的士人纷纷的批评和攻击宦官们的贪污政治，中心似乎在太学。这些在野的士人虽然没有严密的组织，却已经在联合起来，并且博得了人民的同情。宦官们害怕了，于是乎逮捕拘禁那些领导人。

这就是所谓"党锢"或"勾党"，"勾"是"勾连"的意思。从这两个名称上可以见出这是一种群众的力量。那时逃亡的党人，家家愿意收容着，所谓"望门投止"，也可以见出人民的态度，这种党人，大家尊为气节之士。气是敢作敢为，节是有所不为——有所不为也就是不合作。

这敢作敢为是以集体的力量为基础的，跟孟子的"浩然之气"与世俗所谓"义气"只注重领导者的个人不一样。后来宋朝几千大学生请愿罢免奸臣，以及明朝东林党的攻击宦官，都是集体行动，也都是气节的表现。但是这种表现里似乎积极的"气"更重于消极的"节"。

在专制时代的种种社会条件之下，集体的行动是不容易表现的，于是士人的立身处世就偏向了"节"这个标准。在朝的要做忠臣。这种忠节或是表现在冒犯君主尊严的直谏上，有时因此牺牲性命；或是表现在不做新朝的官甚至以身殉国上。忠而至于死，那是忠而又烈了。

在野的要做清高之士，这种人表示不愿和在朝的人合作，因而游离于现实之外；或者更逃避到山林之中，那就是隐逸之士了。这两种节，忠节与高节，都是个人的消极的表现。忠节至多造就一些失败的英雄，高节更只能造就一些明哲保身的自了汉，甚至于一些虚无主义者。原来气是动的，可以变化。

我们常说志气，志是心之所向，可以在四方，可以在千里，志和气是配合着的。节却是静的，不变的；所以要"守节"，要不"失节"。有时候节甚至于是死的，死的节跟活的现实脱了榫，于是乎自命清高的人结果变了节，冯雪峰先生论到周作人，就是眼前的例子。从统治阶级的立场看，"忠言逆耳利于行"，忠臣到底是卫护着这个阶级的，而清高之士消纳了叛逆者，也是有利于这个阶级的。所以宋朝人说"饿死事小，失节事大"，原先说的是女人，后来也用来说士人，这正是统治阶级代言人的口气，但是也表示着到了那时代士的个人地位的增高和责任的加重。

"士"或称为"读书人"，是统治阶级最下层的单位，并非"帮闲"。他们的利害跟君相是共同的，在朝固然如此，在野也未尝不如此。固然在野的处士可以不受君臣名分的束缚，可以"不事王侯，高尚其事"，但是他们得吃饭，这饭恐怕还得靠农民耕给他们吃，而这些农民大概是属于他们做官的祖宗的遗产的。"躬耕"往往是一句门面话，就是偶然有个把真正躬耕的如陶渊明，精神上或意识形态上也还是在负着天下兴亡之责的士，陶的《述酒》等诗就是证据。

可见处士虽然有时横议，那只是自家人吵嘴闹架，他们生活的基础一般的主要的还是在农民的劳动上，跟君主与在朝的大夫并无两样，而一般的主要的意识形态，彼此也是一致的。

然而士终于变质了，这可以说是到了民国时代才显著。从清朝末年开设学校，教员和学生渐渐加多，他们渐渐各自形成一个集团；其中有不少的人参加革新运动或革命运动，而大多数也倾向着这两种运动。这已是气重于节了。

等到民国成立，理论上人民是主人，事实上是军阀争权。这时代的教员和学生意识着自己的主人身份，游离了统治的军阀；他们是在野，可是由于军阀政治的腐败，却渐渐获得了一种领导的地位。他们虽然还不能和民众打成一片，但是已经在渐渐的接近民众。

五四运动划出了一个新时代。自由主义建筑在自由职业和社会分工的基础上。教员是自由职业者，不是官，也不是候补的官。学生也可以选择多元的职业，不是只有做官一路。他们于是从统治阶级独立，不再是"士"或所谓"读书人"，而变成了"知识分子"，集体的就是"知识阶级"。残余的"士"或"读书人"自然也还有，不过只是些残余罢了。

这种变质是中国现代化的过程的一段，而中国的知识阶级在这过程中也曾尽了并且还在想尽他们的任务，跟这时代世界上别处的知识阶级一样，也分享着他们一般的运命。若用气节的标准来衡量，这些知识分子或这个知识阶级开头是气重于节，到了现在却又似乎是节重于气了。

知识阶级开头凭着集团的力量勇猛直前，打倒种种传统，那时候是敢作敢为一股气。可是这个集团并不大，在中国尤其如此，力量到底有限，而与民众打成一片又不容易，于是碰到集中的武力，甚至加上外来的压力，就抵挡不住。

而一方面广大的民众抬头要饭吃，他们也没法满足这些饥饿的民众。他们于是失去了领导的地位，逗留在这夹缝中间，渐渐感觉着不自由，闹了个"四大金刚悬空八只脚"。他们于是只能保守着自己，这也算是节罢；也想缓缓地落下地去，可是气不足，得等着瞧。可是这里的是偏于中年一代。

青年代的知识分子却不如此，他们无视传统的"气节"，特别是那种消极的"节"，替代的是"正义感"，接着"正义感"的是"行动"，其实"正义感"是合并了"气"和"节"，"行动"还是"气"。这是他们的新的做人的尺度。等到这个尺度成为标准，知识阶级大概是还要变质的罢？

荷塘月色

这几天心里颇不宁静。今晚在院子里坐着乘凉，忽然想起日日走过的荷塘，在这满月的光里，总该另有一番样子吧。

月亮渐渐地升高了，墙外马路上孩子们的欢笑，已经听不见了；妻在屋里拍着闰儿,迷迷糊糊地哼着眠歌。我悄悄地披了大衫,带上门出去。

沿着荷塘,是一条曲折的小煤屑路。这是一条幽僻的路;白天也少人走,夜晚更加寂寞。荷塘四面,长着许多树,蓊蓊郁郁的。路的一旁,是些杨柳,和一些不知道名字的树。没有月光的晚上,这路上阴森森的,有些怕人。今晚却很好,虽然月光也还是淡淡的。

路上只我一个人,背着手踱着。这一片天地好像是我的;我也像超出了平常的自己,到了另一世界里。我爱热闹,也爱冷静;爱群居,也爱独处。

像今晚上,一个人在这苍茫的月下,什么都可以想,什么都可以不想,便觉是个自由的人。白天里一定要做的事,一定要说的话,现在都可不理。这是独处的妙处,我且受用这无边的荷香月色好了。

曲曲折折的荷塘上面,弥望的是田田的叶子。叶子出水很高,像亭亭的舞女的裙。层层的叶子中间,零星地点缀着些白花,有袅娜地开着的,有羞涩地打着朵儿的;正如一粒粒的明珠,又如碧天里的星星,又如刚出浴的美人。

微风过处,送来缕缕清香,仿佛远处高楼上渺茫的歌声似的。这时候叶子与花也有一丝的颤动,像闪电般,霎时传过荷塘的那边去了。叶子本是肩并肩密密地挨着,这便宛然有了一道凝碧的波痕。叶子底下是脉脉的流水,遮住了,不能见一些颜色;而叶子却更见风致了。

月光如流水一般,静静地泻在这一片叶子和花上。薄薄的青雾浮起在荷塘里。叶子和花仿佛在牛乳中洗过一样;又像笼着轻纱的梦。虽然是满月,天上却有一层淡淡的云,所以不能朗照;但我以为这恰是到了好处——酣眠固不可少,小睡也别有风味的。月光是隔了树照过来的,高处丛生的灌木,落下参差的斑驳的黑影,峭楞楞如鬼一般;弯弯的杨柳的稀疏的倩影,却又像是画在荷叶上。塘中的月色并不均匀;但光与影有着和谐的旋律,如梵婀玲上奏着的名曲。

荷塘的四面,远远近近,高高低低都是树,而杨柳最多。这些树将一片荷塘重重围住;只在小路一旁,漏着几段空隙,像是特为月光留下的。树色一例是阴阴的,乍看像一团烟雾;但杨柳的风姿,便在烟雾里也辨得出。树梢上隐隐约约的是一带远山,只有些大意罢了。树缝里也漏着一两点路灯光,没精打采的,是渴睡人的眼。这时候最热闹的,要数树上的蝉声与水里的蛙声;但热闹是它们的,我什么也没有。

忽然想起采莲的事情来了。采莲是江南的旧俗,似乎很早就有,而六朝时为盛;从诗歌里可以约略知道。采莲的是少年的女子,她们是荡着小船,唱着艳歌去的。采莲人不用说很多,还有看采莲的人。那是一个热闹的季节,也是一个风流的季节。梁元帝《采莲赋》里说得好:

> 棹将移而藻挂,船欲动而萍开。尔其纤腰束素,迁延顾步;夏始春余,叶嫩花初,恐沾裳而浅笑,畏倾船而敛裾。

可见当时嬉游的光景了。这真是有趣的事,可惜我们现在早已无福消受了。

于是又记起《西洲曲》里的句子:

> 采莲南塘秋,莲花过人头;低头弄莲子,莲子清如水。

今晚若有采莲人,这儿的莲花也算得"过人头"了;只不见一些流水的影子,是不行的。这令我到底惦着江南了。——这样想着,猛一抬头,不觉已是自己的门前;轻轻地推门进去,什么声息也没有,妻已睡熟好久了。

执政府大屠杀记

三月十八是一个怎样可怕的日子! 我们永远不应该忘记这个日子!

这一日,执政府的卫队,大举屠杀北京市民——十分之九是学生! 死者四十余人,伤者约二百人! 这在北京是第一回大屠杀!

这一次的屠杀,我也在场,幸而直到出场时不曾遭着一颗弹子;请我

青少年课外阅读系列丛书

青
少
年
课
外
阅
读
系
列
丛
书

的远方的朋友们安心！

第二天看报，觉得除一两家报纸外，各报记载多有与事实不符之处。究竟是访闻失实，还是安着别的心眼儿，我可不得而知，也不愿细论。

我只说我当场眼见和后来耳闻的情形，请大家看看这阴惨惨的二十世纪二十六年三月十八日的中国！——十九日《京报》所载几位当场逃出的人的报告，颇是翔实，可以参看。

我先说游行队。我白天安门出发后，曾将游行队从头至尾看了一回。

全数约二千人；工人有两队，至多五十人；广东外交代表团一队，约十余人；国民党北京特别市党部一队，约二三十人；留日归国学生团一队，约二十人，其余便多是北京的学生了，内有女学生三队。

拿木棍的并不多，而且都是学生，不过十余人；工人拿木棍的，我不曾见。木棍约三尺长，一端削尖了，上贴书有门号的纸，做成旗帜的样子，至于"有铁钉的木棍"我却不曾见！

我后来和清华学校的队伍同行，在大队的最后。我们到执政府前空场上时，大队已散开在满场了。这时府门前站着约摸两百个卫队，分两边排着；领章一律是红的，上面"府卫"两个黄铜字，确是执政府的卫队。

他们都背着枪，悠然的站着；毫无紧张的颜色。而且枪上不曾上刺刀，更不显出什么威武。这时有一个人爬在石狮子头上照相。那边府里正面楼上，栏杆上伏满了人，而且拥挤着，大约是看热闹的。在这一点上，执政府颇像寻常的人家，而不像堂堂的"执政府"了。

照相的下了石狮子，南边有了报告的声音："他们说是一个人没有，我们怎么样？"这大约已是五代表被拒以后了；我们因走进来晚，故未知前事——但在这时以前，群众的嚷声是绝没有的。到这时才有一两处的嚷声了："回去是不行的！""吉兆胡同！""……"忽然队势散动了，许多人纷纷往外退走；有人连声大呼："大家不要走，没有什么事！"一面还扬起了手，我们清华队的指挥也扬起手叫道："清华的同学不要走，没有事！"

这其间，人众稍稍聚拢，但立刻即又散开；清华的指挥第二次叫声刚完，我看见众人纷纷逃避时，一个卫队已装完子弹了！我赶忙向前跑了几步，向一堆人旁边睡下；但没等我睡下，我的上面和后面各来了一个人，紧紧地挨着我。我不能动了，只好蜷曲着。

这时已听到劈劈啪啪的枪声了;我生平是第一次听枪声,起初还以为是空枪呢(这时已忘记了看见装子弹的事)。但一两分钟后,有鲜红的热血从上面滴到我的手背上,马褂上了,我立刻明白屠杀已在进行!

这时并不害怕,只静静的注意自己的命运,其余什么都忘记。全场除劈啪的枪声外,也是一片大静默,绝无一些人声;什么"哭声震天",只是记者先生们的"想当然耳"罢了。

我上面流血的那一位,虽滴滴地流着血,直到第一次枪声稍歇,我们爬起来逃走的时候,他也不吱一声。这正是死的袭来,沉默便是死的消息。

事后想起,实在有些悚然。在我上面的不知是谁。我因为不能动转,不能看见他;而且也想不到看他——我真是个自私的人!

后来逃跑的时候,才又知道掉在地下的我的帽子和我的头上,也滴了许多血,全是他的! 他足流了两分钟以上的血,都流在我身上,我想他总吃了大亏,愿神保佑他平安! 第一次枪声约经过五分钟,共放了好几排枪;司令的是用警笛;警笛一鸣,便是一排枪,警笛一声接着一声,枪声就跟着密了,那警笛声甚凄厉,但有几乎一定的节拍,足见司令者的从容!

后来听别的目睹者说,司令者那时还用指挥刀指示方向,总是向人多的地方射击! 又有目睹者说,那时执政府楼上还有人手舞足蹈的大乐呢!

我现在缓叙第一次枪声稍歇后的故事,且追述些开枪时的情形。我们进场距开枪时,至多四分钟;这其间有照相有报告,有一两处的嚷声,我都已说过了。

我记得,我确实记得,最后的嚷声距开枪只有一分余钟;这时候,群众散而稍聚,稍聚而复纷散,枪声便开始了。这也是我说过的。

但"稍聚"的时候,阵势已散,而且大家存了观望的心,颇多趑趄不前的,所谓"进攻"的事是绝没有的! 至于第一次纷散之故,我想是大家看见卫队从背上取下枪来装子弹而惊骇了;因为第二次纷散时,我已看见一个卫队(其余自然也是如此,他们是依命令动作的)装完子弹了。

在第一次纷散之前,群众与卫队有何冲突,我没有看见,不得而知。但后来据一个受伤的说,他看见有一部分人——有些是拿木棍的——想要冲进府去。

这事我想来也是有的；不过这绝不是卫队开枪的缘由，至多只是他们的借口。他们的荷枪挟弹与不上刺刀（故示镇静）与放群众自由入辕门内（便于射击），都是表示他们"聚而歼旃"的决心，冲进去不冲进去是没有多大关系的。证以后来东门口的拦门射击，更是显明！原来先逃出的人，出东门时，以为总可得着生路；那知迎头还有一支兵，——据某一种报上说，是从吉兆胡同来的手枪队，不用说，自然也是杀人不眨眼的府卫队了！——开枪痛击。那时前后都有枪弹，人多门狭，前面的枪又极近，死亡枕藉！这是事后一个学生告诉我的；他说他前后两个人都死了，他躲闪了一下，总算幸免。这种间不容发的生死之际也够人深长思了。照这种种情形，就是不在场的诸君，大约也不至于相信群众先以手枪轰击卫队了吧。

而且轰击必有声音，我站的地方，离开卫队不过二十余步，在第二次纷散之前，却绝未听到枪声。其实这只要看政府巧电的含糊其辞，也就够证明了。

至于所谓当场夺获的手枪，虽然像煞有介事地举出号数，使人相信，但我总奇怪：夺获的这些支手枪，竟没有一支曾经当场发过一响，以证明他们自己的存在。——难道拿手枪的人都是些傻子么？还有，现在很有人从容地问："开枪之前，有警告么？"我现在只能说，我看见的一个卫队，他的枪口是正对着我们的，不过那是刚装完子弹的时候。

而在我上面的那位可怜的朋友，他流血是在开枪之后约一两分钟时。我不知卫队的第一排枪是不是朝天放的，但即使是朝天放的，也不算是警告；因为未开枪时，群众已经纷散，放一排朝天枪（假定如此）后，第一次听枪声的群众，当然是不会回来的了（这不是一个人胆力的事，我们也无须假充硬汉），何用接二连三地放平枪呢！即使怕一排枪不够驱散众人，尽放朝天枪好了，何用放平枪呢！所以即使卫队曾放了一排朝天枪，也决不足做他们丝毫的辩解；况且还有后来的拦门痛击呢，这难道还要问："有无超过必要程度？"

第一次枪声稍歇后，我茫然地随着众人奔逃出去。我刚发脚的时候，便看见旁边有两个同伴已经躺下了！我来不及看清他们的面貌，只见前面一个，右乳部有一大块殷红的伤痕，我想他是不能活了！那红色我永远

青少年课外阅读系列丛书

不忘记！同时还听见一声低缓的呻吟，想是另一位的，那呻吟我也永远不忘记！我不忍从他们身上跨过去，只得绕了道弯着腰向前跑，觉得通身懈弛得很；后面来了一个人，立刻将我撞了一跤。

我爬了两步，站起来仍是弯着腰跑。这时当路有一副金丝圆眼镜，好好地直放着；又有两架自行车，颇挡我们的路，大家都很艰难地从上面踏过去。

我不自主地跟着众人向北躲入马号里。我们偃卧在东墙角的马粪堆上。马粪堆很高，有人想爬墙过去；墙外就是通路。我看着一个人站着，一个人正向他肩上爬上去。我自己觉得绝没有越墙的气力，便也不去看他们。而且里面枪声早又密了，我还得注意运命的转变。

这时听见墙边有人问：

"是学生不是？"

下文不知如何，我猜是墙外的兵问的。那两个爬墙的人，我看见，似乎不是学生，我想他们或者得了兵的允许而下去了。

若我猜的不大错，从这一句简单的问语里，我们可以看出卫队乃至政府对于学生海样深的仇恨！而且可以看出，这一次的屠杀确是有意这样"整顿学风"的；我后来知道，这时有几个清华学生和我同在马粪堆上。

有一个告诉我，他旁边有一位女学生曾喊他救命，但是他没有法子，这真是可遗憾的事，她以后不知如何了！我们偃卧马粪堆上，不过两分钟，忽然看见对面马厩里有一个兵拿着枪，正装好子弹，似乎就要向我们放。我们立刻起来，仍弯着腰逃走；这时场里还有疏散的枪声，我们也顾不得了。走出马路，就到了东门口。

这时枪声未歇，东门口拥塞得几乎水泄不通。我隐约看见底下蜷缩地蹲着许多人，我们便推推搡搡，拥挤着，挣扎着，从他们身上踏上去。

那时理性真失了作用，竟怗然不以为怪似的。我被挤得往后仰了几回，终于只好竭全身之力，向前而进。在我前面的一个人，脑后大约被枪弹擦伤，汩汩地流着血；他也同样地一歪一倒地挣扎着。但他一会儿便不见了，我想他是平安的下去了。我还在人堆上走。

这个门是平安与危险的界线，是生死之门，故大家都不敢放松一步。

这时希望充满在我心里。后面稀疏的弹子，倒觉不十分在意。前一次的奔逃,但求不即死而已,这回却求生了;在人堆上的众人,都积极地显出生之努力。但仍是一味的静;大家在这千钧一发的关头,哪有闲心情和闲工夫来说话呢?我努力的结果,终于从人堆上滚了下来,我的命运这才算定了局。那时门口只剩两个卫队,在那儿闲谈,侥幸得很,手枪队已不见了!后来知道门口人堆里实在有些是死尸,就是被手枪队当门打死的!现在想着死尸上越过的事,真是不寒而栗呵!我真不中用,出了门口,一面走,一面只是喘息!后面有两个女学生,有一个我真佩服她;她还能微笑着对她的同伴说:"他们也是中国人哪!"这令我惭愧了!我想人处这种境地,若能从怕的心情转为兴奋的心情,才真是能救人的人。若只一味的怕,"斯亦不足畏也已!"

我呢,这回是由怕而归于木木然,实是很可耻的!但我希望我的经验能使我的胆力逐渐增大!这回在场中有两件事很值得纪念:一是清华同学韦杰三君(他现在已离开我们了!)受伤倒地的时候,别的两位同学冒死将他抬了出来;一是一位女学生曾经帮助两个男学生脱险。这都是我后来知道的。这都是侠义的行为,值得我们永远敬佩的!

我和那两个女学生出门沿着墙往南而行。那时还有枪声,我极想躲入胡同里,以免危险;她们大约也如此的,走不上几步,便到了一个胡同口;我们便想拐弯进去。

这时墙角上立着一个穿短衣的看闲的人,他向我们轻轻地说:"别进这个胡同!"我们莫名其妙地依从了他,走到第二个胡同进去;这才真脱险了!后来知道卫队有抢劫的事(不仅报载,有人亲见),又有用枪柄、木棍、大刀,打人、砍人的事,我想他们一定就在我们没走进的那条胡同里做那些事!感谢那位看闲的人!卫队既在场内和门外放枪,还觉杀的不痛快,更拦着路迎击,其泄愤之道,真是无所不用其极了!

区区一条生命,在他们眼里,正和一根草,一堆马粪一般,是满不在乎的!所以有些人虽幸免于枪弹,仍是被木棍、枪柄打伤,大刀砍伤;而魏士毅女士竟死于木棍之下,这真是永久的战栗啊!据燕大的人说,魏女士是于逃出门时被一个卫兵从后面用有楞的粗木棍儿兜头一下,打得脑浆迸裂而死!我不知她出的是那一个门,我想大约是西门吧。因为那天我在西直门的电车上,遇见一个高工的学生,他告诉我,他从西门出来,共经过三道门（就是海军部的西辕门和陆军部的东西辕门），每道门皆有卫队用枪柄、木棍和大刀向逃出的人猛烈地打击。他的左臂被打好几次，已不能动弹了。

我的一位同事的儿子，后脑被打平了，现在已全然失了记忆，我猜也是木棍打的。受这种打击而致重伤或死的，报纸上自然有记载；致轻伤的就无可稽考，但必不少。

所以我想这次受伤的还不止二百人！卫队不但打人，行劫，最可怕的是剥死人的衣服，无论男女，往往剥到只剩一条绔为止；这只要看看前几天《世界日报》的照相就知道了。就是不谈什么"人道"，难道连国家的体统，"临时执政"的面子都不顾了么；段祺瑞你自己想想吧！听说事后执政府乘人不知，已将死尸掩埋了些，以图遮掩耳目。

这是我的一个朋友从执政府里听来的；若是的确，那一定将那得最血肉模糊的先掩埋了。免得激动人心。但一手岂能尽掩天下耳目呢？我不知道现在，那天去执政府的人还有失踪的没有？若有，这个消息真是很可怕的！

这回的屠杀，死伤之多，过于五卅事件，而且是"同胞的枪弹"，我们将何以间执别人之口！而且在首都的堂堂执政府之前，光天化日之下，屠杀之不足，继之以抢劫，剥尸，这种种兽行，段祺瑞等固可行之而不，但我们国民有此无脸的政府，又何以自容于世界！——这正是世界的耻辱呀！我们也想想吧！此事发生后，警察总监李鸣钟匆匆来到执政府，说，"死了这么多人，叫我怎么办？"他这是局外的说话，只觉得无善法以调停两间而已。我们现在局中，不能如他的从容，我们也得问一问：

"死了这么多人，我们该怎么办？"

春

盼望着，盼望着，东风来了，春天的脚步近了。

一切都像刚睡醒的样子，欣欣然张开了眼。山朗润起来了，水长起来了，太阳的脸红起来了。

小草偷偷地从土里钻出来，嫩嫩的，绿绿的。园子里，田野里，瞧去，一大片一大片满是的。坐着，躺着，打两个滚，踢几脚球，赛几趟跑，捉几回迷藏。风轻悄悄的，草绵软软的。

桃树、杏树、梨树，你不让我，我不让你，都开满了花赶趟儿。红的像火，粉的像霞，白的像雪。花里带着甜味，闭了眼，树上仿佛已经满是桃儿、杏儿、梨儿！花下成千成百的蜜蜂嗡嗡地闹着，大小的蝴蝶飞来飞去。野花遍地是：杂样儿，有名字的，没名字的，散在草丛里，像眼睛，像星星，还眨呀眨的。

"吹面不寒杨柳风"，不错的，像母亲的手抚摸着你。风里带来些新翻的泥土的气息，混着青草味，还有各种花的香，都在微润湿的空气里酝酿。鸟儿将窠巢安在繁花嫩叶当中，高兴起来了，呼朋引伴地卖弄清脆的喉咙，唱出婉转的曲子，与轻风流水应和着。牛背上牧童的短笛，这时候也成天在嘹亮地响。

雨是最寻常的，一下就是三两天。可别恼。看：像牛毛，像花针，像细丝，密密地斜织着，人家屋顶上全笼着一层薄烟。树叶子却绿得发亮，小草也青得逼你的眼。傍晚时候，上灯了，一点点黄晕的光，烘托出一片安静而和平的夜。乡下去，小路上，石桥边，撑起伞慢慢走着的人；还有地里工作的农夫，披着蓑，戴着笠的。他们的草屋，稀稀疏疏的在雨里静默着。

天上风筝渐渐多了，地上孩子也多了。城里乡下，家家户户，老老小小，他们也赶趟儿似的，一个个都出来了。舒活舒活筋骨，抖擞抖擞精神，各做各的一份事去。"一年之计在于春"：刚起头儿，有的是工夫，有的是希望。

春天像刚落地的娃娃，从头到脚都是新的，它生长着。

春天像小姑娘，花枝招展的，笑着，走着。

春天像健壮的青年，有铁一般的胳膊和腰脚，他领着我们上前去。

说 扬 州

青少年课外阅读系列丛书

在第十期上看到曹聚仁先生的《闲话扬州》，比那本出名的书有味多了。不过那本书将扬州说得太坏，曹先生又未免说得太好；也不是说得太好，他没有去过那里，所说的只是从诗赋中，历史上得来的印象。这些自然也是扬州的一面，不过已然过去，现在的扬州却不能再给我们那种美梦。

自己从七岁到扬州，一住十三年，才出来念书。家里是客籍，父亲又是在外省当差事的时候多，所以与当地贤豪长者并无来往。他们的雅事，如访胜，吟诗，赌酒，书画名家，烹调佳味，我那时全没有份，也全不在行。因此虽住了那么多年，并不能做扬州通，是很遗憾的。记得的只是光复的时候，父亲正病着，让一个高等流氓凭了军政府的名字，敲了一竹杠；还有，在中学的几年里，眼见所谓"甩子团"横行无忌。

"甩子"是扬州方言，有时候指那些"怯"的人，有时候指那些满不在乎的人。"甩子团"不用说是后一类；他们多数是绅宦家子弟，仗着家里或者"帮"里的势力，在各公共场所闹标劲，如看戏不买票，起哄等等，也有包揽词讼，调戏妇女的。更可怪的，大乡绅的仆人可以指挥警察区区长，可以大模大样招摇过市——这都是民国五六年的事，并非前清君主专制时代。自己当时血气方刚，看了一肚子气；可是人微言轻，也只好让那口气憋着罢了。

从前扬州是个大地方，如曹先生那文所说；现在盐务不行了，简直就算个没"落儿"的小城。

可是一般人还忘其所以地要气派，自以为美，几乎不知天多高地多厚。这真是所谓"夜郎自大"了。扬州人有"扬虚子"的名字；这个"虚子"有两种意思，一是大惊小怪，二是以少报多，总而言之，不离乎虚张声势的毛病。

他们还有个"扬盘"的名字，譬如东西买贵了，人家可以笑话你是"扬盘"；又如店家价钱要的太贵，你可以诘问他，"把我当扬盘着么?"盘是捧出来给别人看的，正好形容耍气派的扬州人。又有所谓"商派"，讥笑那些仿效盐商的奢侈生活的人，那更是气派中之气派了。但是这里只就一般情形说，刻苦诚笃的君子自然也有；我所敬爱的朋友中，便不缺乏扬州人。

提起扬州这地名，许多人想到的是出女人的地方。但是我长到那么大，从来不曾在街上见过一个出色的女人，也许那时女人还少出街吧? 不过从前人所谓"出女人"，实在指姨太太与妓女而言；那个"出"字就和出羊毛，出苹果的"出"字一样。《陶庵梦忆》里有"扬州瘦马"一节，就记的这类事；但是我毫无所知。不过纳妾与狎妓的风气渐渐衰了，"出女人"那句话怕迟早会失掉意义的吧。另有许多人想，扬州是吃得好的地方。这个保你没错儿。北平寻常提到江苏菜，总想着是甜甜的腻腻的。现在有了淮扬菜，才知道江苏菜也有不甜的；但还以为油重，和山东菜的清淡不同。其实真正油重的是镇江菜，上桌子常教你腻得无可奈何。扬州菜若是让盐商家的厨子做起来，虽不到山东菜的清淡，却也滋润，利落，决不腻嘴腻舌。

不但味道鲜美，颜色也清丽悦目。扬州又以面馆著名。好在汤味醇美，是所谓白汤，由种种出汤的东西如鸡鸭鱼肉等熬成，好在它的厚，和啖熊掌一般。也有清汤，就是一味鸡汤，倒并不出奇。内行的人吃面要"大煮"；普通将面挑在碗里，浇上汤，"大煮"是将面在汤里煮一会，更能入味些。

扬州最著名的是茶馆；早上去下午去都是满满的。吃的花样最多。坐定了沏上茶，便有卖零碎的来兜揽，手臂上挽着一个黯淡的柳条筐，筐子里摆满了一些小蒲包分放着瓜子花生炒盐豆之类。又有炒白果的，在担子上铁锅爆着白果，一片铲子的声音。得先告诉他，才给你炒。炒得壳子爆了，露出黄亮的仁儿，铲在铁丝罩里送过来，又热又香。还有卖五香牛肉的，让他抓一些，摊在干荷叶上；叫茶房拿点好麻酱油来，拌上慢慢地吃,也可向卖零碎的买些白酒——扬州普通都喝白酒——喝着。这才叫茶房烫干丝。

北平现在吃干丝,都是所谓煮干丝;那是很浓的,当菜很好,当点心却未必合适。烫干丝先将一大块方的白豆腐干飞快地切成薄片,再切为细丝,放在小碗里,用开水一浇,干丝便熟了;逼去了水,抟成圆锥似的,再倒上麻酱油,搁一撮虾米和干笋丝在尖儿,就成。说时迟,那时快,刚瞧着在切豆腐干,一眨眼已端来了。烫干丝就是清得好,不妨碍你吃别的。

接着该要小笼点心。北平淮扬馆子出卖的汤包,诚哉是好,在扬州却少见;那实在是淮阴的名字,扬州不该掠美。扬州的小笼点心,肉馅儿的,蟹肉馅儿的,笋肉馅儿的且不用说,最可口的是菜包子、菜烧卖,还有干菜包子。菜选那最嫩的,剁成泥,加一点儿糖一点儿油,蒸得白生生的,热腾腾的,到口轻松地化去,留下一丝儿余味。

干菜也是切碎,也是加一点儿糖和油,燥湿恰到好处;细细地咬嚼,可以嚼出一点橄榄般的回味来。这么着每样吃点儿也并不太多。要是有饭局,还尽可以从容地去。但是要老资格的茶客才能这样有分寸;偶尔上一回茶馆的本地人外地人,却总忍不住狼吞虎咽,到时捧着肚子走出。

扬州游览以水为主,以船为主,已另有文记过,此处从略。城里城外古迹很多,如"文选楼","天保城","雷塘","二十四桥"等,却很少人留意;大家常去的只是史可法的"梅花岭"罢了。倘若有相当的假期,邀上两三个人去寻幽访古倒有意思,自然,得带点花生米,五香牛肉,白酒。

哀韦杰三君

韦杰三君是一个可爱的人;我第一回见他面时就这样想。这一天我正坐在房里,忽然有敲门的声音;进来的是一位温雅的少年。我问他"贵姓"的时候,他将他的姓名写在纸上给我看,说是苏甲荣先生介绍他来的。

苏先生是我的同学,他的同乡,他说前一晚已来找过我了,我不在家;所以这回又特地来的。我们闲谈了一会,他说怕耽误我的时间,就告辞走了。是的,我们只谈了一会儿,而且并没有什么重要的话;我现在已全忘记——但我觉得已懂得他了,我相信他是一个可爱的人。

第二回来访,是在几天之后。那时新生甄别试验刚完,他的国文课是被分在钱子泉先生的班上。他来和我说,要转到我的班上。我和他说,钱先生的学问,是我素来佩服的;在他班上比在我班上一定好。而且已定的局面,因一个人而变动,也不大方便。他应了几声,也没有什么,就走了。从此他就不曾到我这里来。有一回,在三院第一排屋的后门口遇见他,他微笑着向我点头;他本是捧了书及墨盒去上课的,这时却站住了向我说:"常想到先生那里,只是功课太忙了,总想去的。"我说:"你闲时可以到我这里谈谈。"我们就点首作别。三院离我住的古月堂似乎很远,有时想起来,几乎和前门一样。所以半年以来,我只在上课的,下课后几分钟里,偶然遇着他三四次;除上述一次外,都只匆匆地点头走过,不曾说一句话。但我常是这样想:他是一个可爱的人。

他的同乡苏先生,我还是来京时见过一回,半年来不曾再见。我不曾能和他谈韦君;我也不曾和别人谈韦君,除了钱子泉先生。钱先生有一日告诉我,说韦君总想转到我班上;钱先生又说:"他知道不能转时,也很安心的用功了,笔记做得很详细的。"我说,自然还是在钱先生班上好。以后这件事还谈起一两次。直到三月十九日早,有人误报了韦君的死信;钱先生站在我屋外的台阶上怅惜地说:"他寒假中来和我谈。我因他常是忧郁的样子,便问他为何这样;是为了我么?他说:'不是,你先生很好的;我是因家境不宽,老是愁烦着。'他说他家里还有一个年老的父亲和未成年的弟弟;他说他弟弟因为家中无钱,已失学了。他又说他历年在外读书的钱,一小半是自己休了学去做教员弄来的,一大半是向人告贷来的。他又说,下半年的学费还没有着落呢。"但他却不愿平白地受人家的钱;我们只看他给大学部学生会起草的请改奖金制为借贷制与工读制的信,便知道他年纪虽轻,做人却有骨气的。

我最后见他,是在三月十八日早上,天安门下电车时。也照平常一样,微笑着向我点头。他的微笑显示他纯洁的心,告诉人,他愿意亲近一切；我是不会忘记的。还有他的静默，我也不会忘记。据陈云豹先生的《行述》，韦君很能说话；但这半年来，我们听见的，却只有他的静默而已。他的静默里含有忧郁，悲苦，坚忍，温雅等等，是最足以引人深长之思和切至之情的。他病中，据陈云豹君在本校追悼会里报告，虽也有一时期，很是躁急，但他终于在离开我们之前，写了那样平静的两句话给校长；他那两句话包蕴着无穷的悲哀，这是静默的悲哀！所以我现在又想，他毕竟是一个可爱的人。

三月十八日晚上，我知道他已危险；第二天早上，听见他死了，叹息而已！但走去看学生会的布告时，知他还在人世，觉得被鼓励似的，忙着将这消息告诉别人。有不信的，我立刻举出学生会布告为证。我二十日进城，到协和医院想去看看他；但不知道医院的规则，去迟了一点钟，不得进去。我很怅惘地在门外徘徊了一会，试问门役道："你知道清华学校有一个韦杰三，死了没有？"他的回答，我原也知道的，是"不知道"三字！那天傍晚回来；二十一日早上，便得着他死的信息——这回他真死了！他死在二十一日上午一时四十八分，就是二十日的夜里，我二十日若早去一点钟，还可见他一面呢。这真是十分遗憾的！二十三日同人及同学入城迎灵，我在城里十二点才见报，已赶不及了。下午回来，在校门外看见杠房里的人，知道枢已来了。我到古月堂一问，知道枢安放在旧礼堂里。我去的时候，正在重殓，韦君已穿好了殓衣在照相了。据说还光着身子照了一张相，是照伤口的。我没有看见他的伤口；但是这种情景，不看见也罢了。照相毕，入殓，我走到枢旁：韦君的脸已变了样子，我几乎不认识了！他的两颧突出，颊肉瘪下，掀唇露齿，哪里还像我初见时的温雅呢？这必是他几日间的痛苦所致的。唉，我们可以想见了！我正在乱想，棺盖已经盖上；唉，韦君，这真是最后一面了！我们从此真无再见之期了！死生之理，我不能懂得，但不能再见是事实，韦君，我们失掉了你，更将从何处觅你呢？

韦君现在一个人睡在刚秉庙的一间破屋里，等着他迢迢千里的老父，天气又这样坏；韦君，你的魂也彷徨着吧！

很 好

"很好"这两个字真是挂在我们嘴边儿上的。我们说,"你这个主意很好。""你这篇文章很好。""张三这个人很好。""这东西很好。"人家问,"这件事如此这般的办,你看怎么样?"我们也常常答道,"很好。"有时顺口再加一个,说"很好很好"。或者不说"很好",却说"真好",语气还是一样,这么说,我们不都变成了"好好先生"了么?我们知道"好好先生"不是无辨别的蠢材,便是有城府的乡愿。乡愿和蠢材尽管多,但是谁也不能相信常说"很好","真好"的都是蠢材或乡愿。平常人口头禅的"很好"或"真好",不但不一定"很"好或"真"好,而且不一定"好";这两个语其实只表示所谓"相当的敬意,起码的同情"罢了。

在平常谈话里,敬意和同情似乎比真理重要得多。一个人处处讲真理,事事讲真理,不但知识和能力不许可,而且得成天儿和别人闹别扭;这不是活得不耐烦,简直是没法活下去。自然一个人总该有认真的时候,但在不必认真的时候,大可不必认真;让人家从你嘴边儿上得着一点点敬意和同情,保持彼此间或浓或淡的睦谊,似乎也是在世为人的道理。说"很好"或"真好",所着重的其实不是客观的好评而是主观的好感。用你给听话的一点点好感,换取听话的对你的一点点好感,就是这么回事而已。

你若是专家或者要人,一言九鼎,那自当别论;你不是专家或者要人,说好说坏,一般儿无足重轻,说坏只多数人家背地里议论你嘴坏或脾气坏而已,那又何苦来?就算你是专家或者要人,你也只能认真的批评在你门槛儿里的,世界上没有万能的专家或者要人,那么,你在说门槛儿外的话的时候,还不是和别人一般的无足重轻?还不是得在敬意和同情上着眼?我们成天听着自己的和别人的轻轻儿的快快儿的"很好"或"真好"的声音,大家肚子里反正明白这两个语的分量。若有人希图别人就将自己的这种话当做确切的评语,或者简直将别人的这种话当做自己的确切的评语,那才真是乡愿或蠢材呢。

我说"轻轻儿的","快快儿的",这就是所谓语气。只要那么轻轻儿的快快儿的，你说"好得很"，"好极了"，"太好了"，都一样，反正不痛不痒的，不过"很好"，"真好"说着更轻快一些就是了。可是"很"字，"真"字，"好"字，要有一个说得重些慢些，或者整个儿说得重些慢些，分量就不同了。至少你是在表示你喜欢那个主意，那篇文章，那个人，那东西，那办法，等等，即使你还不敢自信你的话就是确切的评语。有时并不说得重些慢些，可是前后加上些字儿，如"很好，咳！""可真好。""我相信张三这个人很好。""你瞧，这东西真好。"也是喜欢的语气，"好极了"等语，都可以如法炮制。

可是你虽然"很"喜欢或者"真"喜欢这个那个，这个那个还未必就"很"好，"真"好，甚至于压根儿就未必"好"。你虽然加重的说了，所给予听话人的，还只是多一些的敬意和同情并不能阐发这个那个的客观的价值。你若是个平常人，这样表万也尽够教听话的满意了。你若是个专家，要人，或者准专家，准要人，你要教听话的满意，还得指点出"好"在那里，或者怎样怎样的"好"。这才是听话的所希望于你们的客观的好评，确切的评语呢。

说"不错"，"不坏"和"很好"，"真好"一样；说"很不错"，"很不坏"或者"真不错"，"真不坏"，却就是加字儿的"很好"，"真好"了。"好"只一个字，"不错"，"不坏"都是两个字；我们说话，有时长些比短些多带情感，这里正是个例子。"好"加上"很"或"真"才能和"不错"，"不坏"等量，"不错"，"不坏"再加上"很"或"真"，自然就比"很好"，"真好"重了。可是说"不好"却干脆的是不好，没有这么多阴影。像旧小说里常见到的"说声'不好'"和旧戏里常听到的"大事不好了"，可为代表。这里的"不"字还保持着它的独立的价值和否定的全量，不像"不错"，"不坏"的"不"字已经融化在成语里，没有多少劲儿。本来呢，既然有胆量在"好"上来个"不"字，也就无需乎再躲躲闪闪的；至多你在中间夹上一个字儿，说"不很好"，"不大好"，但是听起来还是差不多的。

话说回来，既然不一定"很"好或"真"好，甚至于压根儿就不一定"好"，为什么不沉默呢？不沉默，却偏要说点儿什么，不是无聊的敷衍吗？但是沉默并不是件容易事，你得有那种忍耐的功夫才成。沉默可以是"无意见"，可以是"无所谓"，也可以是"不好"，听话的却顶容易将你的沉默解作"不好"，至少也会觉着你这个人太冷，连嘴边儿上一点点敬意和同情都吝惜不给人家。在这种情景之下，你要不是生就的或练就的冷人，你忍得住不说点儿什么才怪！要说，也无非"很好"，"真好"这一套儿。人生于世，遇着不必认真的时候，乐得多爱点儿，少恨点儿，似乎说不上无聊；敷衍得别有用心才是的，随口说两句无足重轻的好听的话，似乎也还说不上。

我屡次说到听话的。听话的人的情感的反应，说话的当然是关心的。谁也不乐意看尴尬的脸是不是？廉价的敬意和同情却可以遮住人家尴尬的脸，利他的原来也是利己的；一石头打两鸟儿，在平常的情形之下，又何乐而不为呢？世上固然有些事是当面的容易，可也有些事儿是当面的难。就说评论好坏，背后就比当面自由些。这不是说背后就可以放冷箭说人家坏话。一个人自己有身份，旁边有听话的，自爱的人哪能干这个！这只是说在人家背后，顾忌可以少些，敬意和同情也许有用不着的时候。虽然这时候听话的中间也许还有那个人的亲戚朋友，但是究竟隔了一层；你说声"不很好"或"不大好"，大约还不至于见着尴尬的脸的。当了面就不成。当本人的面说他这个那个"不好"，固然不成，当许多人的面说他这个那个"不好"，更不成。当许多人的面说他们都"不好"，那简直是以寡敌众；只有当许多人的面泛指其中一些人这点那点"不好"，也许还马虎得过去。所以平常的评论，当了面大概总是用"很好"，"真好"的多。——背后也说"很好"，"真好"，那一定说得重些慢些。

可是既然未必"很"好或者"真"好，甚至于压根儿就未必"好"，说一个"好"还不成么？为什么必得加上"很"或"真"呢？本来我们回答"好不好？"或者"你看怎么样？"等问题，也常常只说个"好"就行了。但是只在答话里能够这么办，别的句子里可不成。一个原因是我国语言的惯例。单独的形容词或形容语用作句子的述语，往往是比较级的。如说"这朵花红"，"这花朵素净"，"这朵花好看"，实在是"这朵花比别的花红"，"这朵花比别的花素净"，"这朵花比别的花好看"的意思。说"你这个主意好"，"你这篇文章好"，"张三这个人好"，"这东西好"，也是"比别的好"的意思。另一个原因是"好"这个词的惯例。句里单用一个"好"字，有时实在是"不好"。如厉声指点着说"你好！"或者摇头笑着说，"张三好，现在竟不理我了。""他们这帮人好，竟不理这个茬儿了。"因为这些，要表示那一点点敬意和同情的时候，就不得不重话轻说，借用到"很好"或"真好"两个词了。

不　知　道

世间有的是以不知为知的人。孔子老早就教人"知之为知之，不知为不知，是知也"。这是知识的诚实。知道自己的不知道，已经难，承认自己的不知道，更是难。

一般人在知识上总爱表示自己知道，至少不愿意教人家知道自己不知道。

苏格拉底也早看出这个毛病，他可总是盘问人家，直到那些人承认不知道而止。他是为真理。那些受他盘问的人，让他一层层逼下去，到了儿无可奈何，才只得承认自己不知道；但凡有一点儿躲闪的地步，这班人一定还要强词夺理，不肯轻易吐出"不知道"那句话的。

在知识上肯坦白的承认自己不知道的，是个了不得的人，即使不是圣人，也该是君子人。知道自己的不知道，并且让人家知道自己的不知道，这是诚实，是勇敢。孔子说"是知也"，这个不知道其实是真知道——至少真知道自己，所谓自知之明。

世间可也有以不知为妙的人。《庄子·齐物论》记着：

啮缺问乎王倪曰，"子知物之所同是乎？"曰，"吾恶乎知之！""子知子之所不知邪？"曰，"吾恶知之！""然则物无知邪？"曰，"吾恶乎知之！虽然，尝试言之，庸讵知吾所谓知之非不知邪？庸讵知吾所谓不知之非知邪？……"

三问而不知。最后啮缺问道。"子不知利害，则至人固不知利害乎？"

王倪的回答是,至人神妙不测,还有什么利害呢!他虽然似乎知道至人,可是并不知道至人知道不知道利害,所以还是一个不知。所以《应帝王》里说,"啮缺问于王倪,四问而四不知,啮缺因跃而大喜。"庄学反对知识,王倪才会说知也许是不知,不知也许是知——再进一层说,那神妙不测的境界简直是个不可知。王倪的四个不知道使啮缺恍然悟到了那境界,所以他"跃而大喜"。这是不知道的妙处,知道了妙处就没有了。《桃花源》里人"不知有汉,无论魏晋"。太上隐者"山中无历日,寒尽不知年",人与自然为一,也是个不知道的妙。

人情上也有以不知道为妙的。章回小说叙到一位英雄落难,正在难解难分的生死关头,突然打住道,"不知英雄性命如何,且听下回分解。"这叫做"卖关子"。作书的或"说话的"明知道那英雄的性命如何,"看官"或听书的也明知道他知道,他却卖痴卖呆的装作不知道,愣说不知道。他知道大家关心,急着要知道,却偏偏且不说出,让大家更担心,更着急,这才更不能不去听他的看他的。妙就妙在这儿。再说少男少女未结婚的、已结婚的提到他们的爱人或伴儿,往往只秃头说一个"他"或"她"字。你若问他或她是谁,那说话的会赌气似的答你,"不知道!"赌气似的是为你明知故问,害羞带撒娇可是一大半儿。孩子在赌气的时候,你问什么,他往往会给你一个"不知道!"专心的时候也会如此。就是不赌气不专心的时候,你若问到他忌讳或瞒人的话,他还会给你那个"不知道!"而且会赌起气来,至少也会赌气似的。孩子们总还是天真,他的不知道就是天真的妙。这些个不知道其实是"不告诉你!"或"不理你!"或"我管不着!"

有些脾气不好的成人,在脾气发作的时候也会像孩子似的,问什么都不知道。特别是你弄坏了他的东西或事情向他商量怎么办的时候,他的第一句答话往往是重重的或冷冷的一个"不知道了这儿说的还是和你平等的人,若是他高一等,那自然更够受的。——孩子遇见这种情形,大概会哭闹一场,可是哭了闹了就完事,倒不像成人会放在心里的。——这个"不知道!"其实是"不高兴说给你!"成人也有在专心的时候问什么都不知道的,那是所谓忘性儿大的人,不太多,而且往往是一半儿忘,一半儿装。

忌讳的或瞒人的话,成人的比孩子的多而复杂,不过临到人家问着,他大概会用轻轻的一个"不知道"遮掩过去;他不至于动声色,为的是动了声色反露出马脚。至于像"你这个人真是,不知道利害"!还有,"咳,不知道得多少钱才够我花的!"这儿的不知道却一半儿认真,一半闹着玩儿。认真是真不知道,因为谁能知道呢?你可以说:"天知道你这个人多利害!""鬼知道得多少钱才够我花的!"还是一样的语气。"天知道","鬼知道",明明没有人知道。既然明明没有人知道,还要说"不知道",不是费话?闹着玩儿?闹着玩可并非没有意义,这个不知道其实是为了加重语气,为了强调"你这个人多利害","得多少钱才够我花的"那两句话。世间可也有成心以知为不知的,这是世故或策略。

俗语道,"一问三不知",就指的这种世故人。他事事怕惹是非,担责任,所以老是给你一个不知道。他不知道,他没有说什么,闹出了大小错儿是你们的,牵不到他身上去。这个可以说是"明哲保身"的不知道。老师在教室里问学生的书,学生回答"不知道"。也许他懒,没有看书,答不出;也许他看了书,还弄不清楚,想着答错了还不如回一个不知道,老师倒可以多原谅些。后一个不知道便是策略。

五四运动的时候,北平有些学生被警察厅逮去送到法院。学生会请刘崇佑律师做辩护人。刘先生教那些学生到法院受讯的时候,对于审判官的问话如果不知道怎样回答才好,或者怕出了岔儿,就干脆说一个"不知道"。真的,你说"不知道",人家抓不着你的把柄。派不着你的错处,从前用刑讯,即使真不知道,也可以以逼得你说"知道",现在的审判官却只能盘问你,用话套你,逼你,或诱你,说出你知道的:你如果小心提防着,多说些个"不知道",审判官也没法奈何你。这个不知道更显然是策略。不过这策略的运用还在乎人。老辣的审判官在一大堆费话里夹带上一两句要紧话,让你提防不着,也许你会漏出一两个知道来,就定了案,那时候你所有的不知道就都变成废物了。

最需要"不知道"这策略的,是政府人员在回答新闻记者的问话的时候。记者若是提出不能发表或不便发表的内政外交问题来,政府发言人在平常的情形之下总得答话,可是又着不得一点儿边际,所以有些左右为难。固然他有时也可以"默不作声",有时也可以老实答道,"不能奉告"或"不便奉告";但是这么办得发言人的身份高或问题的性质特别严重才成,不然便不免得罪人。在平常的情形之下,发言人可以只说"不知道",既得体，又比较婉转。

这个不知道其实是"无可奉告"，比"不能奉告"或"不便奉告"语气略觉轻些。

至于发言人究竟是知道，是不知道，那是另一回事儿，可以不论。现代需用这一个不知道的机会很多。每回的局面却不完全一样。发言人斟酌当下的局面，有时将这句话略加变化，说得更婉转些，也更有趣些，教那些记者不至于窘着走开去。这也可以说是新的人情世故，这种新的人情世故也许比老的还要来得微妙些。这个"不知道"的变化，有时只看得出一个"不"字。例如说，"未获得续到报告之前，不能讨论此事"，其实就是"现在无可奉告"的意思。前年九月二十日，美国赫尔国务卿接见记者时，"某记者问，外传美国远东战队已奉令集中菲律宾之加维特之说是否属实。赫尔答称，'微君言，余固不知此事。'"从现在看，赫尔的话大概是真的，不过在当时似乎只是一句幽默的辞令，他的"不知"似乎只是策略而已。去年八月罗斯福总统和丘吉尔首相在大西洋上会晤，华盛顿六日国际社电——"海军当局宜称：当局接得总统所发波多马克号游艇来电，内称游艇现正沿海岸缓缓前进；电讯中并未提及总统将赴海上某地与英首相会晤。"这是一般的宣告，因为当时全世界都在关心这件事。但是宣告里只说了些闲话，紧要关头却用"电讯中并未提及"一句遮掩过去，跟没有说一样。还有，威尔基去年从英国回去，参议员克拉克问他，"威尔基先生，你在周游英伦时，英国希望美国派舰护送军备，你有些知道吗？"威尔基答道，"我想不起有人表示过这样的愿望。""想不起"比"不知道"活动得多；参议员不是新闻记者，威尔基不能不更婉转些，更谨慎些，可是结果也还是一个"无可奉告"。

这个不知道有时甚至会变成知道，不过知道的都是些似相干又似不相干的事儿，你摸不着头脑，还是一般无二。前年十月八日华盛顿国际社电，说罗斯福总统"恐亚洲局势因滇缅路重开而将发生突变"，"日来屡与空军作战部长史塔克，海军舰队总司令李却逊，及前海军作战部长现充国防顾问李海等三巨头会商。总统并于接见记者时称，彼等会谈时仅研究地图而已云云。""仅研究地图而已"是答应了"知道"，但是这样轻描淡写的，还是"不知道"的比"知道"的多。去年五月，澳总理孟席尔到美国去，

青少年课外阅读系列丛书

谒见罗斯福总统，"会谈一小时之久。后孟氏对记者称：吾人仅对数项事件，加以讨论，吾人实已经行地球一周，结果极令人振奋云。澳驻美公使加赛旋亦对记者称，澳总理与总统所商谈者为古今与将来之事件。""经行地球一周"，"古今与将来之事件"，"知道"的圈儿越大，圈儿里"不知道"的就越多。

　　这个不知道还会变成"他知道"。去年八月二十七日华盛顿合众社电，说记者"问总统对于野村大使所谓日美政策之睽隔必须弥缝，有何感想。总统避不作答，仅谓现已有人以此事询诸赫尔国务卿矣。"已经有人去问赫尔国务卿，国务卿知道，总统就不必作答了。去年五月十六日华盛顿合众社电，说罗斯福总统今日接见记者，说"美国过去曾两次不宣而战，第一次系北非巴巴拉之海盗，曾于一八八三年企图封锁地中海上美国之航行。第二次美将派海军至印度，以保护美国商业，打击英、法、西之海盗。""记者询以'今日亦有巴巴拉海盗式之人物乎？'总统称，'请诸君自己判断可也。'""诸君自己判断"，你们自己知道，总统也就不必作答了。"他知道"或"你知道"，还用发言人的"我"说什么呢？——这种种的变形，有些虽面目全非，细心吟味，却都从那一个不知道脱胎换骨，不过很微妙就是了。发言人临机应变，尽可层出不穷，但是百变不离其宗；这个不知道也算是神而明之的了。

温州的踪迹

（一）　"月朦胧，鸟朦胧，帘卷海棠红"

　　这是一张尺多宽的小小的横幅，马孟容君画的。上方的左角，斜着一卷绿色的帘子，稀疏而长；当纸的直处三分之一，横处三分之二。

　　帘子中央，着一黄色的，茶壶嘴似的钩儿——就是所谓软金钩么？

"钩弯"垂着双穗，石青色；丝缕微乱，若小曳于轻风中。纸右一圆月，淡淡的青光遍满纸上；月的纯净，柔软与平和，如一张睡美人的脸。从帘的上端向右斜伸而下，是一枝交缠的海棠花。花叶扶疏，上下错落着，共有五丛；或散或密，都玲珑有致。叶嫩绿色，仿佛掐得出水似的；在月光中掩映着，微微有浅深之别。花正盛开，红艳欲流；黄色的雄蕊历历的，闪闪的。衬托在丛绿之间，格外觉着妖娆了。枝欹斜而腾挪，如少女的一只臂膊。枝上歇着一对黑色的八哥，背着月光，向着帘里。

一只歇得高些，小小的眼儿半睁半闭的，似乎在入梦之前，还有所留恋似的。那低些的一只别过脸来对着这一只，已缩着颈儿睡了。帘下是空空的，不着一些痕迹。

试想在圆月朦胧之夜，海棠是这样的妩媚而嫣润；枝头的好鸟为什么却双栖而各梦呢？在这夜深人静的当儿，那高踞着的一只八哥儿，又为何尽撑着眼皮儿不肯睡去呢？他到底等什么来着？舍不得那淡淡的月儿么？舍不得那疏疏的帘儿么？不，不，不，您得到帘下去找，您得向帘中去找——您该找着那卷帘人了？他的情韵风怀，原是这样这样的哟！朦胧的岂独月呢；岂独鸟呢？但是，咫尺天涯，教我如何耐得？我拼着千呼万唤；你能够出来么？

这页画布局那样经济，设色那样柔活，故精彩足以动人。虽是区区尺幅，而情韵之厚，已足沦肌浃髓而有余。我看了这画，瞿然而惊：留恋之怀，不能自已。故将所感受的印象细细写出，以志这一段因缘。但我于中西的画都是门外汉，所说的话不免为内行所笑。——那也只好由他了。

（二）　绿

我第二次到仙岩的时候，我惊诧于梅雨潭的绿了。

梅雨潭是一个瀑布潭。仙岩有三个瀑布，梅雨瀑最低。走到山边，便听见哗哗哗哗的声音；抬起头，镶在两条湿湿的黑边儿里的，一带白而发亮的水便呈现于眼前了。

我们先到梅雨亭。梅雨亭正对着那条瀑布；坐在亭边，不必仰头，便可见它的全体了。亭下深深的便是梅雨潭。这个亭踞在突出的一角的岩石上，上下都空空儿的；仿佛一只苍鹰展着翼翅浮在天宇中一般。三面都是山,像半个环儿拥着;人如在井底了。这是一个秋季的薄阴的天气。微微的云在我们顶上流着;岩面与草丛都从润湿中透出几分油油的绿意。

而瀑布也似乎分外的响了。那瀑布从上面冲下,仿佛已被扯成大小的几绺;不复是一幅整齐而平滑的布。岩上有许多棱角;瀑流经过时,作急剧的撞击,便飞花碎玉般乱溅着了。

那溅着的水花,晶莹而多芒;远望去,像一朵朵小小的白梅,微雨似的纷纷落着。

据说,这就是梅雨潭之所以得名了。但我觉得像杨花,格外确切些。轻风起来时,点点随风飘散,那更是杨花了。——这时偶然有几点送入我们温暖的怀里,便倏的钻了进去,再也寻它不着。

梅雨潭闪闪的绿色招引着我们;我们开始追捉她那离合的神光了。揪着草,攀着乱石,小心探身下去,又鞠躬过了一个石穹门,便到了汪汪一碧的潭边了。

瀑布在襟袖之间;但我的心中已没有瀑布了。我的心随潭水的绿而摇荡。那醉人的绿呀!仿佛一张极大极大的荷叶铺着,满是奇异的绿呀。我想张开两臂抱住她;但这是怎样一个妄想呀。——站在水边,望到那面,居然觉着有些远呢!这平铺着,厚积着的绿,着实可爱。

她松松地皱缬着,像少妇拖着的裙幅;她轻轻的摆弄着,像跳动的初恋的处女的心;她滑滑的明亮着,像涂了"明油"一般,有鸡蛋清那样软,那样嫩,令人想着所曾触过的最嫩的皮肤;她又不杂些儿尘滓,宛然一块温润的碧玉,只清清的一色——但你却看不透她!我曾见过北京什刹海拂地的绿杨,脱不了鹅黄的底子,似乎太淡了。

我又曾见过杭州虎跑寺近旁高峻而深密的"绿壁",丛叠着无穷的碧草与绿叶的,那又似乎太浓了。其余呢,西湖的波太明了,秦淮河的也太暗了。可爱的,我将什么来比拟你呢?我怎么比拟得出呢?大约潭是很深的,故能蕴蓄着这样奇异的绿;仿佛蔚蓝的天融了一块在里面似的,这才这般的鲜润呀……

那醉人的绿呀!我若能裁你以为带,我将赠给那轻盈的舞女;她必能临风飘举了。我若能挹你以为眼,我将赠给那善歌的盲妹;她必明眸善睐了。我舍不得你;我怎舍得你呢?我用手拍着你,抚摩着你,如同一个十二三岁的小姑娘。我又掬你入口，便是吻着她了，我送你一个名字，我从此叫你"女儿绿"，好么？

我第二次到仙岩的时候，我不禁惊诧于梅雨潭的绿了。

（三）白水漈

几个朋友伴我游白水漈。

这也是个瀑布；但是太薄了，又太细了。有时闪着些许的白光；等你定睛看去，却又没有——只剩一片飞烟而已。从前有所谓"雾"，大概就是这样了。

所以如此，全由于岩石中间突然空了一段；水到那里，无可凭依，凌虚飞下，便扯得又薄又细了。当那空处，最是奇迹。白光嬗为飞烟，已是影子，有时却连影子也不见。

有时微风过来，用纤手挽着那影子，它便袅袅的成了一个软弧；但她的手才松，它又像橡皮带儿似的，立刻伏伏帖帖的缩回来了。

我所以猜疑，或者另有双不可知的巧手，要将这些影子织成一个幻网。——微风想夺了她的，她怎么肯呢？

幻网里也许织着诱惑；我的依恋便是个老大的证据。

（四）生命的价格——七毛钱

生命本来不应该有价格的；而竟有了价格！人贩子，老鸨，以至近来的绑票土匪，都就他们的所有物，标上参差的价格，出卖人；我想将来许还有公开的人市场呢！在种种"人货"里，价格最高的，自然是土匪们的票了，少则成千，多则成万；大约是有历史以来，"人货"的最高的行情了。

其次是老鸨们所有的妓女，由数百元到数千元，是常常听到的。最贱的要算是人贩子的货色！他们所有的，只是些男女小孩，只是些"生货"，所以便卖不起价钱了。

人贩子只是"仲买人"，他们还得取给于"厂家"，便是出卖孩子们的人家。"厂家"的价格才真是道地呢！《青光》里曾有一段记载，说三块钱买了一个丫头；那是移让过来的，但价格之低，也就够令人惊诧了！"厂家"的价格，却还有更低的！三百钱，五百钱买一个孩子，在灾荒时不算难事！

但我不曾见过。我亲眼看见的一条最贱的生命,是七毛钱买来的! 这是一个五岁的女孩子。

一个五岁的"女孩子"卖七毛钱,也许不能算是最贱;但请您细看:将一条生命的自由和七枚小银元各放在天平的一个盘里,您将发现,正如九头牛与一根牛毛一样,两个盘儿的重量相差实在太远了!

我见这个女孩,是在房东家里。那时我正和孩子们吃饭;妻走来叫我看一件奇事,七毛钱买来的孩子! 孩子端端正正的坐在条凳上;面孔黄黑色,但还丰润;衣帽也还整洁可看。

我看了几眼,觉得和我们的孩子也没有什么差异;我看不出她的低贱的生命的符记——如我们看低贱的货色时所容易发现的符记。我回到自己的饭桌上,看看阿九和阿菜,始终觉得和那个女孩没有什么不同! 但是,我毕竟发现真理了! 我们的孩子所以高贵,正因为我们不曾出卖他们,而那个女孩所以低贱,正因为她是被出卖的;这就是她只值七毛钱的缘故了! 呀,聪明的真理!

妻告诉我这孩子没有父母,她哥嫂将她卖给房东家姑爷开的银匠店里的伙计,便是带着她吃饭的那个人。

他似乎没有老婆,手头很窘的,而且喜欢喝酒,是一个糊涂的人! 我想这孩子父母若还在世,或者还舍不得卖她,至少也要迟几年卖她;因为她究竟是可怜可怜的小羔羊。

到了哥嫂的手里,情形便不同了! 家里总不宽裕,多一张嘴吃饭,多费些布做衣,是显而易见的。将来人大了,由哥嫂卖出,究竟是为难的;说不定还得找补些儿,才能送出去。

这可多么冤呀! 不如趁小的时候,谁也不注意,做个人情,送了干净! 您想,温州不算十分穷苦的地方,也没碰着大荒年,干什么得了七个小毛钱,就心甘情愿地将自己的小妹子捧给人家呢? 说等钱用? 谁也不信!

七毛钱了得什么急事! 温州又不是没人买的! 大约买卖两方本来相知;那边恰要个孩子顽儿,这边也乐得出脱,便半送半卖的含糊定了交易。我猜想那时伙计向袋里一摸一股脑儿掏了出来,只有七毛钱! 哥哥原也不指望着这笔钱用,也就大大方方收了完事。于是财货两交,那女孩便归伙计管业了!

这一笔交易的将来，自然是在运命手里；女儿本姓"碰"，由她去碰罢了！但可知的，命运决不加惠于她！

第一幕的戏已启示于我们了！照妻所说，那伙计必无这样耐心，抚养她成人长大！他将像豢养小猪一样，等到相当的肥壮的时候，便卖给屠户，任他宰割去；这其间他得了赚头，是理所当然的！但屠户是谁呢？在她卖做丫头的时候，便是主人！"仁慈的"主人只宰割她相当的劳力，如养羊而剪它的毛一样。到了相当的年纪，便将她配人。

能够这样，她虽然被撽在丫头坯里，却还算不幸中之幸哩。但在目下这钱世界里，如此大方的人究竟是少的；我们所见的，十有六七是刻薄人！她若卖到这种人手里，他们必拶榨她过量的劳力。供不应求时，便骂也来了，打也来了！

等她成熟时，却又好转卖给人家做妾，平常拶榨的不够，这儿又找补一个尾子！偏生这孩子模样儿又不好；入门不能得丈夫的欢心，容易遭大妇的凌虐，又是显然的！她的一生，将消磨于眼泪中了！

也有些主人自己收婢做妾的，但红颜白发，也只空断送了她的一生！和前例相较，只是五十步与百步而已。——更可危的，她若被那伙计卖在妓院里，老鸨才真是个令人肉颤的屠户呢！我们可以想到：她怎样逼她学弹学唱，怎样驱遣她去做粗活！怎样用藤筋打她，用针刺她！怎样督责她承欢卖笑！她怎样吃残羹冷饭！怎样打熬着不得睡觉！怎样终于生了一身毒疮！

她的相貌使她只能做下等妓女，她的沦落风尘是终生的！她的悲剧也是终生的！——唉！七毛钱竟买了你的全生命——你的血肉之躯竟抵不上区区七个小银元么！生命真太贱了！生命真太贱了！

因此想到自己的孩子的运命，真有些胆寒！钱世界里的生命市场存在一日，都是我们孩子的危险！都是我们孩子的侮辱！您有孩子的人呀，想想看，这是谁之罪呢？这是谁之责呢？

我是扬州人

有些国语教科书里选得有我的文章，注解里或说我是浙江绍兴人，或说我是江苏江都人——就是扬州人。

有人疑心江苏江都人是错了，特地老远的写信托人来问我。我说两个籍贯都不算错，但是若打官话，我得算浙江绍兴人。浙江绍兴是我的祖籍或乐籍，我从进小学就填的这个籍贯；直到现在，在学校里服务快三十年了，还是报的这个籍贯。不过绍兴我只去过两回，每回只住了一天；而我家里除先母外，没一个人会说绍兴话。我家是从先祖才到江苏东海做小官。东海就是海州，现在是陇海路的终点。我就生在海州。

四岁的时候先父又到邵伯镇做小官，将我们接到那里。海州的情形我全不记得了，只对海州话还有亲热感，因为父亲的扬州话里夹着不少海州口音。在邵伯住了差不多两年，是住在万寿宫里。万寿宫的院子很大，很静；门口就是运河。河坎很高，我常向河里扔瓦片玩儿。邵伯有个铁牛弯，那儿有一条铁牛镇压着。

父亲的当差常抱我去看它，骑它，抚摩它。镇里的情形我也差不多忘记了。只记住在镇里一家人家的私塾里读过书，在那里认识了一个好朋友叫江家振。我常到他家玩儿，傍晚和他坐在他家荒园里一根横倒的枯树干上说着话，依依不舍，不想回家。这是我第一个好朋友，可惜他未成年就死了；记得他瘦得很，也许是肺病罢？

六岁那一年父亲将全家搬到扬州。后来又迎养先祖父和先祖母。父亲曾到江西做过几年官，我和二弟也曾去过江西一年；但是老家一直在扬州住着。

我在扬州读初等小学，没毕业；读高等小学，毕了业；读中学，也毕了业。我的英文得力于高等小学里一位黄先生，他已经过世了。还有陈春台先生，他现在是北平著名的数学教师。

这两位先生讲解英文真清楚，启发了我学习的兴趣；只恨我始终没有将英文学好，愧对这两位老师。还有一位戴子秋先生，也早过世了，我的国文是跟他老人家学着做通了的，那是辛亥革命之后在他家夜塾里的时候。中学毕业，我是十八岁，那年就考进了北京大学预科，从此就不常在扬州了。

就在十八岁那年冬天，父亲母亲给我在扬州完了婚。内人武钟谦女士是杭州籍，其实也是在扬州长成的。她从不曾去过杭州；后来同我去是第一次。她后来因为肺病死在扬州，我曾为她写过一篇《给亡妇》。

我和她结婚的时候，祖父已死了好几年了：结婚后一年祖母也死了。他们两老都葬在扬州，我家于是有祖茔在扬州了。后来亡妇也葬在这祖茔里。母亲在抗战前两年过去，父亲在胜利前四个月过去，遗憾的是我都不在扬州；他们也葬在那祖茔里。这中间叫我痛心的是死了第二个女儿！她性情好，爱读书，做事负责任，待朋友最好。已经成人了，不知什么病，一天半就完了！她也葬在祖茔里。我有九个孩子。除第二个女儿外，还有一个男孩不到一岁就死在扬州；其余亡妻生的四个孩子都曾在扬州老家住过多少年。这个老家直到今年夏初才解散了，但是还留着一位老年的庶母在那里。

我家跟扬州的关系，大概够得上古人说的"生于斯，死于斯，歌哭于斯"了。现在亡妻生的四个孩子都已自称为扬州人了；我比起他们更算是在扬州长成的，天然更该算是扬州人了。但是从前一直马马虎虎的骑在墙上，并且自称浙江人的时候还多些，又为了什么呢？这一半因为报的是浙江籍，求其一致；一半也还有些别的道理。这些道理第一桩就是籍贯是无所谓的。那时要做一个世界人，连国籍都觉得狭小，不用说省籍和县籍了。那时在大学里觉得同乡会最没有意思。

我同住的和我来往的自然差不多都是扬州人，自己却因为浙江籍，不去参加江苏或扬州同乡会。可是虽然是浙江绍兴籍，却又没跟一个道地浙江人来往，因此也就没人拉我去开浙江同乡会，更不用说绍兴同乡会了。

这也许是两栖或骑墙的好处罢？然而出了学校以后到底常常会遇到道地绍兴人了。我既然不会说绍兴话，并且除了花雕和兰亭外几乎不知道绍兴的别的情形，于是乎往往只好自己承认是假绍兴人。那虽然一半是玩笑，可也有点儿窘的。

还有一桩道理就是我有些讨厌扬州人；我讨厌扬州人的小气和虚气。小是眼光如豆，虚是虚张声势，小气无须举例。虚气例如已故的扬州某中央委员，坐包车在街上走，除拉车的外，又跟上四个人在车子边推着跑着。

我曾经写过一篇短文，指出扬州人这些毛病。后来要将这篇文收入散文集《你我》里，商务印书馆不肯，怕再闹出"闲话扬州"的案子。这当然也因为他们总以为我是浙江人，而浙江人骂扬州人是会得罪扬州人的。但是我也并不抹杀扬州的好处，曾经写过一篇《扬州的夏日》，还有在《看花》里也提起扬州福缘庵的桃花。再说现在年纪大些了，觉得小气和虚气都可以算是地方气，绝不止是扬州人如此。从前自己常答应人说自己是绍兴人，一半又因为绍兴人有些蛮气，而扬州人似乎太聪明。其实扬州人也未尝没蛮气，我的朋友任中敏（二北）先生，办了这么多年汉民中学，不管人家理会不理会，难道还不够"蛮"的！绍兴人固然有蛮气，但是也许还有别的气我讨厌的，不过我不深知罢了。这也许是阿Q的想法罢？然而我对于扬州的确渐渐亲热起来了。

扬州真像有些人说的，不折不扣是个有名的地方，不用远说，李斗《扬州画舫录》里的扬州就够羡慕的。可是现在衰落了，经济上是一日千丈的衰落了，只看那些没精打采的盐商家就知道。扬州人在上海被称为江北老，这名字总而言之表示低等的人。江北老在上海是受欺负的，他们于是学些不三不四的上海话来冒充上海人。到了这地步他们可竟会忘其所以的欺负起那些新来的江北佬了。这就养成了扬州人的自卑心理。抗战以来许多扬州人来到西南，大半都自称为上海人，就靠着那一点不三不四的上海话；甚至连这一点都没有，也还自称为上海人。其实扬州人在本地也有他们的骄傲的。他们称徐州以北的人为侉子，那些人说的是侉话。他们笑镇江人说话土气，南京人说话大舌头，尽管这两个地方都在江南。英语他们称为蛮话，说这种话的当然是蛮子了。

然而这些话只好关着门在家里说，到上海一看，立刻就会矮上半截，缩起舌头不敢哼一声了。扬州真是衰落得可以啊！

我也是一个江北佬，一大堆扬州口音就是招牌，但是我却不愿做上海人；上海人太狡猾了。况且上海对我太生疏，生疏的程度跟绍兴对我也差不多；因为我知道上海虽然也许比知道绍兴多些，但是绍兴究竟是我的祖籍,上海是和我水米无干的。然而年纪大起来了,世界人到底做不成,我要一个故乡。

俞平伯先生有一行诗,说"把故乡掉了"。其实他掉了故乡又找到了一个故乡;他诗文里提到苏州那一股亲热,是可羡慕的,苏州就算是他的故乡了。

他在苏州度过他的童年,所以提起来一点一滴都亲亲热热的,童年的记忆最单纯最真切,影响最深最久;种种悲欢离合,回想起来最有意思。"青灯有味是儿时",其实不止青灯,儿时的一切都是有味的。

这样看,在那儿度过童年,就算那儿是故乡,大概差不多罢?这样看,就只有扬州可以算是我的故乡了。何况我的家又是"生于斯,死于斯,歌哭于斯"呢?所以扬州好也罢,歹也罢,我总该算是扬州人的。

文学的标准与尺度

我们说"标准",有两个意思。一是不自觉的,一是自觉的。不自觉的是我们接受的传统的种种标准。我们应用这些标准衡量种种事物种种人,但是对这些标准本身并不怀疑,并不衡量,只照样接受下来,作为生活的方便。自觉的是我们修正了的传统的种种标准,以及采用的外来的种种标准。这种种自觉的标准,在开始出现的时候大概多少经过我们的衡量;而这种衡量是配合着生活的需要的。

本文只称不自觉的种种标准为"标准",改称种种自觉的标准为"尺度",来显示这两者的分别。"标准"原也离不了尺度,但尺度似乎不像标准那样固定;近来常说"放宽尺度",既然可以"放宽",就不是固定的了。这种"标准"和"尺度"的分别,在一个变得快的时代最容易觉得:在道德方面在学术方面如此,在文学方面也如此。

中国传统的文学以诗文为正宗,大多数出于士大夫之手。士大夫配合君主掌握着政权。做了官是大夫，没有做官是士；士是候补的大夫。君主士大夫合为一个封建集团，他们的利害是共同的。

这个集团的传统的文学标准，大概可用"儒雅风流"一语来代表。载道或言志的文学以"儒雅"为标准，缘情与隐逸的文学以"风流"为标准。

有的人"达则兼济天下，穷则独善其身"，表现这种情志的是载道或言志。这个得有"正其谊不谋其利，明其道不计其功"的抱负，得有"怨而不怒""温柔敦厚"的涵养，得用"熔经铸史""含英咀华"的语言。这就是"儒雅"的标准。有的人纵情于醇酒妇人，或寄情于田园山水，表现这种种情志的是缘情或隐逸之风。这个得有"妙赏""深情"和"玄心"，也得用"含英咀华"的语言。这就是"风流"的标准。（关于"风流"的解释，用冯友兰先生语，见《论风流》一文中。）

在现阶段看整个的传统的文学，我们可以说"儒雅风流"是标准。但是看历代文学的发展，中间还有许多变化。即如诗本是"言志"的，陆机却说"诗缘情而绮靡"。"言志"其实就是"载道"，与"缘情"大不相同。陆机实在是用了新的尺度。

"诗言志"这一个语在开始出现的时候，原也是一种尺度；后来得到公认而流传，就成为一种标准。说陆机用了新的尺度，是对"诗言志"那个旧尺度而言。这个新尺度后来也得到公认而流传，成为又一种标准。

又如南朝文学的求新，后来文学的复古，其实都是在变化；在变化的时候也都是用着新的尺度。固然这种新尺度大致只伸缩于"儒雅"和"风流"两种标准之间，但是每回伸缩的长短不同，疏密不同，各有各的特色。文学史的扩展从这种种尺度里见出。

这种尺度表现在文论和选集里，也就是表现在文学批评里。中国的文学批评以各种形式出现。

魏文帝的"论文"是在一般学术的批评的《典论》里，陆机《文赋》也许可以说是独立的文学批评的创始，他将文学作为一个独立的课题来讨论。此后有了选集，这里面分别体类，叙述源流，指点得失，都是批评的工作。又有了《文心雕龙》和《诗品》两部批评专著。

还有史书的文学传论，别集的序跋和别集中的书信。这些都是比较有系统的文学批评，各有各的尺度。这些尺度有的依据着"儒雅"那个标准,结果就是复古的文学,有的依据着"风流"那个标准,结果就是标新的文学。

但是所谓复古,其实也还是求变化求新异;韩愈提倡古文,却主张务去陈言,戛戛独造,是最显著的例子。古文运动从独造新语上最见出成绩来。胡适之先生说文学革命都从文字或文体的解放开始,是有道理的,因为这里最容易见出改变了的尺度。现代语体文学是标新的,不是复古的,却也可以说是从文字或文体的解放开始;就从这语体上,分明的看出我们的新尺度。

这种语体文学的尺度,如一般人所公认,大部分是受了外国的影响,就是依据着种种外国的标准。但是我们的文学史中原也有这样一股支流,和那正宗的或主流的文学由分而合的相配而行。明代的公安派和竟陵派自然是这支流的一段,但这支流的渊源很古久,截取这一段来说是不正确的。汉以前我们的言和文比较接近,即使不能说是一致。

从孔子"有教无类"起,教育渐渐开放给平民,受教育的渐渐多起来。这种受了教育的人也称为"士",可是跟从前贵族的士不同,这些只是些"读书人"。士的增多影响了语言和文体,话要说得明白,说得详细,当时的著述是说话的纪录,自然也是这样。这里面该有平民语调的参入,虽然我们不能确切的指出。汉代辞赋发达,主要的作为宫廷文学;后来变为远于说话的骈俪的体制,士大夫就通用这种体制。可是另一方面,游历了通都大邑名山大川的司马迁,却还用那近乎说话的文体作《史记》,古里古怪的扬雄跟《问孔》、《刺孟》的王充,也还用这种文体作《法言》和《论衡》;而乐府诗来自民间,不用问更近于说话。

可见这种文体是废不掉的。就是骈俪文盛行的时代,也还有《世说新语》,记录那时代的说话。到了唐代的韩愈,提倡"气盛言宜"的古文,"气盛言宜"就是说话的调子,至少是近于说话的调子,还有语录和笔记,起于唐而盛于宋,还有来自民间的词,这些也都用着说话或近于说话的调子。东汉以来逐渐建立起来的门阀,到了唐代中叶垮了台,"寻常百姓"的士又增多起来,加上宋代印刷和教育的发达,所以那种详明如话的文体就大大的发达了。

到了元明两代,又有了戏曲和小说,更是以说话体就是语体为主。公安派竟陵派接受了这股支派,努力想将它变成主流,但是这一个尝试失败了。直到现代,一个新的尝试才完成了语体文学,新文学,也就是现代文学。

从以上一段语体文学发展的简史里可以看出种种伸缩的尺度。这些尺度大体上固然不出乎"儒雅"和"风流"那两个标准,可是像语录和笔记,有些恐怕只够"儒"而不够"雅",有些恐怕既不够"儒"也不够"雅",不够"雅"因为用俗语或近乎俗语,不够"儒"因为只是一些细事,无关德教,也与风流不相干。

汉乐府跟《世说新语》也用俗语,虽然现在已将那些俗语看做了古典。戏曲和小说有的别忠奸,寓劝惩,叙风流,固然够得上标准,有的却不够儒雅,不算风流。在过去的文学传统里,这两种本没有地位,所谓不在话下。不过我们现在得给这些不够格的分别来个交代。

我们说戏曲和小说可以见人情物理,这可以叫做"观风"的尺度,《礼记》里说诗可以"观民风";可以观风,也就拐了弯儿达到了"儒雅"那个标准。戏曲和小说不但可以观民风,还可以观士风,而观风就是写实,就是反映社会,反映时代。这是社会的描写,时代的纪录。在我们看来,用不着再绕到"儒雅"那个标准之下,就足够存在的理由了;那些无关政教也不算风流的笔记,也可以这么看。

这个"人情物理"或"观风"的尺度原是依据了"儒雅"那个标准定出来的,可是唐代中叶以后,这个尺度似乎已经暗地里独立运用,这已经不是上德化下的尺度而是下情上达的尺度了。人民参加着定了这个尺度,而俗语的参入文学,正与这个尺度配合着。

说是人民参加着订定文学的尺度,如上文所提到的,该起于春秋末年贵族渐渐没落平民渐渐兴起的时候。这些受了教育的平民加入了统治集团,多少还带着他们的情感和语言。这种新的士流日渐增加,自然就影响了文化的面目乃至精神。汉乐府的搜集与流行,就在这样氛围之中。

韩诗解《伐木》一篇说到"饥者歌其食,劳者歌其事"。"饥者歌其食,劳者歌其事"正是"人情物理",正是"观风";这说明了三百篇诗的一些诗,也说明了乐府里的一些诗。"饥者歌其食,劳者歌其事",自然周代的贵族也会如此的,可是这两句话带着浓重的平民的色彩;配合着语言的通俗,尤其可以见出。这就是前面说的"参加",这参加倒是不自觉的。但那"人情物理"或"观风"的尺度的订定却是自觉的。汉以来的社会是士民对立,同时也是士民流通。《世说新语》里记录一些俗语,取其自然。

在"风流"的标准下,一般的固然以"含英咀华"的语言为主,但是到了这时代稍加改变,取了"自然"这个尺度,也不足为怪的。

唐代中叶以后,士民间的流通更自由了,士人是更多了。于是乎"人情物理"的著作也更多。元代蒙古人压迫汉人,士大夫的地位降低下去。真正领导文坛的是一些吏人以及"书会先生"。他们依据了"人情物理"的尺度作了许多戏曲。明代士大夫的地位高了些,但是还在暴君压制之下。

他们这时却恢复了文坛的领导权,他们可也在作戏曲,并且在提倡小说,作小说了。公安派竟陵派就是受了这种风气的影响而形成的。清代士大夫的地位又高了些,但是又在外族统治之下,还不能恢复元代以前的地位。他们也在作戏曲和小说,可是戏曲和小说始终还是小道,不能跟诗文并列为正宗。"人情物理"还是一种尺度,不能成为标准。但是平民对文学的影响确乎渐渐在扩大。原来士民的对立并不是严格的。尤其在文学上,平民所表现的生活还是以他们所"虽不能至,然心向往之"的士大夫生活为标准。

他们受自己的生活折磨够了,只羡慕着士大夫的生活,可又只能耐着苦羡慕着,不知道怎样用行动去争取,至多是表现在他们的文学就是民间文学里;低级趣味是免不了的,但那时他们的理想是爬上高处去。这样,士大夫的文学接受他们的影响,也算是个顺势。虽然"人情物理"和"通俗"到清代还没有成为标准,可是"自然"这尺度从晋代以来已渐渐成为一种标准。这究竟显出了人民的力量。

大清帝国改了中华民国,新文化运动新文学运动配合着五四运动画出了一个新时代。大家拥戴的是"德先生"和"赛先生",就是民主与科学。但是实际上做到的是打倒礼教也就是反封建的工作。反封建解放了个人,也发现了民众,于是乎有了个人主义和人道主义;前者是实践,后者还是理论。这里得指出在那个阶段上,我们是接受着种种外国标准,而向现代化进行着。这时的社会已经不是士民的对立,而是封建的军阀官僚和人民的对立。从清末开设学校,受教育的人大量增多。士或读书人渐渐变了质；到这时一部分成为军阀和官僚的帮闲，大部分却成了游离的知识阶级。

知识阶级从军阀和官僚独立，却还不能跟民众联合起来，所以是游离着。这里面大部分是青年学生。这时候的文学是语体文学，开始似乎是应用着"人情物理""通俗"那两个尺度以及"自然"那个标准。然而"人情物理"变了质成为"打倒礼教"就是"反封建"也就是"个人主义"这个标准，"通俗"和"自然"也让步给那"欧化"的新尺度；这"欧化"的尺度后来并且也成了标准。用欧化的语言表现个人主义，顺带着人道主义，是这时期知识阶级向着现代化的路。

五卅运动接着国民革命，发展了反帝国主义运动；于是"反帝国主义"也成了文学的一种尺度。抗战起来了，"抗战"立即成了一切的标准，文学自然也在其中。胜利却带来了一个动乱时代，民主运动发展，"民主"成了广大应用的尺度，文学也在其中。

这时候知识阶级渐渐走近了民众，"人道主义"那个尺度变质成为"社会主义"的尺度，"自然"又调剂着"欧化"，这样与"民主"配合起来。但是实际上做到的还只是暴露丑恶和斗争丑恶。这是向着新社会发脚的路。

受教育的越来越多，这条路上的人也将越来越多，文学终于要配合上那新的"民主"的尺度向前迈进的。大概文学的标准和尺度的变换，都与生活配合着，采用外国的标准也如此。表面上好像只是求新，其实求新是为了生活的高度深度或广度。

社会上存在着特权阶级的时候，他们只见到高度和深度；特权阶级垮台以后，才能见到广度。从前有所谓雅浴之分，现在也还有低级趣味，就是从高度深度来比较的。可是现在渐渐强调广度，去配合着高度深度，普及同时也提高，这才是新的"民主"的尺度。要使这新尺度成为文学的新标准，还有待于我们自觉的努力。

三 家 书 店

伦敦卖旧书的铺子，集中在切林克拉斯路（Charing Cross Road）；那是热闹地方，顶容易找。

路不宽，也不长，只这么弯弯的一段儿；两旁不断的是书，玻璃窗里齐整整排着的，门口摊儿上乱哄哄摆着的，都有。加上那徘徊在窗前的，围绕着摊儿的，看书的人，到处显得拥拥挤挤，看过去路便更窄了。

摊儿上看最痛快，随你翻，用不着"劳驾""多谢"；可是让风吹日晒的到底没什么好书，要看好的还得进铺子去。进去了有时也可随便看，随便翻，但用得着"劳驾""多谢"的时候也有；不过爱买不买，决不至于遭白眼。说是旧书，新书可也有的是；只是来者多数为的旧书罢了。

最大的一家要算福也尔（Foyle），在路西；新旧大楼隔着一划、街相对着，共占七号门牌，都是四层，旧大楼还带地下室——可并不是地窖子。

店里按着书的性质分二十五部；地下室里满是旧文学书。这爿店二十八年前本是一家小铺子，只用了一个店员；现在店员差不多到了二百人，藏书到了二百万种，伦敦的《晨报》称为"世界最大的新旧书店"。两边店门口也摆着书摊儿，可是比别家的大。我的一本《袖珍欧洲指南》，就在这儿从那穿了满染着书尘的工作衣的店员手里，用半价买到的。

在摊儿上翻书的时候，往往看不见店员的影子；等到选好了书四面找他，他却从不知哪一个角落里钻出来了。但最值得流连的还是那间地下室；那儿有好多排书架子，地上还东一堆西一堆的。

乍进去，好像掉在书海里；慢慢地才找出道儿来。屋里不够亮，土又多，离窗户远些的地方，白日也得开灯。可是看得自在；他们是早七点到晚九点，你待个几点钟不在乎，一天去几趟也不在乎。只有一件，不可着急。你得像逛庙会逛小市那样，一半玩儿，一半当真，翻翻看看，看看翻翻；也许好几回碰不见一本合意的书，也许霎时间到手了不止一本。

开铺子少不了生意经，福也尔的却颇高雅。他们在旧大楼的四层上留出一间美术馆，不时地展览一些画。去看不花钱，还送展览目录；目录后面印着几行字,告诉你要买美术书可到馆旁艺术部去。

展览的画也并不坏,有卖的,有不卖的。他们又常在馆里举行演讲会,讲的人和主席的人当中,不缺少知名的。听讲也不用花钱;只每季的演讲程序表下,"恭请你注意组织演讲会的福也尔书店"。还有所谓文学午餐会,记得也在馆里。他们请一两个小名人做主角,随便谁,纳了餐费便可加入;英国的午餐很简单,费不会多。假使有闲工夫,去领略领略名隽的谈吐,倒也值得的,不过去的却并不怎样多。

牛津街是伦敦的东西通衢,繁华无比,街上呢绒店最多;但也有一家大书铺,叫做彭勃思(Bumpus)的便是。

这铺子开设于一七九○年左右,原在别处;一八五○年在牛津街开了一个分店,十九世纪末便全挪到那边去了,维多利亚时代,店主多马斯彭勃思很通声气,来往的有狄更斯,兰姆,麦考莱,威治威斯等人;铺子就在这时候出了名。

店后本连着旧法院,有看守所,守卫室等,十几年来都让店里给买下了。这点古迹增加了人对于书店的趣味。法院的会议圆厅现在专做书籍展览会之用;守卫室陈列插图的书,看守所变成新书的货栈。

但当日的光景还可从一些画里看出:如十八世纪罗兰生(Rowland-son)所画守卫室内部,是晚上各守卫提了灯准备去查监的情形,瞧着很忙碌的样子。再有一个图,画的是一七二九的一个守卫,神气够凶的。看守所也有一幅画,砖砌的一重重大拱门,石板铺的地,看守室的厚木板门严严锁着,只留下一个小方窗,还用十字形的铁条界着;真是铜墙铁壁,插翅也飞不出去。

这家铺子是五层大楼,却没有福也尔家地方大。下层卖新书,三楼卖儿童书,外国书,四楼五楼卖廉价书;二楼卖绝版书,难得的本子,精装的新书,还有《圣经》,祈祷书,书影等等,似乎是精华所在。

他们有初印本,精印本,著者自印本,著者签字本等目录,搜罗甚博,福也尔家所不及。新书用小牛皮或摩洛哥皮(山羊皮——羊皮也可仿制)装订,烫上金色或别种颜色的立体派图案;稀疏的几条平直线或弧线,还有"点儿",错综着配置,透出干净,利落,平静,显豁,看了心目清朗。装订的书,数这儿讲究,别家书店里少见。

书影是仿中世纪的抄本的一叶,大抵是祷文之类。中世纪抄本用黑色花体字,文首第一字母和叶边空处,常用蓝色金色画上各种花饰,典丽堂皇,穷极工巧,而又经久不变;仿本自然说不上这些,只取其也有一点古色古香罢了。

一九三一年里,这铺子举行过两回展览会,一回是剑桥书籍展览,一回是近代插图书籍展览,都在那"会议厅"里。重要的自然是第一回。

牛津剑桥是英国最著名的大学;各有印刷所,也都著名。这里从前展览过牛津书籍,现在再展览剑桥的,可谓无遗憾了。

这一年是剑桥目下的辟特印刷所(The Pitt Press)奠基百年纪念,展览会便为的庆祝这个。展览会由鼎鼎大名的斯密兹将军(General SInuts)开幕,到者有科学家詹姆士金斯(James Jeans),亚特爱丁顿(Arthur Eddington),还有别的人。

展览分两部,现在出版的书约摸四千册是一类;另一类是历史部分。剑桥的书字型清晰,墨色匀称,行款合适,书扉和书衣上最见功夫;尤其擅长的是算学书,专门的科学书。这两种书需要极精密的技巧,极仔细的校对;剑桥是第一把手。

但是这些东西,还有他们印的那些冷僻的外国语书,都卖得少,赚不了钱。除了是大学印刷所,别家大概很少愿意承印。剑桥又承印《圣经》;英国准印《圣经》的只剑桥牛津和王家印刷人。斯密兹说剑桥就靠《圣经》和教科书赚钱。可是《泰晤士报》社论中说现在印《圣经》的责任重大,认真地考究地印,也只能够本罢了。——一五八八年英国最早的《圣经》便是由剑桥承印的。

英国印第一本书,出于伦敦威廉甲克司登(Wiliam Caxton)之手,那是一四七七年。到了一五二一年,约翰席勃齐(John Sl-berch)来到剑桥,一年内印了八本书,剑桥印刷事业才创始。

八年之后,大学方面因为有一家书纸店与异端的新教派勾结,怕他们利用书籍宣传,便呈请政府,求英王核准,在剑桥只许有三家书铺,让他们宣誓不卖未经大学检查员审定的书。那时英王是亨利第八;一五三四年颁给他们敕书,授权他们选三家书纸店兼印刷人,或书铺,"印行大学校长或他的代理人等所审定的各种书籍"。这便是剑桥印书的法律根据。不过直到一五八三年，他们才真正印起书来。那时伦敦各家书纸店有印书的专利权，任意抬高价钱。他们妒忌剑桥印书，更恨的是卖得贱。

恰好一六二〇年剑桥翻印了他们一本文法书，他们就在法庭告了一状。剑桥师生老早不乐意他们抬价钱，这一来更愤愤不平；大学副校长第二年乘英王詹姆士第一上新市场去，半路上就递上一件呈子，附了一个比较价目表。这样小题大做，真有些书呆子气。王和诸大臣商议了一下，批道，我们现在事情很多，没工夫讨论大学与诸家书纸店的权益；但准大学印刷人出售那些文法书，以救济他的支绌。这算是碰了个软钉子，可也算是胜利。那呈子，那批，和上文说的那本《圣经》都在这一回展览中。席勒齐印的八本书也有两种在这里。

此外还有一六二九年初印的定本《圣经》，书扉雕刻繁细，手艺精工之极。又密尔顿《力息达斯》(LYcidas)的初奉也在展览着，那是经他亲手校改过的。

近代插图书籍展览，在圣诞节前不久，大约是让做父母的给孩子们多买点节礼吧。但在一个外国人，却也值得看看。展览的是七十年来的作品，虽没有什么系统，在这里却可以找着各种美，各种趋势。插图与装饰画不一样，得吟味原书的文字，透出自己的机锋。心要灵，手要熟，二者不可缺一。或实写，或想象，因原书情境，画人性习而异。——童话的插图却只得凭空着笔，想象更自由些；在不自由的成人看来，也许别有一种滋味。看过赵译《阿丽思漫游奇境记》里谭尼尔(John Tenniel)的插画的，当会有同感吧。——所展览的，幽默，秀美，粗豪，典重，各擅胜场，琳琅满目；有人称为"视觉的音乐"，颇为近之。

最有味的，同一作家，各家插画所表现的却大不相同。譬如莪默伽亚谟(Omar Khayyam)，莎士比亚，几乎在一个人手里一个样子；展览会里书多，比较着看方便，可以扩充眼界。插图有"黑白"的，有彩色的；"黑白"的多，为的省事省钱。就黑白画而论，从前是雕版，后来是照相；照相虽然精细，可是失掉了那种生力，只要拿原稿对看就会觉出。这儿也展览原稿，或是灰笔画，或是水彩画；不但可以"对看"，也可以让那些艺术家更和我们接近些。

《观察报》记者记这回展览会，说插图的书，字往往印得特别大，意在和谐；却实在不便看。他主张书与图分开，字还照寻常大小印。他自然指大本子而言。但那种"和谐"其实也可爱；若说不便，这种书原是让你慢慢玩赏的，哪能像读报一样目下数行呢？再说，将配好了的对儿生生拆开，不但大小不称，怕还要多花钱。

诗籍铺（The Poetry Bookshop）真是米米小，在一个大地方的一道小街上。名叫街，实在一条小胡同吧。门前不大见车马不说；就是行人，一天也只寥寥几个。

那道街斜对着无人不知的大英博物院；街口钉着小小的一块字号木牌。初次去时，人家教在博物院左近找。问院门口守卫，他不知道有这个铺子，问路上戴着常礼帽的老者，他想没有这么一个铺子；好容易才找着那块小木牌，真是"远在天边，近在眼前"。这铺子从前在另一处，那才冷僻，连裴罗克的地图上都没名字，据说那儿是一所老宅子，才真够诗味，挪到现在这样平常的地带，未免太可惜。那时候美国游客常去，一个原因许是美国看不见那样老宅子。

诗人赫洛德孟罗（Harold Monm）在一九一二年创办了这爿诗籍铺。用意在让诗与社会发生点切实的关系。孟罗是二十多年来伦敦文学生涯里一个要紧角色。从一九一一给诗社办《诗刊》（Poetry Review）起知名。

在第一期里，他说，"诗与人生的关系得再认真讨论，用于别种艺术的标准也该用于诗。"他觉得能做诗的该做诗，有困难时该帮助他，让他能做下去；一般人也该念诗，受用诗。

为了前一件，他要自办杂志，为了后一件，他要办读诗会；为了这两件，他办了诗籍铺。这铺子印行过《乔治诗选》（Georgian Poetry），乔治是现在英王的名字，意思就是当代诗选，所收的都是代表作家。

第一册出版，一时风靡，买诗念诗的都多了起来；社会确乎大受影响。诗选共五册；出第五册时在一九二二，那时乔治诗人的诗兴却渐渐衰了。一九一九到一九二五年铺子里又印行《市本》月刊（The Chapbook）登载诗歌，评论，木刻等，颇多新进作家。

读诗会也在铺子里；星期四晚上准六点钟起，在一间小楼上。一年中也有些时候定好了没有。从创始以来，差不多没有间断过。前前后后著名的诗人几乎都在这儿读过诗：他们自己的诗，或他们喜欢的诗。入场券六便士，在英国算贱，合四五毛钱。在伦敦的时候，也去过两回。那时孟罗病了，不大能问事，铺子里颇为黯淡。两回都是他夫人爱立达克莱曼答斯基（Alida Klementaski）读，说是找不着别人。

那间小楼也容得下四五十位子，两回去，人都不少；第二回满了座，而且几乎都是女人——还有挨着墙站着听的。屋内只读诗的人小桌上一盏蓝罩子的桌灯亮着，幽幽的。她读济兹和别人的诗，读得很好，口齿既清楚，又有顿挫，内行说，能表出原诗的情味。英国诗有两种读法，将每个重音咬得清清楚楚，顿挫的地方用力，和说话的调子不相像，约翰德林瓦特（John Drinkwater）便主张这一种。他说，读诗若用说话的调子，太随便，诗会跑了。但是参用一点儿，像克莱曼答斯基女士那样，也似乎自然流利，别有味道。这怕要看什么样的诗，什么样的读诗人，不可一概而论。但英国读诗，除不吟而诵，与中国根本不同之处，还有一件：他们按着文气停顿，不按着行，也不一定按着韵脚。这因为他们的诗以轻重为节奏，文句组织又不同，往往一句跨两行三行，却非作一句读不可，韵脚便只得轻轻地滑过去。读诗是一种才能，但也需要训练；他们注重这个，训练的机会多，所以是诗人都能来一手。

铺子在楼下，只一间，可是和读诗那座楼远隔着一条甬道。屋子有点黑，四壁是书架，中间桌上放着些诗歌篇子（Sheets），木刻画。篇子有宽长两种，印着诗歌，加上些零星的彩画，是给大人和孩子玩儿的。犄角儿上一张账桌子，坐着一个戴近视眼镜的，和蔼可亲的，圆脸的中年妇人。桌前装着火炉，炉旁蹲着一只大白狮子猫，和女人一样胖。有时也遇见克莱曼答斯基女士，匆匆地来匆匆地去。孟罗死在一九三二年三月十五日。

第二天晚上到铺子里去，看见两个年轻人在和那女人司账说话；说到诗，说到人生，都是哀悼孟罗的。话音很悲伤，却如清泉流泻，差不多句句像诗；女司账说不出什么，唯唯而已。

孟罗在日最尽力于诗人文人的结合，他老让各色的才人聚在一块儿。又好客，家里炉旁（英国终年有用火炉的时候）常有许多人聚谈，到深夜才去。

这两位青年的伤感不是偶然的。他的铺子可是赚不了钱；死后由他夫人接手，勉强张罗，现在许还开着。

青少年课外阅读系列丛书

如 面 谈

朋友送来一匣信笺,笺上刻着两位古装的人,相对拱揖,一旁题了"如面谈"三个大字。是明代钟惺的《尺牍选》第一次题这三个字,这三个字恰说出了写信的用处。信原是写给"你"或"你们几个人"看的;原是"我"对"你"或"你们几个人"的私人谈话,不过是笔谈罢了。

对谈的人虽然亲疏不等,可是谈话总不能像是演说的样子,教听话的受不了。写信也不能像作论的样子,教看信的受不了,总得让看信的觉着信里的话是给自己说的才成。这在乎各等各样的口气。口气合适,才能够"如面谈"。

但是写信究竟不是"面谈";不但不像"面谈"时可以运用声调表情姿态等等,并且老是自己的独白,没有穿插和掩映的方便,也比"面谈"难。写信要"如面谈",比"面谈"需要更多的心思和技巧,并不是一下笔就能做到的。

可是在一种语言里,这种心思和技巧,经过多少代多少人的运用,渐渐的程式化。只要熟习了那些个程式,应用起来,"如面谈"倒也不见得怎样难。

我们的文言信,就是久经程式化了的,写信的人利用那些程式,可以很省力的写成合适的,多多少少"如面谈"的信。若教他们写白话,倒不容易写成这样像信的信。《两般秋雨随笔》记着一个人给一个妇人写家信,那妇人要照她说的写,那人周章了半天,终归搁笔。

他没法将她说的那些话写成一封像信的信。文言信是有样子的,白话信压根儿没有样子;那人也许觉得白话压根儿就不能用来写信。

同样心理,测字先生代那些不识字的写信,也并不用白话。他们宁可用那些不通的文言,如"来信无别"之类。我们现在自然相信白话可以用来写信,而且有时也实行写白话信。但是常写白话文的人,似乎除了胡适之先生外,写给朋友的信,还是用文言的时候多,这只要翻翻现代书简一类书就会相信的。原因只是一个"懒"字。

文言信有现成的程式，白话信得句句斟酌，好像作文一般，太费劲，谁老有那么大工夫？文言至今还能苟延残喘，就靠它所有的写信和别的应用文的程式。若我们肯不偷懒，慢慢找出些白话应用文的程式，文言就真"死"了。

林语堂先生在《论语录体之用》(《论语》二十六期)里说过：

一人修书，不日曰"示悉"，而曰"你的芳函接到了"，不日"至感""歉甚"，而曰"很感谢你""非常惭愧"，便是噜哩噜苏，文章不经济。

"示悉"，"至感"，"歉甚"，都是文言信的程式，用来确是很经济，很省力的。但是林先生所举的三句"噜哩噜苏"的白话，恐怕只是那三句文言的直译，未必是实在的例子。

我们可以说"来信收到了"，"感谢"，"对不起"，"对不起得很"，用不着绕弯儿从文言直译。——若真有这样绕弯儿的，那一定是新式的测字先生！这几句白话似乎也是很现成，很经济的。字数比那几句相当的文言多些，但是一种文体有一种经济的标准，白话的字句组织与文言不同，它们其实是两种语言，繁简当以各自的组织为依据，不当相提并论。

白话文固然不必全合乎口语，白话信却总该是越能合乎口语，才越能"如面谈"。这几个句子正是我们口头常用的，至少是可以卜门的。用来写白话信，我想是合适的。

麻烦点儿的是"敬启者"，"专此"，"敬请大安"，这一套头尾。这是一封信的架子；有了它才像一封信，没有它就不像一封信。"敬启者"如同我们向一个人谈话，开口时用的"我对你说"那句子，"专此"、"敬请大安"相当于谈话结束时用的"没有什么啦，再见"那句子；但是"面谈"不一定用这一套儿，往往只要一转脸向着那人，就代替了那第一句话，一点头就代替了那第二句话。这是写信究竟不"如面谈"的地方。

现在写白话信，常是开门见山，没有相当于"敬启者"的套头。但是结尾却还是装上的多，可也只用"此祝健康！""祝你进步！""祝好！"一类，像"专此"，"敬请大安"那样分截的形式是不见了。"敬启者"的渊源是很悠久的，司马迁《报任少卿书》开头一句是"太史公牛马走司马迁再拜言，少卿足下","再拜言"就是后世的"敬启者"。"少卿足下"在"再拜言"之下，和现行的格式将称呼在"敬启者"前面不一样。

既用称呼开头，"敬启者"原不妨省去；现在还因循的写着，只是遗形物罢了。写白话信的人不理会这个，也是自然而然的。"专此"、"敬请大安"下面还有称呼作全信的真结尾，也可算是遗形物，也不妨省去。但那"套头"差不多全剩了形式，这"套尾"多少还有一些意义，白话信里保存着它，不是没有理由的。在文言信里，这一套儿有许多变化，表示写信人和受信人的身份。如给父母去信，就须用"敬禀者"，"谨此"，"敬请福安"，给前辈去信，就须用"敬肃者"，"敬请道安"，给后辈去信，就须用"启者"，"专泐"，"顺问近佳"之类，用错了是会让人耻笑的——尊长甚至于还会生气。

白话信的结尾，虽然还没讲究到这些，但也有许多变化；那些变化却只是修辞的变化，并不表明身份。因为是修辞的变化，所以不妨掉掉笔头，来点新鲜花样，引起看信人的趣味，不过总也得和看信人自身有些关切才成。如"敬祝抗战胜利"，虽然人同此心，但是"如面谈"的私人的信里，究竟嫌肤廓些。又如"谨致民族解放的敬礼"，除非写信人和受信人的双方或一方是革命同志，就不免不亲切的毛病。这都有些像演说或作论的调子。修辞的变化，文言的结尾里也有。如"此颂文祺"，"敬请春安"，"敬颂日祉"，"恭请痊安"，等等，一时数不尽，这里所举的除"此颂文祺"是通用的简式外，别的都是应时应景的式子，不能乱用。

写白话信的人既然不愿扔掉结尾，似乎就该试试多造些表示身份以及应时应景的式子。只要下笔时略略用些心，这是并不难的。最麻烦的要数称呼了。称呼对于口气的关系最是直截的，一下笔就见出，拐不了弯儿。谈话时用称呼的时候少些，闹了错儿，还可以马虎一些。写信不能像谈话那样面对面的，用称呼就得多些；闹了错儿，白纸上见黑字，简直没个躲闪的地方。

文言信里称呼的等级很繁多，再加上称呼底下带着的敬语，真是数不尽。开头的称呼，就是受信人的称呼，有时还需要重叠，如"父母亲大人"，"仁兄大人"，"先生大人"等。现在"仁兄大人"等是少用了，却换了"学长我兄"之类；至于"父母亲"加上"大人"，依然是很普遍的。

开头的称呼底下带着的敬语，有的似乎原是些位置词，如"膝下"，"足下”；这表示自己的信不敢直率的就递给受信人，只放在他或他们的“膝下”，“足下”，让他或他们得闲再看。有的原指伺候的人，如“阁下”，“执事”；这表示只敢将信递给“阁下”的公差，或“执事”的人，让他们觑空儿转呈受信人看。可是用久了，用熟了，谁也不去注意那些意义，只当做敬语用罢了。但是这些敬语表示不同的身份，用的人是明白的。这些敬语还有一个紧要的用处。在信文里称呼受信人有时只用“足下”，“阁下”，“执事”就成；这些缩短了，替代了开头的那些繁琐的词儿。——信文里并有专用的简短的称呼，像“台端”便是的。

另有些敬语，却真的只是敬语，如“大鉴”，“台鉴”，“钧鉴”，“勋鉴”，“道鉴”等，“有道”也是的。还有些只算附加语，不能算敬语，像“如面”，“如晤”，“如握”，以及“览”，“阅”，“见字”，“知悉”等，大概用于亲近的人或晚辈。

结尾的称呼，就是写信人的自称，跟带着的敬语，现在还通用的，却没有这样繁杂。“弟”用得最多，“小弟”，“愚弟”只偶然看见。光头的名字，用的也最多，“晚”，“后学”，“职”也只偶然看见。

其余还有“儿”，“侄”等；“世侄”也用得着，“愚侄”却少——这年头自称“愚”的究竟少了。敬语是旧的“顿首”和新的“鞠躬”最常见；“谨启”太质朴，“再拜”太古老，“免冠”虽然新，却又不今不古的，这些都少用。对尊长通用“谨上”，“谨肃”，“谨禀”——“叩禀”，“跪禀”有些稀罕了似的；对晚辈通用“泐”，“字”等，或光用名字。

白话里用主词句子多些，用来写信，需要称呼的地方自然也多些。但是白话信的称呼似乎最难。文言信用的那些，大部分已经成了遗形物，用起来即使不至于觉得封建气，即使不至于觉得满是虚情假意，但是不亲切是真的。要亲切，自然得向“面谈”里去找。可是我们口头上的称呼，还在演变之中，凝成定型的绝无仅有，难的便是这个。我们现在口头上通用于一般人的称呼，似乎只有“先生”。而这个“先生”又不像“密斯忒”、“麦歇”那样真可以通用于一般人。譬如英国大学里教师点名，总称“密斯忒某某”，中国若照样在点名时称“某某先生”，大家就觉得客气得过火点儿。“先生”之外，白话信里最常用的还有“兄”，口头上却也不大听见。这是从文言信里借来称呼比“先生”亲近些的人的。按说十分亲近的人，直写他的名号，原也未尝不可，难的是那些疏不到"先生"，又亲不到直呼名号的。所以"兄"是不可少的词儿——将来久假不归，也未可知。

更难的是称呼女人，刘半农先生曾主张将"密斯"改称"姑娘"，却只成为一时的谈柄；我们口头上似乎就没有一个真通用的称呼女人的词儿。固然，我们常说"某小姐"，"某太太"，但写起信来，麻烦就来了。开头可以很自然的写下"某小姐"，"某太太"，信文里再称呼却就绕手；还带姓儿，似乎不像信，不带姓儿，又像丫头老妈子们说话。只有我们口头上偶尔一用的"女士"，倒可以不带姓儿，但是又有人嫌疑它生刺刺的。

我想还是"女士"大方些，大家多用用就熟了。要不，不分男女都用"先生"也成，口头上已经有这么称呼的——不过显得太单调罢了。至于写白话信的人称呼自己，用"弟"的似乎也不少，不然就是用名字。"弟"自然是从文言信里借来的，虽然口头上自称"兄弟"的也有。

光用名字，有时候嫌不大客气，这"弟"字也是不可少的，但女人给普通男子写信，怕只能光用名字，称"弟"既不男不女的，称"妹"显然又太亲近了，——正如开头称"兄"一样。男人写给普通女子的信，不用说，也只能光用名字。白话信的称呼却都不带敬语，只自称下有时装上"鞠躬"，"谨启"，"谨上"，也都是借来的，可还是懒得装上的多。这不带敬语，却是欧化。那些敬语现在看来原够腻味的，一笔勾销，倒也利落，干净。

五四运动后，有一段儿还很流行称呼的欧化。写白话信的人开头用"亲爱的某某先生"或"亲爱的某某"，结尾用"你的朋友某某"或"你的真挚的朋友某某"，是常见的，近年来似乎不大有了，即使在青年人的信里。

这一套大约是从英文信里抄袭来的。可是在英文里，口头的"亲爱的"和信上的"亲爱的"，亲爱的程度迥不一样。口头的得真亲爱的才用得上，人家并不轻易使唤这个词儿；信上的不论你是谁，认识的，不认识的，都得来那么一个"亲爱的"——用惯了，用滥了，完全成了个形式的敬语，像我们文言信里的"仁兄"似的。我们用"仁兄"，不管他"仁"不"仁"；他们用"亲爱的"，也不管他"亲爱的"不"亲爱的"。

可是写成我们的文字，"亲爱的"就是不折不扣的亲爱的——在我们的语言里，"亲爱"真是亲爱，——向是不折不扣的——，因此看上去老有些碍眼，老觉着过火点儿；甚至还肉麻呢。再说"你的朋友"和"你的真挚的朋友"。有人曾说"我的朋友"是标榜，那是用在公开的论文里的。我们虽然只谈不公开的信，虽然普通用"朋友"这词儿，并不能表示客气，也不能表示亲密，可是加上"你的"，大书特书，怕也免不了标榜气。至于"真挚的"，也是从英文里搬来的。毛病正和"亲爱的"一样。——当然，要是给真亲爱的人写信，怎么写也成，上面用"我的心肝"，下面用"你的宠爱的巴儿狗"，都无不可，不过本文是就一般程式而论，只能以大方为主罢了。

白话信还有领格难。文言信里差不多是看不见领格的，领格表现在特种敬语里。如"令尊"，"嫂夫人"，"潭府"，"惠书"，"手教"，"示"，"大著"，"鼎力"，"尊裁"，"家严"，"内人"，"舍下"，"拙著"，"绵薄"，"鄙见"等等，比起别种程式，更其是数不尽。有些口头上有，大部分却是写信写出来的。这些足以避免称呼的重复，并增加客气。文言信除了写给子侄，是不能用"尔"，"汝"，"吾"，"我"等词的，若没有这些敬语，遇到领格，势非一再称呼不可；虽然信文里的称呼简短，可是究竟嫌累赘些。这些敬语口头上还用着的，白话信里自然还可以用，如"令尊"，"大著"，"家严"，"内人"，"舍下"，"拙著"等，但是这种非常之少。白话信里的领格，事实上还靠重复称呼，要不就直用"你""我"字样。称呼的重复免不了累赘，"你""我"相称，对于生疏些的人，也不合适。这里我想起了"您"字。国语的"您"可用于尊长，是个很方便的敬词——本来是复数，现在却只用做单数。放在信里，做主词也好，做领格也好，既可以减少那累赘的毛病，也不至于显得太托熟似的。

写信的种种程式，作用只在将种种不同的口气标准化，只在将"面谈"时的一些声调表情姿态等等标准化。熟悉了这些程式，无需句斟字酌，在口气上就有了一半的把握，就不难很省力的写成合适的，多多少少"如面谈"的信。写信究竟不是"面谈"，所以得这样办；那些程式有的并不出于"面谈"，而是写信写出来的，也就是为此。

各色各样的程式，不是要笔头，不是掉呛花，都是实际需要逼出来的。文言信里还不免残存着一些不切用的遗物，白话信却只嫌程式不够用，所以我们不能偷懒，得斟酌情势，多试一些，多造一些。一番番自觉的努力，相信可以使白话信的程式化完成得更快些。

但是程式在口气的传达上至多只能帮一半忙，那一半还得看怎么写信文儿。这所谓"神而明之，存乎其人"，没什么可说的。不过这里可以借一个例子来表示同一事件可以有怎样不同的口气。胡适之先生说过这样一个故事：

有一裁缝，花了许多钱送他儿子去念书。一天，他儿子来了一封信。他自己不认识字，他的邻居一个杀猪的倒识字，不过识的字很少。他把信拿去叫杀猪的看。杀猪的说信里是这样的话，"爸爸！赶快给我拿钱来！我没有钱了，快给我钱！"裁缝说，"信里是这样的说吗！好！我让他从中学到大学念了这些年书，念得一点礼貌都没有了！"说着就难过起来。正在这时候，来了一个牧师，就问他为什么难过。他把原因一说，牧师说，"拿信来，我看看。"就接过信来，戴上眼镜，读道，"父亲老大人，我现在穷得不得了了，请你寄给我一点钱罢！寄给我半镑钱就够了，谢谢你。"裁缝高兴了，就寄两镑钱给他儿子。（《中国禅学的发展史》讲演词，王石子记，一九三四年十二月十六日《北平晨报》）

有人说，日记和书信里，最能见出人的性情来，因为日记只给自己看，信只给一个或几个朋友看，写来都不做作。"不做作"可不是"信笔所之"。日记真不准备给人看，也许还可以"信笔所之"一下；信究竟是给人看的，虽然不能像演说和作论，可也不能只顾自己痛快，真的"信笔"写下去。"如面谈"不是胡帝胡天的，总得有"一点礼貌"，也就是一份客气。客气要大方，恰到好处，才是味儿，"如面谈"是需要火候的。

动 乱 时 代

这是一个动乱时代。一切都在摇荡不定之中，一切都在随时变化之中。

人们很难计算他们的将来，即使是最短的将来。这使一般人苦闷；这种苦闷或深或浅的笼罩着全中国，也或厚或薄的弥漫着全世界。在这一回世界大战结束的前两年，就有人指出一般人所表示的幻灭感。这种幻灭感到了大战结束后这一年，更显著了；在我们中国尤其如此。

中国经过八年艰苦的抗战，一般人都挣扎的生活着。胜利到来的当时，我们喘一口气，情不自禁地在心头描画着三五年后可能实现的一个小康时代。我们也明白太平时代还遥远，所以先只希望一个小康时代。但是胜利的欢呼闪电似的过去了，接着是一阵阵闷雷响着。这个变化太快了，幻灭得太快了，一般人失望之余，不由得感到眼前的动乱的局势好像比抗战期中还要动乱些。再说这动乱是世界性的，像我们中国这样一个国家，大概没有足够的力量来控制这动乱；我们不能计算，甚至也难以估计，这动乱将到何时安定，何时才会出现一个小康时代。因此一般人更深沉的幻灭了。

中国向来有一治一乱相循环的历史哲学。机械的循环论，现代大概很少人相信了，然而广义的看来，相对的看来，治乱的起伏似乎可以说是史实，所谓广义的，是说不限于政治，如经济恐慌。也正是一种动乱的局势。

所谓相对的，是说有大治大乱，有小治小乱；各个国家，各个社会的情形不同，却都有它们的治乱的起伏。这里说治乱的起伏，表示人类是在走着曲折的路；虽然走着曲折的路，但是总在向着目标走上前去。

我相信人类有目标，因此也有进步。每一回治乱的起伏，清算起来，这里那里多多少少总有些进展的。

但是人们一般都望治而不好乱。动乱时代望小康时代，小康时代望太平时代——真正的"太平"时代，其实只是一种理想。人类向着这个理想曲折的走着;所以曲折,便因为现实与理想的冲突。现实与理想都是人类的创造,在创造的过程中,不免试验与错误,也就不免冲突。

现实与现实冲突,现实与理想冲突,理想与理想冲突,样样有。从一方面看,人生充满了矛盾;从另一方面看,矛盾中却也有一致的地方。人类在种种冲突中进展。

动乱时代中冲突更多,人们感觉不安,彷徨,失望,于是乎幻灭。幻灭虽然幻灭,可还得活下去。虽然活下去,可是厌倦着,诅咒着。于是摇头,皱眉毛,"没办法! 没办法!"的说着,一天天混过去。可是,这如果是一个常态的中年人,他还有相当的精力,他不会甘心老是这样混过去;他要活得有意思些。他于是颓废——烟,赌,酒,女人,尽情的享乐自己。一面献身于投机事业,不顾一切原则,只要于自己有利就干。反正一切原则都在动摇,谁还怕谁? 只要抓住现在,抓住自己,管什么社会国家! 古诗道:"我躬不阅,遑恤我后!"可以用来形容这些人。

有些人也在幻灭之余活下去,可是憎恶着,愤怒着。他们不怕幻灭,却在幻灭的遗迹上建立起一个新的理想。他们要改造这个国家,要改造这个世界。这些人大概是青年多,青年人精力足,顾虑少,他们讨厌传统,讨厌原则;而现在这些传统这些原则既在动摇之中,他们简直想一脚踢开去。他们要创造新传统,新原则,新中国,新世界。他们也是不顾一切,却不是只为自己。他们自然也免不了试验与错误。试验与错误的结果,将延续动乱的局势,还是将结束动乱局势? 这就要看社会上矫正的力量和安定的力量,也就是说看他们到底抓得住现实还是抓不住。

还有些人也在幻灭之余活下去,可是对现实认识着,适应着。他们渐渐能够认识这个动乱时代,并接受这个动乱时代。他们大概是些中年人,他们的精力和胆量只够守住自己的岗位,进行自己的工作。这些人不甘颓废,可也不能担负改造的任务,只是大时代一些小人物。但是他们谨慎的调整着种种传统和原则,忠诚的保持着那些。那些传统和原则,虽然有些人要踢开去,然而其中主要的部分自有它们存在的理由。

因为社会是连贯的,历史是连贯的。一个新社会不能凭空从天上掉下,它得从历来的土壤里长出。社会的安定力固然在基层的衣食住,在中国尤其是农民的衣食住;可是这些小人物对于社会上层机构的安定,也多少有点贡献。他们也许抵不住时代潮流的冲击而终于失掉自己的岗位甚至生命,但是他们所抱持的一些东西还是会存在的。

以上三类人,只是就笔者自己常见到的并且相当知道的说,自然不能包罗一切。但这三类人似乎都是这动乱时代的主要分子。笔者希望由于描写这三类人可以多少说明了这时代的局势。他们或多或少的认识了现实,也或多或少的抓住了现实;那后两类人一方面又都有着或近或远或小或大的理想。

有用的是这两类人。那颓废者只是消耗,只是浪费,对于自己,对于社会都如此。那投机者扰害了社会的秩序,而终于也归到消耗和浪费一路上。到处摇头苦脸说着"没办法"的人不过无益,这些人简直是有害了。

改造者自然是时代的领导人,但希望他们不至于操之过切,欲速不达。调整者原来可以与改造者相辅为用,但希望他们不至于保守太过,抱残守阙。这样维持着活的平衡,我们可以希望比较快的走入一个小康时代。

一 封 信

在北京住了两年多了,一切平平常常地过去。要说福气,这也是福气了。因为平平常常,正像"糊涂"一样"难得",特别是在"这年头"。但不知怎的,总不时想着在那儿过了五六年转徙无常的生活的南方。转徙无常,诚然算不得好日子;但要说到人生味,怕倒比平平常常时候容易深切地感着。现在终日看见一样的脸板板的天,灰蓬蓬的地;大柳高槐,只是大柳高槐而已。于是木木然,心上什么也没有;有的只是自己,自己的家。我想着我的渺小,有些战栗起来;清福究竟也不容易享的。

这几天似乎有些异样。像一叶扁舟在无边的大海上,像一个猎人在无尽的森林里。走路,说话,都要费很大的力气;还不能如意。心里是一团乱麻,也可说是一团火。似乎在挣扎着,要明白些什么,但似乎什么也没有明白。"一部《十七史》,从何处说起",正可借来做近日的我的注脚。昨天忽然有人提起《我的南方》的诗。这是两年前初到北京,在一个村店里,喝了两杯"莲花白"以后,信笔涂出来的。于今想起那情景,似乎有些渺茫;至于诗中所说的,那更是遥遥乎远哉了,但是事情是这样凑巧:今天吃了午饭,偶然抽一本旧杂志来消遣,却翻着了三年前给S的一封信。信里说着台州,在上海,杭州,宁波之南的台州。这真是"我的南方"了。我正苦于想不出,这却指引我一条路,虽然只是"一条"路而已。

我不忘记台州的山水,台州的紫藤花,台州的春日,我也不能忘记S。他从前欢喜喝酒,欢喜骂人;但他是个有天真的人。他待朋友真不错。L从湖南到宁波去找他,不名一文;他陪他喝了半年酒才分手。他去年结了婚。为结婚的事烦恼了几个整年的他,这算是叶落归根了;但他也与我一样,已快上那"中年"的线了吧。结婚后我们见过一次,匆匆的一次。我想,他也和一切人一样,结了婚,终于是结了婚的样子了吧。但我老只是记着他那喝醉了酒,很妩媚的骂人的姿态;这在他或已懊悔着了。

南方这一年的变动,是人的意想所赶不上的。我起初还知道他的踪迹;这半年是什么也不知道了。他到底是怎样地过着这狂风似的日子呢?我所沉吟的正在此。我说过大海,他正是大海上的一个小浪;我说过森林,他正是森林里的一只小鸟。想我,想我,我向那里去找你?

这封信曾印在台州师范学校的《绿丝》上。我现在重印在这里;这是我眼前一个很好的自慰的法子。

九月二十七日记

S兄:

　　………

我对于台州,永远不能忘记!我第一日到六师校时,系由埠头坐了轿子去的。轿子走的都是僻路;使我诧异,为什么堂堂一个府城,竟会这样冷静!那时正是春天,而因天气的薄阴和道路的幽寂,使我宛然如入了秋之国土。约摸到了卖花桥边,我看见那清绿的北固山,下面点缀着几带朴实的洋房子,心胸顿然开朗,仿佛微微的风拂过我的面孔似的。到了校里,登楼一望,见远山之上,都幂着白云。四面全无人声,也无人影;天上的鸟也无一只。只背后山上谡谡的松风略略可听而已。那时我真脱却人间烟火气而飘飘欲仙了！后来我虽然发现了那座楼实在太坏了：柱子如鸡骨，地板如鸡皮！但自然的宽大使我忘记了那房屋的狭窄。我于是曾好几次爬到北固山的顶上，去领略那飕飕的高风，看那低低的，小小的，绿绿的田亩。这是我最高兴的。

来信说起紫藤花，我真爱那紫藤花！在那样朴陋——现在大概不那样朴陋了吧的房子里，庭院中，竟有那样雄伟，那样繁华的紫藤花，真令我十二分惊诧！她的雄伟与繁华遮住了那朴陋，使人一对照，反觉朴陋倒是不可少似的，使人幻想"美好的昔日"！我也曾几度在花下徘徊：那时学生都上课去了，只剩我一人。暖和的晴日，鲜艳的花色，嗡嗡的蜜蜂，酝酿着一庭的春意。我自己如浮在茫茫的春之海里，不知怎么是好！那花真好看：苍老虬劲的枝干，这么粗这么粗的枝干，婉转腾挪而上；谁知她的纤指会那样嫩，那样艳丽呢？那花真好看：一缕缕垂垂的细丝，将她们悬在那皴裂的臂上，临风婀娜，真像嘻嘻哈哈的小姑娘，真像凝妆的少妇，像两颊又像双臂，像胭脂又像粉……我在他们下课的时候，又曾几度在楼头眺望：那风姿更是撩人：云哟，霞哟，仙女哟！我离开台州以后，永远没见过那样好的紫藤花，我真惦记她，我真妒羡你们！

此外，南山殿望江楼上看浮桥（现在早已没有了），看憧憧的人在长长的桥上往来着；东湖水阁上，九折桥上看柳色和水光，看钓鱼的人；府后山沿路看田野，看天；南门外看梨花——再回到北固山，冬天在医院前看山上的雪；都是我喜欢的。说来可笑，我还记得我从前住过的旧仓头杨姓的房子里的一张画桌；那是一张红漆的，一丈光景长而狭的画桌，我放它在我楼上的窗前，在上面读书，和人谈话，过了我半年的生活。现在想已搁起来无人用了吧？唉！

台州一般的人真是和自然一样朴实；我一年里只见过三个上海装束的流氓！学生中我颇有记得的。前些时有位P君写信给我，我虽未有工夫作复，但心中很感谢！乘此机会请你为我转告一句。我写的已多了；这些胡乱的话，不知可附载在《绿丝》的末尾，使它和我的旧友见见面么？

赠　　言

　　一个大学生的毕业之感是和中小学生不同的。他若不入研究院或留学，这便是学校生活的最后了。

　　他高兴，为的已满足了家庭的愿望而成为堂堂的一个人。但也发愁，为的此后生活要大大地改变了，而且往往是不能预料的改变。

　　在现下的中国尤其如此。一面想到就要走出天真的和平的园地而踏进五花八门的新世界去，也不免有些依恋彷徨。这种甜里带着苦味，或说苦里带着甜味，大学毕业诸君也许多多少少感染着吧。

　　然而这种欣慰与感伤都是因袭的，无谓的。"堂堂的一个人"若只知道"仰足以事父母，俯足以蓄妻子"，或只知道自得其乐，那是没有大意义的。

　　至于低回留连于不能倒流的年光，更是白费工夫。我们要冷静地看清自己前面的路。毕业在大学生是个献身的好机会。他大学里造成了自己，这时候该活泼活泼地跳进社会里去，施展起他的身手。

　　在这国家多难之期，更该沉着地挺身前进，决无躲避徘徊之理。他或做自己职务，或做救国工作，或从小处下手，或从大处着眼，只要卖力气干都好。但单枪匹马也许只能守成；而且旧势力好像大漩涡，一个不小心便会滚下去。真正的力量还得大伙儿。

　　清华毕业的人渐渐多起来了，大伙儿同心协力，也许能开些新风气。有人说清华大学毕业生犯两种毛病：一是率真；二是瞧不起人。率真，绝不是毛病。所谓世故，实在太繁碎。处处顾忌，只能敷敷衍衍过日子；整日兜圈儿，别想向前走一步。这样最糟蹋人的精神力，社会之所以老朽昏庸者为此。现在我们正需要一班率真的青年人，生力军，打开这个僵局。

　　至于瞧不起人，也有几等。年轻人学了些本事，不觉沾沾自喜是一等。看见别人做事不认真，不切实，忍不住现点颜色，说点话，是一等。这些似乎都还情有可原。若单凭了"清华"的名字，那却不行；但相信这是不会有的。

桨声灯影里的秦淮河

一九二三年八月的一晚，我和平伯同游秦淮河；平伯是初泛，我是重来了。我们雇了一只"七板子"，在夕阳已去，皎月方来的时候，便下了船。于是桨声汩汩，我们开始领略那晃荡着蔷薇色的历史的秦淮河的滋味了。

秦淮河里的船，比北京万姓园、颐和园的船好，比西湖的船好，比扬州瘦西湖的船也好。这几处的船不是觉着笨，就是觉着简陋、局促；都不能引起乘客们的情韵，如秦淮河的船一样。秦淮河的船约略可分为两种：一是大船；一是小船，就是所谓"七板子"。大船舱口阔大，可容二三十人。里面陈设着字画和光洁的红木家具，桌上一律嵌着冰凉的大理石面。窗格雕镂颇细，使人起柔腻之感。窗格里映着红色蓝色的玻璃；玻璃上有精致的花纹，也颇悦人目。

"七板子"规模虽不及大船，但那淡蓝色的栏杆，空敞的舱，也足系人情思。而最出色处却在它的舱前。舱前是甲板上的一部。上面有弧形的顶，两边用疏疏的栏杆支着。里面通常放着两张藤的躺椅。躺下，可以谈天，可以望远，可以顾盼两岸的河房。大船上也有这个，便在小船上更觉清隽罢了。

舱前的顶下，一律悬着灯彩；灯的多少，明暗，彩苏的精粗，艳晦，是不一的。但好歹总还你一个灯彩。这灯彩实在是最能勾人的东西。

夜幕垂垂地下来时，大小船上都点起灯火。从两重玻璃里映出那辐射着的黄黄的散光，反晕出一片朦胧的烟霭；透过这烟霭，在黯黯的水波里，又逗起缕缕的明漪。

在这薄霭和微漪里，听着那悠然的间歇的桨声，谁能不被引入他的美梦去呢？只愁梦太多了，这些大小船儿如何载得起呀？我们这时模模糊糊的谈着明末的秦淮河的艳迹，如《桃花扇》及《板桥杂记》里所载的。我们真神往了。我们仿佛亲见那时华灯映水，画舫凌波的光景了。

于是我们的船便成了历史的重载了。我们终于恍然秦淮河的船所以雅丽过于他处，而又有奇异的吸引力的，实在是许多历史的影像使然了。

秦淮河的水是碧阴阴的；看起来厚而不腻，或者是六朝金粉所凝么？我们初上船的时候，天色还未断黑，那漾漾的柔波是这样的恬静，委婉，使我们一面有水阔天空之想，一面又憧憬着纸醉金迷之境了。

等到灯火明时，阴阴的变为沉沉了：黯淡的水光，像梦一般；那偶然闪烁着的光芒，就是梦的眼睛了。我们坐在舱前，因了那隆起的顶棚，仿佛总是昂着首向前走着似的；于是飘飘然如御风而行的我们，看着那些自在的湾泊着的船，船里走马灯般的人物，便像是下界一般，迢迢的远了，又像在雾里看花，尽朦朦胧胧的。这时我们已过了利涉桥，望见东关头了。

沿路听见断续的歌声：有从沿河的妓楼飘来的，有从河上船里度来的。我们明知那些歌声，只是些因袭的言词，从生涩的歌喉里机械的发出来的；但它们经了夏夜的微风的吹漾和水波的摇拂，袅娜着到我们耳边的时候，已经不单是她们的歌声，而混着微风和河水的密语了。

于是我们不得不被牵惹着，震撼着，相与浮沉于这歌声里了。

从东关头转弯，不久就到大中桥。大中桥共有三个桥拱，都很阔大，俨然是三座门儿；使我们觉得我们的船和船里的我们，在桥下过去时，真是太无颜色了。桥砖是深褐色，表明它的历史的长久；但都完好无缺，令人太息于古昔工程的坚美。

桥上两旁都是木壁的房子，中间应该有街路？这些房子都破旧了，多年烟熏的迹，遮没了当年的美丽。我想象秦淮河的极盛时，在这样宏阔的桥上，特地盖了房子，必然是髹漆得富富丽丽的；晚间必然是灯火通明的。

现在却只剩下一片黑沉沉！但是桥上造着房子，毕竟使我们多少可以想见往日的繁华；这也慰情聊胜无了。

过了大中桥，便到了灯月交辉，笙歌彻夜的秦淮河；这才是秦淮河的真面目哩。大中桥外，顿然空阔，和桥内两岸排着密密的人家的大异了。一眼望去，疏疏的林，淡淡的月，衬着蓝蔚的天，颇像荒江野渡光景；那边呢，郁丛丛的，阴森森的，又似乎藏着无边的黑暗：令人几乎不信那是繁华的秦淮河了。

但是河中眩晕着的灯光，纵横着的画舫，悠扬着的笛韵，夹着那吱吱的胡琴声，终于使我们认识绿如茵陈酒的秦淮水了。此地天裸露着的多些，故觉夜来的独迟些；从清清的水影里，我们感到的只是薄薄的夜——

这正是秦淮河的夜。大中桥外，本来还有一座复成桥，是船夫口中的我们的游踪尽处，或也是秦淮河繁华的尽处了。我的脚曾踏过复成桥的脊，在十三四岁的时候。但是两次游秦淮河，却都不曾见着复成桥的面；明知总在前途的，却常觉得有些虚无缥缈似的。

我想，不见倒也好。这时正是盛夏。我们下船后，借着新生的晚凉和河上的微风，暑气已渐渐消散；到了此地，豁然开朗，身子顿然轻了——习习的清风荏苒在面上，手上，衣上，这便又感到了一缕新凉了。

南京的日光，大概没有杭州猛烈；西湖的夏夜老是热蓬蓬的，水像沸着一般，秦淮河的水却尽是这样冷冷地绿着。任你人影的憧憧，歌声的扰扰，总像隔着一层薄薄的绿纱面幂似的；它尽是这样静静的，冷冷的绿着。

我们出了大中桥，走不上半里路，船夫便将船划到一旁，停了桨由它宕着。他以为那里正是繁华的极点，再过去就是荒凉了；所以让我们多多赏鉴一会儿。他自己却静静的蹲着。他是看惯这光景的了，大约只是一个无可无不可。这无可无不可，无论是升的沉的，总之，都比我们高了。

那时河里热闹极了；船大半泊着，小半在水上穿梭似的来往。停泊着的都在近市的那一边，我们的船自然也夹在其中。因为这边略略的挤，便觉得那边十分的疏了。在每一只船从那边过去时，我们能画出它的轻轻的影和曲曲的波，在我们的心上；这显着是空，且显着是静了。

那时处处都是歌声和凄厉的胡琴声，圆润的喉咙，确乎是很少的。但那生涩的，尖脆的调子能使人有少年的，粗率不拘的感觉，也正可快我们的意。况且多少隔开些儿听着，因为想象与渴慕的作美，总觉更有滋味；而竞发的喧嚣，抑扬的不齐，远近的杂沓，和乐器的嘈嘈切切，合成另一意味的谐音，也使我们无所适从，如随着大风而走。这实在因为我们的心枯涩久了，变为脆弱；故偶然润泽一下，便疯狂似的不能自主了。但秦淮河确也腻人。即如船里的人面，无论是和我们一堆儿泊着的，无论是从我们眼前过去的，总是模模糊糊的，甚至渺渺茫茫的；任你张圆了眼睛，揩净了眦垢，也是枉然。这真够人想呢。

在我们停泊的地方，灯光原是纷然的；不过这些灯光都是黄而有晕的。黄已经不能明了，再加上了晕，便更不成了。灯愈多，晕就愈甚；在繁星般的黄的交错里，秦淮河仿佛笼上了一团光雾。光芒与雾气腾腾的晕着，什么都只剩了轮廓了；所以人面的详细的曲线，便消失于我们的眼底了。

但灯光究竟夺不了那边的月色；灯光是浑的，月色是清的，在混沌的灯光里，渗入了一派清辉，却真是奇迹！那晚月儿已瘦削了两三分。她晚妆才罢，盈盈地上了柳梢头。天是蓝得可爱，仿佛一汪水似的；月儿便更出落得精神了。岸上原有三株两株的垂杨树，淡淡的影子，在水里摇曳着。它们那柔细的枝条浴着月光，就像一只只美人的臂膊，交互的缠着，挽着；又像是月儿披着的发。而月儿偶然也从它们的交叉处偷偷窥看我们，大有小姑娘怕羞的样子。

岸上另有几株不知名的老树，光光的立着；在月光里照起来，却又俨然是精神矍铄的老人。远处——快到天际线了，才有一两片白云，亮得现出异彩，像美丽的贝壳一般。白云下便是黑黑的一带轮廓；是一条随意画的不规则的曲线。这一段光景，和河中的风味大异了。但灯与月竟能并存着，交融着，使月成了缠绵的月，灯射着渺渺的灵辉；这正是天之所以厚秦淮河，也正是天之所以厚我们了。

这时却遇着了难解的纠纷。秦淮河上原有一种歌妓，是以歌为业的。从前都在茶舫上，唱些大曲之类。每日午后一时起；什么时候止，却忘记了。晚上照样也有一回。也在黄晕的灯光里。

我从前过南京时，曾随着朋友去听过两次。因为茶舫里的人脸太多了，觉得不大适意，终于听不出所以然。前年听说歌妓被取缔了，不知怎的，颇涉想了几次——却想不出什么。这次到南京，先到茶舫上去看看，觉得颇是寂寥，令我无端的怅怅了。不料她们却仍在秦淮河里挣扎着，不料她们竟会纠缠到我们，我于是很张皇了。她们也乘着"七板子"，她们总是坐在舱前的。舱前点着石油汽灯，光亮炫人眼目：坐在下面的，自然是纤毫毕见了——引诱客人们的力量，也便在此了。

舱里躲着乐工等人，映着汽灯的余辉蠕动着；他们是永远不被注意的。每船的歌妓大约都是二人；天色一黑，她们的船就在大中桥外往来不息的兜生意。无论行着的船，泊着的船，都要来兜揽的。这都是我后来推想出来的。

那晚不知怎样，忽然轮着我们的船了。我们的船好好的停着，一只歌舫划向我们来的；渐渐和我们的船并着了。烁烁的灯光逼得我们皱起了眉头；我们的风尘色全给它托出来了，这使我不安。那时一个伙计跨过船来，拿着摊开的歌折，就近塞向我的手里，说，"点几出吧"！他跨过来的时候，我们船上似乎有许多眼光跟着。同时相近的别的船上也似乎有许多眼睛炯炯的向我们船上看着。

我真窘了！我也装出大方的样子，向歌妓们瞥了一眼，但究竟是不成的！我勉强将那歌折翻了一翻，却不曾看清了几个字；便赶紧递还那伙计，一面不好意思地说，"不要，我们……不要。"他便塞给平伯。平伯掉转头去，摇手说，"不要！"那人还腻着不走。平伯又回过脸来，摇着头道，"不要！"于是那人重到我处。我窘着再拒绝了他。他这才有所不屑似的走了。我的心立刻放下，如释了重负一般。我们就开始自白了。

我说我受了道德律的压迫，拒绝了她们；心里似乎很抱歉的。这所谓抱歉，一面对于她们，一面对于我自己。她们于我们虽然没有很奢的希望；但总有些希望的。我们拒绝了她们，无论理由如何充足，却使她们的希望受了伤；这总有几分不作美了。这是我觉得很怅怅的。

至于我自己，更有一种不足之感。我这时被四面的歌声诱惑了，降服了；但是远远的，远远的歌声总仿佛隔着重衣搔痒似的，越搔越搔不着痒处。

我于是憧憬着贴耳的妙音了。在歌舫划来时，我的憧憬，变为盼望；我固执的盼望着，有如饥渴。虽然从浅薄的经验里，也能够推知，那贴耳的歌声，将剥去了一切的美妙；但一个平常的人像我的，谁愿凭了理性之力去丑化未来呢？我宁愿自己骗着了。不过我的社会感性是很敏锐的；我的思力能拆穿道德律的西洋镜，而我的感情却终于被它压服着，我于是有所顾忌了，尤其是在众目昭彰的时候。道德律的力，本来是民众赋予的；在民众的面前，自然更显出它的威严了。

我这时一面盼望，一面却感到了两重的禁制：一、在通俗的意义上，接近妓者总算一种不正当的行为；二、妓是一种不健全的职业，我们对于她们，应有哀矜勿喜之心，不应赏玩地去听她们的歌。在众目睽睽之下，这两种思想在我心里最为旺盛。她们暂时压倒了我的听歌的盼望，这便成就了我的灰色的拒绝。那时的心实在异常状态中，觉得颇是昏乱。

　　歌舫去了，暂时宁静之后，我的思绪又如潮涌了。两个相反的意思在我心头往复：卖歌和卖淫不同，听歌和狎妓不同，又干道德甚事？——但是，但是，她们既被逼的以歌为业，她们的歌必无艺术味的；况她们的身世，我们究竟该同情的。所以拒绝倒也是正办。但这些意思终于不曾撇开我的听歌的盼望。它力量异常坚强；它总想将别的思绪踏在脚下。

　　从这重重的争斗里，我感到了浓厚的不足之感。这不足之感使我的心盘旋不安，起坐都不安宁了。唉！我承认我是一个自私的人！平伯呢，却与我不同。他引周启明先生的诗，"因为我有妻子，所以我爱一切的女人，因为我有子女，所以我爱一切的孩子"。他的意思可以见了。他因为推及的同情，爱着那些歌妓，并且尊重着她们，所以拒绝了她们。在这种情形下，他自然以为听歌是对于她们的一种侮辱。但他也是想听歌的，虽然不和我一样，所以在他的心中，当然也有一番小小的争斗；争斗的结果，是同情胜了。

　　至于道德律，在他是没有什么的；因为他很有蔑视一切的倾向，民众的力量在他是不大觉着的。这时他的心意的活动比较简单，又比较松弱，故事后还怡然自若；我却不能了。这里平伯又比我高了。

　　在我们谈话中间，又来了两只歌舫。伙计照前一样的请我们点戏，我们照前一样的拒绝了。我受了三次窘，心里的不安更甚了。清艳的夜景也为之减色。船夫大约因为要赶第二趟生意，催着我们回去；我们无可无不可的答应了。我们渐渐和那些昏黄的灯光远了，只有些月色冷清清的随着我们的归舟。

　　我们的船竟没个伴儿，秦淮河的夜正长哩！到大中桥近处，才遇着一只来船。这是一只载妓的板船，黑漆漆的没有一点光。船头上坐着一个妓女；暗里看出，白地小花的衫子，黑的下衣。她手里拉着胡琴，口里唱着青衫的调子。

　　她唱得响亮而圆转；当她的船箭一般驶过去时，余音还袅袅地在我们耳际，使我们倾听而神往。想不到在弩末的游踪里，还能领略到这样的清歌！这时船过大中桥了，森森的水影，如黑暗张着巨口，要将我们的船吞了下去。我们回顾那渺渺的黄光，不胜依恋之情；我们感到了寂寞了！这一段地方夜色甚浓，又有两头的灯火招邀着；桥外的灯火不用说了，过了桥另有东关头疏疏的灯火。我们忽然仰头看见依人的素月,不觉深悔归来之早了!走过东关头,有一两只大船湾泊着,又有几只船向我们来着。嚣嚣的一阵歌声人语,仿佛笑我们无伴的孤舟哩。东关头转弯,河上的夜色更浓了;临水的妓楼上,时时从帘缝里射出一线一线的灯光;仿佛黑暗从酣睡里眨了一眨眼。我们默然地对着,静听那汩汩的桨声,几乎要入睡了;朦胧里却温寻着适才的繁华的余味。

我那不安的心在静里愈显活跃了!这时我们都有了不足之感,而我的更其浓厚。我们却又不愿回去,于是只能由懊悔而怅惘了。船里便满载着怅惘了。

直到利涉桥下,微微嘈杂的人声,才使我豁然一惊;那光景却又不同。右岸的河房里,都大开了窗户,里面亮着晃晃的电灯,电灯的光射到水上,蜿蜒曲折,闪闪不息,正如跳舞着的仙女的臂膊。我们的船已在她的臂膊里了;如睡在摇篮里一样,倦了的我们便又梦了。那电灯下的人物,只觉像蚂蚁一般,更不去萦念。这是最后的梦;可惜是最短的梦!黑暗重复落在我们面前,我们看见傍岸的空船上一星两星的,枯燥无力又摇摇不定的灯光。我们的梦醒了,我们知道就要上岸了;我们心里充满了幻灭的情思。

巴　黎

塞纳河穿过巴黎城中,像一道圆弧。河南称为左岸,著名的拉丁区就在这里。河北称为右岸,地方有左岸两个大,巴黎的繁华全在这一带;说巴黎是“花都”,这一溜儿才真是的。

右岸不是穷学生苦学生所能常去的,所以有一位中国朋友说他是左岸的人,抱“不过河”主义;区区一衣带水,却分开了两般人。但论到艺术,两岸可是各有胜场;我们不妨说整个儿巴黎是一座艺术城。

从前人说"六朝"卖菜佣都有烟水气,巴黎人谁身上大概都长着一两根雅骨吧。你瞧公园里,大街上,有的是喷水,有的是雕像,博物院处处是,展览会常常开;他们几乎像呼吸空气一样呼吸着艺术气,自然而然就雅起来了。

右岸的中心是刚果方场。这方场很宽阔,四通八达,周围都是名胜。中间巍巍地矗立着埃及拉米塞司第二的纪功碑。碑是方锥形,高七十六英尺,上面刻着象形文字。一八三六年移到这里,转眼就是一百年了。左右各有一座铜喷水,大得很。水池边环列着些铜雕像,代表着法国各大城。

其中有一座代表司太司堡。自从一八七零年那地方割归德国以后,法国人每年七月十四国庆日总在像上放些花圈和大草叶,终年地搁着让人惊醒。

直到一九一八年十一月和约告成,司太司堡重归法国,这才停止。纪功碑与喷水每星期六晚用弧光灯照耀。那碑像从幽暗中颖脱而出;那水像山上崩腾下来的雪,这场子原是法国革命时候断头台的旧址。在"恐怖时代",路易十六与王后,还有各党各派的人轮班在这儿低头受戮。但现在一点痕迹也没有了。

场东是砖厂花园。也有一个喷水池;白石雕像成行,与一丛丛绿树掩映着。在这里徘徊,可以一直徘徊下去,四围那些纷纷的车马,简直若有若无。花园是所谓法国式,将花草分成一畦畦的,各各排成精巧的花纹,互相对称着。又整洁,又玲珑,教人看着赏心悦目;可是没有野情,也没有蓬勃之气,像北平的巴儿狗。这里春天游人最多,挤挤挨挨的。有时有音乐会,在绿树阴中,乐韵悠扬,随风飘到场中每一个人的耳朵里。再东是加罗塞方场,只隔着一道不宽的马路。

路易十四时代,这是一个校场。场中有一座小凯旋门,是拿破仑造来纪胜的,仿罗马某一座门的式样。拿破仑叫将从威尼斯圣马克堂抢来的驷马铜像安在门顶上。

但到了一八一四年,那铜像终于回了老家。法国只好换上一个新的,光彩自然差得多。

刚果方场西是大名鼎鼎的仙街,直达凯旋门,有四里半长。凯旋门地势高,从刚果方场望过去像没多远似的,一走可就知道。街的东半截儿,两旁简直是园子,春天绿叶子密密地遮着;西半截儿才真是街。街道非常宽敞。夹道两行树,笔直笔直地向凯旋门奔凑上去。

凯旋门巍峨爽朗地盘踞在街尽头,好像在半天上。欧洲名都街道的形势,怕再没有赶上这儿的;称为“仙街”,不算说大话。街上有戏院,舞场,饭店,够游客们玩儿乐的。

凯旋门一八零六年开工,也是拿破仑造来纪功的。但他并没有看它的完成。门高一百六十英尺,宽一百六十四英尺,进身七十二英尺,是世界凯旋门中最大的。门上雕刻着一七九二至一八一五年间法国战事片段的景子,都出于名手。其中罗特(Burguudian Rude,十九世纪)的“出师”一景,慷慨激昂,至今还可以作我们的气。这座门更有一个特别的地方:在拿破仑周忌那一天,从仙街向上看,团团的落日恰好扣在门圈儿里。门圈儿底下是一个无名兵士的墓;他埋在这里,代表大战中死难的一百五十万法国兵。

墓是平的,地上嵌着文字;中央有个纪念火,焰子粗粗的,红红的,在风里摇晃着。

这个火每天由参战军人团团员来点。门顶可以上去,乘电梯或爬石梯都成,石梯是二百七十三级。上面看,周围不下十二条林阴路,都辐辏到门下,宛然一个大车轮子。

刚果方场东北有四道大街街接着,是巴黎最繁华的地方。大铺子差不多都在这一带,珠宝市也在这儿。各店家陈列窗里五花八门,五光十色,珍奇精巧,兼而有之;管保你走一天两天看不完,也看不倦。

步道上人挨挨凑凑,常要躲闪着过去。电灯一亮,更不容易走。街上“咖啡”东一处西一处的,沿街安着座儿,有点儿像北平中山公园里的茶座儿。客人慢慢地喝着咖啡或别的,慢慢地抽烟,看来往的人。“咖啡”本是法国的玩意儿;巴黎差不多每道街都有,怕是比哪儿都多。

巴黎人喝咖啡几乎成了癖,就像我国南方人爱上茶馆。“咖啡”里往往备有纸笔,许多人都在那儿写信;还有人让“咖啡”收信,简直当做自己的家。文人画家更爱坐“咖啡”;他们爱的是无拘无束,容易会朋友,高谈阔论。

爱写信固然可以写信，爱作诗也可以作诗。大诗人魏尔仑(Verlalne)的诗，据说少有不在"咖啡"里写的。坐"咖啡"也有派别。一来"咖啡"是熟的好，二来人是熟的好。久而久之，某派人坐某"咖啡"便成了自然之势。

这所谓派，当然指文人艺术家而言。一个人独自去坐"咖啡"，偶尔一回，也许不是没有意思，常去却未免寂寞得慌；这也与我国南方人上茶馆一样。若是外国人而又不懂话，那就更可不必去。巴黎最大的"咖啡"有三个，却都在左岸。这三座"咖啡"名字里都含着"圆圆的"意思，都是文人艺术家荟萃的地方。里面装饰满是新派。其中一家，电灯壁画满是立体派，据说这些画全出于名家之手。另一家据说时常陈列着当代画家的作品，待善价而沽之。坐"咖啡"之外还有站"咖啡"，却有点像我国南方的喝柜台酒。这种"咖啡"大概小些。柜台长长的，客人围着要吃的喝的。吃喝都便宜些，为的是不用多伺候你，你吃喝也比较不舒服些。站"咖啡"的人脸向里，没有什么看的，大概吃喝完了就走。但也有人用胳膊肘儿斜靠在柜台上，半边身子偏向外，写意地眺望，谈天儿。

巴黎人吃早点，多半在"咖啡"里。普通是一杯咖啡，两三个月牙饼就够了，不像英国人吃得那么多。月牙饼是一种面包，月牙形，酥而软，趁热吃最香；法国人本会烘面包，这一种不但好吃，而且好看。

卢森堡花园也在左岸，因卢森堡宫而得名。宫建于十七世纪初年，曾用作监狱，现在是上议院。花园甚大。里面有两座大喷水，背对背紧挨着。

其一是美第奇喷水，雕刻的是阿西斯(Acis)与伽拉忒亚(Galatea)的故事。巨人波吕斐摩斯(Polyphamos)爱伽拉忒亚。他晓得她喜欢阿西斯，便向他头上扔下一块大石头，将他打死。伽拉忒亚无法使阿西斯复活，只将他变成一道河水。

这个故事用在一座喷水上，倒有些远意。园中绿树成行，浓阴满地，白石雕像极多，也有铜的。巴黎的雕像真如家常便饭。花园南头，自成一局，是一条林阴道。最南头，天文台前面又是一座喷水，中央四个力士高高地扛着四限仪，下边环绕着四对奔马，气象雄伟得很。这是卡波(Car-peaus，十九世纪)所作。卡波与罗特同为写实派，所作以形线柔美著沿着塞纳河南的河墙，一带旧书摊儿，六七里长，也是左岸特有的风光。有点像北平东安市场里旧书摊儿。可是背景太好了。河水终日悠悠地流着，两头一眼望不尽；左边卢浮宫，右边圣母堂，古香古色的。书摊儿黯黯的，低低的，窄窄的一溜；一小格儿一小格儿，或连或断，可没有东安市场里的大。摊上放着些破书；旁边小凳子上坐着掌柜的。到时候将摊儿盖上，锁上小铁锁就走。这些情形也活像东安市场。

铁塔在巴黎西头，塞纳河东岸，高约一千英尺，算是世界上最高的塔。工程艰难浩大，建筑师名艾菲尔（Eiffel），也称为艾菲尔塔。全塔用铁骨造成，如网状，空处多于实处，轻便灵巧，亭亭直上，颇有戈昔式的余风。

塔基占地十七亩，分三层。头层离地一百八十六英尺，二层三百七十七英尺，三层九百二十四英尺，连顶九百八十四英尺。头二层有"咖啡"，酒馆及小摊儿等。电梯步梯都有，电梯分上下两厢，一厢载直上直下的客人，一厢载在头层停留的客人。最上层却非用电梯不可。那梯口常常拥挤不堪。壁上贴着"小心扒手"的标语，收票人等嘴里还不住地唱道，"小心呀！"这一段儿走得可慢极，大约也是"小心"吧。

最上层只有卖纪念品的摊儿和一些问心机。这种问心机欧洲各游戏场中常见；是些小铁箱，一箱管一事。放一个钱进去，便可得到回答；回答若干条是印好的，指针所停止的地方就是专答你。也有用电话回答的。

譬如你要问流年，便向流年箱内投进钱去。这实在是一种开心的玩意儿。这层还专设一信箱；寄的信上盖铁塔形邮戳，好让亲友们留作纪念。塔上最宜远望，全巴黎都在眼下。但尽是密匝匝的房子，只觉应接不暇而无苍茫之感。塔上满缀着电灯，晚上便是种种广告；在暗夜里这种明妆倒值得一番领略。隔河是特罗卡代罗（Trocadero）大厦，有道桥笔直地通着。这所大厦是为一八七八年的博览会造的。中央圆形，圆窗圆顶，两支高高的尖塔分列顶侧；左右翼是新月形的长房。下面许多级台阶，阶下一个大喷水池，也是圆的。大厦前是公园，铁塔下也是的；一片空阔，一片绿。

所以大厦远看近看都显出雄巍巍的。大厦的正厅可容五千人。它的大在横里；铁塔的大在直里。一横一直，恰好称得住。

歌剧院在右岸的闹市中。门墙是威尼斯式，已经乌暗暗的，走近前细看,才见出上面精美的雕饰。下层一排七座门,门间都安着些小雕像。其中罗特的《舞群》,最有血有肉,有情有力。

罗特是写实派作家,所以如此。但因为太生动了,当时有些人还见不惯;一八六九年这些雕像揭幕的时候,一个宗教狂的人,趁夜里悄悄地向这群像上倒了一瓶墨水。这件事传开了,然而罗特却因此成了一派。院里的楼梯以宏丽著名。全用大理石,又白,又滑,又宽;栏杆是低低儿的。加上罗马式圆拱门,一对对爱翁匿克式石柱,雕像上的电灯烛,真是堆花簇锦一般。那一片电灯光像海,又像月,照着你缓缓走上梯去。

幕间休息的时候,大家都离开座儿各处走。这儿休息的时间特别长,法国人乐意趁这闲工夫在剧院里散散步,谈谈话,来一点吃的喝的。休息室里散步的人最多。这是一间顶长顶高的大厅,华丽的灯光淡淡地布满了一屋子。一边是成排的落地长窗,一边是几座高大的门;墙上略略有些装饰,地下铺着毯子。屋里空落落的,客人穿梭般来往。太太小姐们大多穿着各色各样的晚服,露着脖子和膀子。"衣香鬓影",这里才真够味儿。歌剧院是国家的,只演古典的歌剧,间或也演队舞(Ballet),总是堂皇富丽的玩意儿。

国葬院在左岸。原是巴黎护城神圣也奈韦夫(St. Genevieve)的教堂;大革命后,一般思想崇拜神圣不如崇拜伟人了,于是改为这个;后来又改回去两次,一八五五年才算定了。伏尔泰,卢梭,雨果,左拉,都葬在这里。

院中很为宽宏,高大的圆拱门,架着些圆顶,都是罗马式。顶上都有装饰的图案和画。中央的穿隆顶高二百七十二英尺,可以上去。院中壁上画着法国与巴黎的历史故事,名笔颇多。沙畹(Puvisde Chavannes. 十九世纪)的便不少。

其中《圣也奈韦夫俯视着巴黎城》一幅,正是月圆人静的深夜,圣还独对着油盏火;她似乎有些倦了,慢慢踱出来,凭栏远望,全巴黎城在她保护之下安睡了;瞧她那慈祥和蔼一往情深的样子。

圣也奈韦夫于五世纪初年,生在离巴黎二十四里的囊台儿村(Nanterre)里。幼时听圣也曼讲道,深为感悟,圣也曼也说她根器好,着实勉励了一番。后来她到巴黎,尽力于救济事业。五世纪中叶,匈奴将来侵巴黎,全城震惊。她力劝人民镇静,依赖神明,颇能教人相信。匈奴到底也没有成。以后巴黎真经兵乱，她于救济事业加倍努力。她活了九十岁。晚年倡议在巴黎给圣彼得与圣保罗修一座教堂。动工的第二年，她就死了。等教堂落成，却发见她已葬在里头；此外还有许多奇异的传说。因此这座教堂只好作为奉祀她的了。

这座教堂便是现在的国葬院。院的门墙是希腊式，三角楣下，一排哥林斯式的石柱。院旁有圣爱的昂堂，不大。现在是圣也奈韦夫埋灰之所。祭坛前的石刻花屏极华美，是十六世纪的东西。

左岸还有伤兵养老院。其中兵甲馆，收藏废弃的武器及战利品。有一间满悬着三色旗，屋顶上正悬着，两壁上斜插着，一面挨一面的。

屋子很长，一进去但觉千层百层鲜明的彩色，静静地交映着。院有穹隆顶，高三百四十英尺，直径八十六英尺，造于十七世纪中，优美庄严，胜于国葬院的。顶下原是一个教堂，拿破仑墓就在这里。堂外有宽大的台阶儿，有多力克式与哥林斯式石柱。进门最叫你舒服的是那屋里的光。那是从染色玻璃窗射下来的淡淡的金光，软得像一股水。

堂中央一个窖，圆的，深二十英尺，直径三十六英尺，花岗石柩居中，十二座雕像环绕着，代表拿破仑重要的战功；像间分六列插着五十四面旗子，是他的战利品。堂正面是祭坛；周围许多龛堂，埋着王公贵人。一律圆拱门；地上嵌花纹，窖中也这样。拿破仑死在圣海仑岛，遗嘱愿望将骨灰安顿在塞纳河旁，他所深爱的法国人民中间。待他死后十九年，一八四零，这愿望才达到了。

塞纳河里有两个小洲，小到不容易觉出。西头的叫城洲，洲上两所教堂是巴黎的名迹。洲东的圣母堂更为煊赫。

堂成于十二世纪，中间经过许多变迁，到十九世纪中叶，重修，才有现在的样子。这是"装饰的戈昔式"建筑的最好的代表。正面朝西，分三层。下层三座尖拱门。

这种门很深，门圈儿是一棱套着一棱的，越望里越小；棱间与门上雕着许多大像小像，都是《圣经》中的人物。中层是窗子，两边的尖拱形，分雕着亚当夏娃像；中央的浑圆形，雕着"圣处女"像。上层是栏杆。最上两座钟楼，各高二百二十七英尺；两楼间露出后面尖塔的尖儿，一个伶俐瘦劲的身影。这座塔是勒丢克（Viellet ie Duc，十九世纪）所造，比钟楼还高

青少年课外阅读系列丛书

五十八英尺;但从正面看,像一般高似的,这正是建筑师的妙用。朝南还有一个旁门,雕饰也繁密得很。

从背后看,左右两排支墙(Buttress)像一对对的翅膀,作飞起的势子。支墙上虽也有些装饰,却不为装饰而有。原来戈昔式的房子高,窗子大,墙的力量支不住那些石头的拱顶,因此非从墙外想法不可。支墙便是这样来的。这是戈昔式的致命伤;许多戈昔式建筑容易圮毁,正是为此。堂里满是彩绘的高玻璃窗子,阴森森的,只看见石柱子,尖拱门,肋骨似的屋顶。中间神堂,两边四排廊路,周围三十七间龛堂,像另自成个世界。

堂中的讲坛与管风琴都是名手所作。歌队座与牧师座上的动植物木刻,也以精工著。戈昔式教堂里雕绘最繁;其中取材于教堂所在地的花果的尤多。所雕绘的大抵以近真为主。这种一半为装饰,一半也为教导,让那些不识字的人多知道些事物,作用和百科全书差不多。

堂中有宝库,收藏历来珍贵的东西,如金龛,金十字架之类,灿烂耀眼。拿破仑于一八零四年在这儿加冕,那时穿的长袍也陈列在这个库里。

北钟楼许人上去,可以看见墙角上石刻的妖兽,奇丑怕人,俯视着下方,据说是吐溜水的。雨果写过《巴黎圣母堂》一部小说,所叙是四百年前的情形,有些还和现在一样。

圣龛堂在洲西头,是全巴黎戈昔式建筑中之最美丽者。罗斯金更说是"北欧洲最珍贵的一所戈昔式"。在一二三八那一年,"圣路易"王听说君士坦丁皇帝包尔温将"棘冠"押给威尼斯商人,无力取赎,"棘冠"已归商人们所有,急得什么似的。他要将这件无价之宝收回,便异想天开地在犹太人身上加了一种"苛捐杂税"。

过了一年,"棘冠"果然弄回来,还得了些别的小宝贝,如"真十字架"的片段等等。他这一乐非同小可,命令某建筑师造一所教堂供奉这些宝物;要造得好,配得上。

一二四五年起手,三年落成。名建筑家勒丢克说,"这所教堂内容如此复杂,花样如此繁多,活儿如此利落,材料如此美丽,真想不出在那样短的时期里如何成功的。"这样两个龛堂,一上一下,都是金碧辉煌的。下堂尖拱重叠,纵横交互;中央拱抵而阔,所以地方并不大而极有开朗之势。堂中原供的"圣处女"像,传说灵迹甚多。上堂却高多了,有彩绘的玻璃窗子十五堵;窗下沿墙有龛,低得可怜相。柱上相间地安着十二使徒像;有两尊很古老,别的都是近世仿作。玻璃绘画似乎与戈昔艺术分不开;十三世纪后者最盛,前者也最盛。画法用许多颜色玻璃拼合而成,相连处以铅焊之,再用铁条夹住。着色有浓淡之别。淡色所以使日光柔和缥缈。但浓色的多,大概用深蓝作地子,加上点儿黄白与宝石红,取其衬托鲜明。这种窗子也兼有装饰与教导的好处;所画或为几何图案,或为人物故事。还有一堵"玫瑰窗",是象征"圣处女"的;画是圆形,花纹都从中心分出。

据说这堵窗是玫瑰窗中最亲切有味的,因为它的温暖的颜色比别的更接近看的人。但这种感想东方人不会有。这龛堂有一座金色的尖塔,是勒丢克造的。

毛得林堂在刚果方场之东北,造于近代。形式仿希腊神庙,四面五十二根哥林斯式石柱,围成一个廊子。壁上左右各有一排大龛子,安着群圣的像。堂里也是一行行同式的石柱;却使用各种颜色的大理石,华丽悦目。

圣心院在巴黎市外东北方,也是近代造的,至今还未完成,堂在一座小山的顶上,山脚下有两道飞阶直通上去。也通索子铁路。堂的规模极宏伟,有四个穹隆顶,一个大的,带三个小的,都是卑赞廷式;另外一座方形高钟楼,里面的钟重二万九千斤。堂里能容八千人,但还没有加以装饰。

房子是白色,台阶也是的,一种单纯的力量压得住人。堂高而大,巴黎周围若干里外便可看见。站在堂前的平场里,或爬上穹隆顶里,也可看个五六十里。

造堂时工程浩大,单是打地基一项,就花掉约四百万元;因为土太松了,撑不住,根基要一直打到山脚下。所以有人半真半假地说,就是移了山,这教堂也不会倒的。

巴黎博物院之多,真可算甲于世界。就这一桩儿,便可教你流连忘返。但须徘徊玩索才有味,走马看花是不成的。一个行色匆匆的游客,在这种地方往往无可奈何。博物院以卢浮宫为最大;这是就全世界论,不单就巴黎论。卢浮宫在加罗塞方场之东;主要的建筑是口字形,南头向西伸出一长条儿。这里本是一座堡垒,后来改为王宫。

大革命后，各处王宫里的画，宫苑里的雕刻，都保存在此；改为故宫博物院，自然是很顺当的。博物院成立后，历来的政府都尽力搜罗好东西放进去；拿破仑从各国"搬"来大宗的画，更为博物院生色不少。宫房占地极宽，站在那方院子里，颇有海阔天空的意味。

院子里养着些鸽子，成群地孤单地仰着头挺着胸在地上一步步地走，一点不怕人。撒些饼干面包之类，它们便都向你身边来。房子造得秀雅而庄严，壁上安着许多王公的雕像。熟悉法国历史的人，到此一定会发思古之幽情的。

卢浮宫好像一座宝山，蕴藏的东西实在太多，教人不知从哪儿说起好。画为最，还有雕刻，古物，装饰美术等等，真是琳琅满目。乍进去的人一时摸不着头脑，往往弄得糊里糊涂。就中最脍炙人口的有三件。

一是达·芬奇的《蒙娜丽莎》像，大约作于一五零五年前后，是觉孔达(Joconda)夫人的画像。相传达·芬奇这幅像画了四个年头，因为要那甜美的微笑的样子，每回"帏像"的时候，总请些乐人弹唱给她听，让她高高兴兴坐着。像画好了，他却爱上她。这幅画是佛兰西司第一手里买的，他没有准儿许认识那女人。一九一一年画曾被人偷走，但两年之后，到底从意大利找回来了。十六世纪中叶，意大利已公认此画为不可有二的画像杰作，作者在与造化争巧。画的奇处就在那一丝儿微笑上。那微笑太飘忽了，太难捉摸了，好像常常在变幻。这果然是个"奇迹"，不过也只是造形的"奇迹"罢了。这儿也有些理想在内；达·芬奇笔下夹带了一些他心目中的圣母的神气。近世讨论那微笑的可太多了。诗人，哲学家，有的是；他们都想找出点儿意义来。于是蒙娜丽莎成为一个神秘的浪漫的人了；她那微笑成为"人狮(Sphinx)的凝视"或"鄙薄的讽笑"了。这大概是她与达·芬奇都梦想不到的吧。

二是米罗(Milo)《爱神》像。一八二零年米罗岛一个农人发见这座像，卖给法国政府只卖了五千块钱。据近代考古家研究，这座像当作于纪元前一百年左右。那两只胳膊都没有了；它们是怎么个安法，却大大费了一班考古家的心思。这座像不但有生动的形态，而且有温暖的骨肉。她又强壮，又清明；单纯而伟大，朴真而不奇。所谓清明，是身心都健的表象，与麻木不同。这种作风颇与纪元前五世纪希腊巴特农(Pantheon)庙的监造人，雕刻家菲狄亚斯（Phidias）相近。因此法国学者雷那西（S. Reinach，新近去世）在他的名著《阿波罗》（美术史）中相信这座像作于纪元前四世纪中。他并且相信这座像不是爱神维纳斯而是海女神安菲特里忒（Amphitrite）；因为它没有细腻，缥缈，娇羞，多情的样子。三是萨莫德拉克（Samothrace）的《胜利女神像》。女神站在冲波而进的船头上，吹着一支喇叭。但是现在头和手都没有了，剩下翅膀与身子。

这座像是还愿的。纪元前三〇六年波立尔塞特司（Demetrius Poliorcetes）在塞勃勒司（Cyprus）岛打败了埃及大将陶来买（Ptolemy）的水师，便在沙摩司雷司岛造了这座像。衣裳雕得最好；那是一件薄薄的软软的衣裳，光影的准确，衣褶的精细流动；加上那下半截儿被风吹得好像弗弗有声，上半截儿却紧紧地贴着身子，很有趣地对照着。因为衣裳雕得好，才显出那筋肉的力量；那身子在摇晃着，在挺进着，一团胜利的喜悦的劲儿。

还有，海风呼呼地吹着，船尖儿哧哧地响着，将一片碧波分成两条长长的白道儿。

卢森堡博物院专藏近代艺术家的作品。他们或新故，或还生存。这里比卢浮宫明亮得多。进门去，宽大的甬道两旁，满陈列着雕像等；里面却多是画。雕刻里有彭彭（Pompon）的《狗熊》与《水禽》等，真是大巧若拙。彭彭现在大概有七八十岁了，天天上动物园去静观禽兽的形态。他熟悉它们，也亲爱它们，所以做出来的东西神气活现；可是形体并不像照相一样地真切，他在天然的曲线里加上些小小的棱角，便带着点"建筑"的味儿。

于是我们才看见新东西。那《狗熊》和实物差不多大，是石头的；那《水禽》等却小得可以供在案头，是铜的。雕像本有两种手法，一是干脆地砍石头，二是先用泥塑，再浇铜。彭彭从小是石匠，石头到他手里就像豆腐。

他是巧匠而兼艺术家。动物雕像盛于十九世纪的法国；那时候动物园发达起来，供给艺术家观察，研究，描摹的机会。动物素描之成为画的一支，也从这时候起。

院里的画受后期印象派的影响，找寻人物的"本色"（Local Co—

lour),大抵是鲜明的调子。不注重画面的"体积"而注重装饰的效用。也有细心分别光影的，但用意还在找寻颜色，与印象派之只重光影不一样。

砖场花园的南犄角上有网球场博物院，陈列外国近代的画架雕像。北犄角上有奥兰纪利博物院，陈列的东西颇杂，有马奈（Manet，十九世纪法国印象派画家）的画与日本的浮世绘等。

浮世绘的着色与构图给十九世纪后半法国画家极深的影响。莫奈（Monet）画院也在这里。他也是法国印象派巨子，一九二六年才过去。

印象派兴于十九世纪中叶，正是照相机流行的时候。这派画家想赶上照相机，便专心致志地分别光影；他们还想赶过照相机，照相没有颜色而他们有。他们只用原色；所画的画近看但贝一处处的颜色块儿，在相当的距离看，才看出光影分明的全境界。他们的看法是迅速的综合的，所以不重"本色"（人物固的颜色，随光影而变化），不重细节。

莫奈以风景画著于世；他不但是印象派，并且是露天画派（Pleinair-iste）。露天画派反对画室里的画，因为都带着那黑影子；露天里就没有这种影子。

这个画院里有莫奈八幅顶大的画，太大了，只好嵌在墙上。画院只有两间屋子，每幅画就是一堵墙，画的是荷花在水里。莫奈欢喜用蓝色，这几幅画也是如此。规模大，气魄厚，汪汪欲溢的池水，疏疏密密的乱荷，有些像在树阴下，有些像在太阳里。据内行说，这些画的章法，简直前无古人。

罗丹博物院在左岸。大战后罗丹的东西才收集在这里；已完成的不少，也有些未完成的。有群像，单像，胸像；有石膏仿本。还有画稿，塑稿。还有罗丹的遗物。

罗丹是十九世纪雕刻大师；或称他为自然派，或称他为浪漫派。他有匠人的手艺，诗人的胸襟；他借雕刻来表现自己的情感。取材是不平常的，手法也是不平常的。常人以为美的，他觉得已无用武之地；他专找常人以为丑的，甚至于借重性交的姿势。又因为求表现的充分，不得不夸饰与变形。所以他的东西乍一看觉得"怪"，不是玩意儿。

从前的雕刻讲究光洁，正是"裁缝不露针线迹"的道理；而浪漫派艺术家恰相反，故意要显出笔触或刀痕。让人看见他们在工作中情感激动的光景。罗丹也常如此。他们又多喜欢用塑法,因为泥随意些,那凸凸凹凹的地方,那大块儿小条儿,都可以看得清楚。

克吕尼馆(Cluny)收藏罗马与中世纪的遗物颇多,也在左岸。罗马时代执政的宫在这儿。后来法兰族诸王也住在这宫里。

十五世纪的时候,宫毁了,克吕尼寺僧改建现在这所房子,作他们的下院,是"后期戈昔"与"文艺复兴"的混合适。法国王族来到巴黎,在馆里暂住过的,也很有些人。这所房子后来又归了一个考古家。他搜集了好些古董;死后由政府收买,并添凑成一万件。画,雕刻,木刻,金银器,织物,中世纪上等家具,瓷器,玻璃器,应有尽有。房子还保存着原来的样子。

入门就如活在几百年前的世界里,再加上陈列的零碎的东西,触鼻子满是古气。与这个馆毗连着的是罗马时代的浴室,原分冷浴热浴等,现在只看见些残门断柱(也有原在巴黎别处的),寂寞地安排着。浴室外是园子,树间草上也散布着古代及中世纪巴黎建筑的一鳞一爪,其中"圣处女门"最秀雅。

此外巴黎美术院(即小宫),装饰美术院都是杂拌儿。后者中有一间扇室,所藏都是十八世纪的扇面,是某太太的遗赠。十八世纪中国玩意儿在欧洲颇风行,这也可见一斑。扇面满是西洋画,精工鲜丽;几百张中,只有一张中国人物,却板滞无生气。又有吉买博物院(Guimet),收藏远东宗教及美术的资料。伯希和取去敦煌的佛画,多数在这里。

日本小画也有些。还有蜡人馆。据说那些蜡人做得真像,可是没见过那些人或他们的照相的,就感不到多大兴味,所以不如画与雕像。

不过"隧道"里阴惨惨的,人物也代表着些阴惨惨的故事,却还可看。楼上有镜宫,满是镜子,顶上与周围用各色电光照耀,宛然千门万户,像到了万花筒里。一九三二年春季的官"沙龙"在大宫中,顶大的院子里罗列着雕像;楼上下八十几间屋子满是画,也有些装饰美术。内行说,画像太多,真有"官"气。

其中有安南阮某一幅,奖银牌;中国人一看就明白那是阮氏祖宗的影像。记得有个笑话,说一个贼混入人家厅堂偷了一幅古画,卷起夹在腋下。跨出大门,恰好碰见主人。

那贼情急智生,便将画卷儿一扬,问道,"影像,要买吧?"主人自然大怒,骂了一声走进去。贼于是从容溜之乎也。那位安南阮某与此贼可谓异曲同工。

大宫里,同时还有一个装饰艺术的"沙龙",陈列的是家具,灯,织物,建筑模型等等,大都是立体派的作风。立体派本是现代艺术的一派,意大利最盛。影响大极了,建筑,家具,布匹,织物,器皿,汽车,公路,广告,书籍装订,都有立体派的份儿。平静,干脆,是古典的精神,也是这时代重理智的表现。

在这个"沙龙"里看,现代的屋子内外都俨然是些几何的图案,和从前华丽的藻饰全异。还有一个"沙龙",专陈列幽默画。画下多有说明。各画或描摹世态,或用大小文野等对照法,以传出那幽默的情味。

有一幅题为《长裙子》,画的是夜宴前后客室中的景子:女客全穿短裙子,只有一人穿长的,大家的眼睛都盯着她那长出来的一截儿。她正在和一个男客谈话,似乎不留意。看她的或偏着身子,或偏着头,或操着手,或用手托着腮(表示惊讶),倚在丈夫的肩上,或打着看戏用的放大镜子,都是一副尴尬面孔。穿长裙子的女客在左首,左首共三个人;中央一对夫妇,右首三个女人,疏密向背都恰好;还点缀着些不在这一群里的客人。画也有不幽默的,也有太恶劣的;本来是幽默并不容易。

巴黎的坟场,东头以倍雷拉谢斯(Pere Lachaise)为最大,占地七百二十亩,有二里多长。中间名人的坟颇多,可是道路纵横,找起来真费劲儿。阿培拉德与哀绿绮思两坟并列,上有亭子盖着;这是重修过的。

王尔德的坟本葬在别处;死后九年,也迁到此场。坟上雕着个大飞人,昂着头,直着脚,长翅膀,像是合埃及的"狮人"与亚述的翅儿牛而为一,雄伟飞动,与王尔德并不很称。

这是英国当代大雕刻家爱泼斯坦(Epstein)的巨作;钱是一位倾慕王尔德的无名太太捐的。场中有巴什罗米(Bartholome)雕的一座纪念碑,题为《致死者》。

碑分上下两层,上层中间是死门,进去的两个人倒也行无所事的;两侧向门走的人群却牵牵拉拉,哭哭啼啼,跌跌倒倒,不得开交似的。下层像是生者的哀伤。此外北头的蒙马特,南头的蒙巴那斯两坟场也算大。

茶花女埋在蒙马特场,题曰一八二四年正月十五日生,一八四七年二月三日卒。小仲马,海涅也在那儿。蒙巴那斯场有圣白孚,莫泊桑,鲍特莱尔等;鲍特莱尔的坟与纪念碑不在一处,碑上坐着一个悲伤的女人的石像。

巴黎的夜也是老牌子。单说六个地方。非洲饭店带澡堂子,可以洗蒸气澡;听黑人浓烈的音乐;店员都穿着埃及式的衣服。三藩咖啡看"爵士舞",小小的场子上一对对男女跟着那繁声促节直扭腰儿。

最警动的是那小圆木筒儿,里面像装着豆子之类。不时地紧摇一阵子。圆屋听唱法国的古歌;一扇门背后的墙上油画着蹲着在小便的女人。红磨坊门前一架小红风车,用电灯做了轮廓线;里面看小戏与女人跳舞。这在蒙巴特区。

蒙马特是流浪人的区域。十九世纪画家住在这一带的不少,画红磨坊的常有。塔巴林看女人跳舞,不穿衣服,意在显出好看的身子。里多在仙街,最大。

看变戏法,听威尼斯夜曲。里多岛本是威尼斯娱乐的地方。这儿的里多特意砌了一个池子,也有一支"刚朵拉",夜曲是男女对唱,不过意味到底有点儿两样。巴黎的野色在波隆尼林与圣克罗园里才可看见。波隆尼林在西北角,恰好在塞因河河套中间,占地一万四千多亩,有公园,大路,小路,有两个湖,一大一小,都是长的;大湖里有两个洲,也是长的。

要领略林子的好处,得闲闲地拣深僻的地儿走。圣克罗园还在西南,本有离宫,现在毁了,剩下些喷水和林子。

林子里有两条道儿很好。一条渐渐高上去,从树里两眼望不尽;一条窄而长,漏下一线天光;远望路口,不知是云是水,茫茫一大片。但真有野味的还得数枫丹白露的林子。枫丹白露在巴黎东南,一点半钟的火车。这座林子有二十七万亩,周围一百九十里。坐着小马车在里面走,幽静如远古的时代。太阳光将树叶子照得透明,却只一圈儿一点儿地洒到地上。路两旁的树有时候太茂盛了,枝叶交错成一座拱门,低低的;远看去好像拱门那面另有一界。林子里下大雨,那一片沙沙沙沙的声音,像潮水,会把你心上的东西冲洗个干净。林中有好几处山峡,可以试腰脚,看野花野草,看旁逸斜出,稀奇古怪的石头,像枯骨,像刺猬。亚勃雷孟峡就是其一,地方大,石头多,又是忽高忽低,走起来好。

枫丹白露宫建于十六世纪，后经重修。拿破仑一八一四年临去爱尔巴岛的时候，在此告别他的诸将。这座宫与法国历史关系甚多。宫房外观不美，里面却精致，家具等等也考究。就中侍从武官室与亨利第二厅最好看。

前者的地板用嵌花的条子板；小小的一间屋，共用九百条之多。复壁板上也雕绘着繁细的花饰，炉壁上也满是花儿，挂灯也像花正开着。

后者是一间长厅，其大少有。地板用了二万六千块，一色，嵌成规规矩矩的几何图案，光可照人。厅中间两行圆拱门。门柱下截镶复壁板，上截镶油画；楣上也画得满满的。天花板极意雕饰，金光耀眼。宫外有园子，池子，但赶不上凡尔赛宫的。

凡尔赛宫在巴黎西南，算是近郊。原是路易十三的猎宫，路易十四觉得这个地方好，便大加修饰。路易十四是所谓"上帝的代表"，凡尔赛宫便是他的庙宇。

那时法国贵人多一半住在宫里，伺候王上。他的侍从共一万四千人；五百人伺候他吃饭，一百个贵人伺候他起床，更多的贵人伺候他睡觉，那时法国艺术大盛，一切都成为御用的，集中在凡尔赛和巴黎两处。凡尔赛宫里装饰力求富丽奇巧，用钱无数。如金漆彩画的天花板，木刻，华美的家具，花饰，贝壳与多用错综交会的曲线纹等，用意全在教来客惊奇：这便是所谓"洛可可式"（Rococo）。宫中有镜厅，十七个大窗户，正对着十七面同样大小的镜子；厅长二百四十英尺，宽三十英尺，高四十二英尺。拱顶上和墙上画着路易十四打胜德国，荷兰，西班牙的情形，画着他是诸国的领袖，画着他是艺术与科学的广大教主。近十几年来成为世界祸根的那和约便是一九一九年六月二十八那一天在这座厅里签的字。

宫旁一座大园子，也是路易十四手里布置起来的。看不到头的两行树，有万千的气象。有湖，有花园，有喷水。花园一畦一个花样，小松树一律修剪成圆锥形，集法国式花园之大成。喷水大约有四十多处，或铜雕，或石雕，处处都别出心裁，也是集大成。每年五月到九月，每月第一星期日，和别的节日，都有大水法。从下午四点起，到处银花飞舞，雾气沾人，衬着那齐斩斩的树，软茸茸的草，觉得立着看，走着看，不拘怎么看总成。

海龙王喷水池，规模特别大；得等五点半钟大水法停后，让它单独来

青少年课外阅读系列丛书

二十分钟。有时晚上大放花炮，就在这里。各色的电彩照耀着一道道喷水。花炮在喷水之间放上去，也是一道道的；同时放许多，便氤氲起一团雾。这时候电光换彩，红的忽然变蓝的，蓝的忽然变白的，真真是一眨眼。

卢梭园在爱尔莽浓镇（Ermenonville），巴黎的东北；要坐一点钟火车，走两点钟的路。这是道地乡下，来的人不多。园子空旷得很，有种荒味。大树，怒草，小湖，清风，和中国的郊野差不多，真自然得不可言。湖里有个白杨洲，种着一排白杨树，卢梭坟就在那小洲上。日内瓦的卢梭洲在仿这个；可是上海式的街市旁来那么个洲子，总有些不伦不类。

一九三一年夏天，"殖民地博览会"开在巴黎之东的万散园（Vincennes）里。那时每日人山人海。会中建筑都仿各地的式样，充满了异域的趣味。安南庙七塔参差，峥嵘肃穆，最为出色。这些都是用某种轻便材料造的，去年都拆了。

各建筑中陈列着各处的出产，以及民俗。晚上人更多，来看灯光与喷水。每条路一种灯，都是立体派的图样。喷水有四五处，也是新图样；有一处叫"仙人球"喷水，就以仙人球做底样，野拙得好玩儿。这些自然都用电彩。还有一处水桥，河两岸各喷出十来道水，凑在一块儿，恰好是一座弧形的桥，教人想着走上一个水晶的世界去。

博　物　院

伦敦的博物院带画院，只拣大的说，足足有十个之多。在巴黎和柏林，并不"觉得"博物院有这么多似的。

柏林的本来少些，巴黎的不但不少，还要多些，但除卢浮宫外，都不大。

最要紧的，伦敦各院陈列得有条有理的，又疏朗，房屋又亮，得看；不像卢浮宫，东西那么挤，屋子那么黑，老教人喘不出气。

可是，伦敦虽然得看，说起来也还是千头万绪；真只好捡大的说罢了。

先看西南角。维多利亚亚伯特院最为堂皇富丽。这是个美术博物院，所收藏的都是美术史材料，而装饰用的工艺品尤多，东方的西方的都有。

漆器，瓷器，家具，织物，服装，书籍装订，道地五光十色。这里颇有中国东西，漆器，瓷器，玉器不用说，壁画佛像，罗汉木像，还有乾隆宝座也都见于该院的"东方百珍图录"里。

图录里还有明朝李麟（原作 Li Ling，疑系此人）画的《波罗球戏图》。波罗球骑着马打，是唐朝从西域传来的。中国现在似乎没存着这种画。院中卖石膏像，有些真大。

自然史院是从不列颠博物院分出来的。这里才真古色古香，也才真"巨大"。看了各种史前人的模型，只觉得远烟似的时代，无从凭吊，无从怀想——满够不上分儿。

中生代大爬虫的骨架，昂然站在屋顶下，人还够不上它们一条腿那么长，不用提"项背"了。现代鲸鱼的标本虽然也够大的，但没腿，在陆居的我们眼中就差多了。这里有夜莺，自然是死的，那样子似乎也并不特别秀气，嗓子可真脆真圆，我在话匣片里听来着。

欧战院成立不过十来年。大战各方面，可以从这里略见一斑。这里有模型，有透视画（dioramas），有照相，有电影机，有枪炮等等。但最多的还是画。

大战当年，英国情报部雇用一群少年画家，教他们搁下自己的工作，大规模的画战事画，以供宣传，并作为历史纪录。后来少年画家不够用，连老画家也用上了。

那时情报部常常给这些画家开展览会，个人的或合伙的。欧战院的画便是那些展览作品的一部分。少年画家大约都是些立体派，和老画家的浪漫作风迥乎不同。这些画家都透视了战争，但他们所成就的却只是历史纪录，艺术是没有什么的。现在该到西头来，看人所熟知的不列颠博物院了。考古学的收藏，名人文件，抄本和印本书籍，都数一数二；顾恺之《女史箴》卷子和敦煌卷子便在此院中。

瓷器也不少，中国的，土耳其的，欧洲各国的都有。中国的不用说，土耳其的青花,浑厚朴拙,比欧洲金的蓝的或刻镂的好。考古学方面,埃及王拉米塞斯第二(约公元前 1250)巨大的花岗石像,几乎有自然史院大爬虫那么高,足为我们扬眉吐气;也有坐像。坐立像都僵直而四方,大有虽地动山摇不倒之势。这些像的石质尺寸和形状,表示统治者永久的超人的权力。

还有贝叶的《死者的书》,用象形字和俗字两体写成。罗塞他石,用埃及两体字和希腊文刻着诏书一通(公元前 195),一七九八年出土,从这块石头上,学者比对希腊文,才读通了埃及文字。

希腊巴特农庙(Parthenon)各件雕刻,是该院最足以自豪的。这个庙在雅典,奉祀女神雅典娜;配利克里斯(Pericles)时代,教成千带万的艺术家,用最美的大理石,重建起来,总其事的是配氏的好友兼顾问,著名雕刻家费迪亚斯(Phidias)。那时物阜民丰,费了二十年工夫,到了公元前四三五年,才造成。

庙是长方形,有门无窗;或单行或双行的石柱围绕着,像女神的马队一般。短的两头,柱上承着三角形的楣;这上面都雕着像。庙墙外上部,是著名的刻壁。庙在一六八七年让威尼斯人炸毁了一部分,一八零一年,爱而近伯爵从雅典人手里将三角楣上的像,刻壁,和些别的买回英国,费了七万镑,约合百多万元;后来转卖给这博物院,却只要一半价钱。

院中特设了一间爱而近室陈列那些艺术品,并参考巴黎国家图书馆所藏的巴特农庙诸图,做成庙的模型,巍巍然立在石山上。

希腊雕像与埃及大不相同,绝无僵直和紧张的样子。那些艺术家比较自由,得以研究人体的比例:骨架,肌理,皮肉;他们都懂得清楚,而且有本事表现出来。又能抓住要点,使全体和谐不乱。

无论坐像立像,都自然,庄严,造成希腊艺术的特色:清明而有力。当时运动竞技极发达;艺术家雕神像,常以得奖的人为"模特儿",赤裸裸的身体里充满了活动与力量。

可是究竟是神像;所以不能是如实的人像而只是理想的人像。这时代所缺少的是热情,幻想;那要等后世艺人去发展了。庙的东楣上运命女神三姊妹像,头已经失去了,可是那衣褶如水的轻妙,衣褶下身体的充盈,也从繁复的光影中显现,几乎不相信是石人。

那刻壁浮雕着女神节贵家少女献衣的行列。少女们穿着长袍，庄严的衣褶，和运命女神的又不一样，手里各自拿着些东西；后面跟着成队的老人，妇女，雄赳赳的骑士，还有带祭品的人，齐向诸神而进。诸神清明彻骨，在等待着这一行人众。

这刻壁上那么多人，却不繁杂，不零散，打成一片，布局时必然煞费苦心。而细看诸少女诸骑士，也各有精神，绝不一律；其间刀锋或深或浅，光影大异。少壮的骑士更像生龙活虎，千载如见。

院中所藏名人的文件太多了。像莎士比亚押房契，密尔顿出卖《失乐园》合同（这合同是书记代签，不出密氏亲笔），巴格来夫（Palgrave）《金库集》稿，格雷《挽歌》稿，哈代《苔丝》稿，达·芬奇、米开朗琪罗的手册，还有维多利亚后四岁时铅笔签字，都亲切有味。

至于《荷马史诗》的贝叶，公元一世纪所写，在埃及发现的，以及九世纪时希伯来文《旧约圣经》残页，据说也许是世界上最古《圣经》抄本的，却真令人悠然遐想。

还有，二世纪时，罗马舰队一官员，向兵丁买了一个七岁的东方小儿为奴，立了一张贝叶契，上端盖着泥印七颗；和英国大宪章的原本，很可比着看。院里藏的中古抄本也不少；那时欧洲僧侣非常闲，日以抄书为事；字用峨特体，多棱角，精工是不用说的。

他们最考究字头和插画，必然细心勾勒着上鲜丽的颜色，蓝和金用得多些；颜色也选得精，至今不变。某抄本有岁历图，二幅，画十二月风俗，细致风华，极为少见。

每幅下另有一栏，画种种游戏，人物短小，却也滑稽可喜。画目如下：正月，析薪；二月，炬舞；三月，种花，伐木；四月，情人园会；五月，荡舟；六月，比武；七月，行猎，刈麦；八月，获稻；九月，酿酒；十月，耕种；十一月，猎归；十二月，屠豕。

抄本和印本书籍之多，世界上只有巴黎国家图书馆可与这博物院相比；此处印本共三百二十万余册。有穹隆顶的大阅览室，圆形，室中桌子的安排，好像车轮的辐，可坐四百八十五人；管理员高踞在毂中。

次看画院。国家画院在西中区闹市口，匹对着特拉伐加方场一百八十四英尺高的纳尔逊石柱子。院中的画不算很多，可是足以代表欧洲画史上的各派，他们自诩，在这一方面，世界上那儿也及不上这里。最完全的是意大利十五六世纪的作品，特别是佛罗伦萨派，大约除了意大利本国，便得上这儿来了。画按派别排列，可也按着时代。但是要看英国美术，此地不成，得上南边儿泰特（Tate）画院去。那画院在泰晤士河边上；一九二八年水上了岸，给浸坏了特耐尔（Joseph Malord William Turner，1775—1851）好多画，最可惜。特耐尔是十九世纪英国最大的风景画家，也是印象派的先锋。他是个穷苦的孩子，小时候住在菜市旁的陋巷里，常只在泰晤士河的码头和驳船上玩儿。

他对于泰晤士河太熟了，所以后来爱画船，画水，画太阳光。再后来他费了二十多年工夫专研究光影和色彩，轮廓与内容差不多全不管；这便做了印象派的前驱了。他画过一幅《日出：湾头堡子》，那堡子淡得只见影儿，左手一行树，也只有树的意思罢了；可是，瞧，那金黄的朝阳的光，顺着树水似的流过去，你只觉着温暖，只觉着柔和，在你的身上，那光却又像一片海，满处都是的，可是闪闪烁烁，仪态万千，教你无从捉摸，有点儿着急。

特耐尔以前，坚士波罗（Gainsborough，1727—1788）是第一个人脱离荷兰影响，用英国景物作风景画的题材；又以画像著名。

何嘉士（Hogarth，1697—1764）画了一套《结婚式》，又生动又亲切，当时刻板流传，风行各处，现存在这画院中。美国大画家惠斯勒（Whistler）称他为英国仅有的大画家。

雷诺尔兹（Reynolds，1723—1792）的画像，与坚士波罗并称。画像以性格与身份为主，第一当然要像。可是从看画者一面说，像主若是历史上的或当代的名人，他们的性格与身份，多少总知道些，看起来自然有味，也略能批评得失。

若只是平凡的人，凭你怎样像，陈列到画院里，怕就少有去理会的。因此，画家为维持他们永久的生命计，有时候重视技巧，而将"像"放在第二着。

雷诺尔兹与坚士波罗似乎就是这样的人。他们画的像，色调鲜明而缥缈。庄严的男相，华贵的女相，优美活泼的孩子相，都算登峰造极；可就是不大"像"。坚氏的女像总太瘦；雷氏的不至于那么瘦，但是像主往往退回他的画，说太不像。——国家画院旁有个国家画像院，专陈列英国历史

青少年课外阅读系列丛书

上名人的像，文学家，艺术家，科学家，政治家，皇族，应有尽有，约共二千一百五十人。油画是大宗，排列依着时代；这儿也看见雷坚二氏的作品；但就全体而论，历史比艺术多得多。

泰特画院中还藏着诗人勃来克（Willian Blake，1757—1827）和罗塞蒂（Dante Gabriel Rossetti，1828—1882）的画。前一位是浪漫诗人的先驱，号称神秘派。自幼儿想象多，都表现在诗与画里。他的图案非常宏伟；色彩也如火焰，如一飞冲天的翅膀。所画的人体并不切实，只用作表现姿态，表现动的符号而已。后一位是先拉斐尔派的主角；这一派是诗与画双管齐下的。他们不相信"为艺术的艺术"，而以知识为重。

画要叙事，要教训，要接触民众的心，让他们相信美的新观念；画笔要细腻，颜色却不必调和。罗氏作品有着清明的调子，强厚的感情；只是理想虽高，气韵却不够生动似的。

当代英国名雕塑家爱泼斯坦（Jacob Epstein）也有几件东西陈列在这里。他是新派的浪漫雕塑家。这派人要在形体的部分中去找新的情感力量；那必是不寻常的部分，足以扩展他们自己情感或感觉的经验的。他们以为这是美，夸张的表现出来；可是俗人却觉得人不像人，物不像物，觉得丑，只认为滑稽画一类。爱氏雕石头，但是塑泥似乎更多；塑泥的表面，决不刮光，就让那么凸凸凹凹的堆着，要的是这股劲儿。塑完了再倒铜。——他也卖素描，形体色调也是那股浪漫劲儿。

以上只有不列颠博物院的历史可以追溯到十八世纪；别的都是十九世纪建立的，但欧战院除外。这些院的建立，固然靠国家的力量，却也靠私人的捐助——捐钱盖房子或捐自己的收藏的都有。

各院或全不要门票，像不列颠博物院就是的；或一礼拜中两天要门票，票价也极低。他们印的图片及专册，廉价出售，数量惊人。又差不多都有定期的讲演，一面讲一面领着看；虽然讲的未必怎样精，听讲的也未必怎样多。这种种全为了教育民众，用意是值得我们佩服的。

圣 诞 节

十二月二十五日圣诞节。英国人过圣诞节,好像我们旧历年的味儿。

习俗上宗教上,这一日简直就是"元旦";据说七世纪时便已如此,十四世纪至十八世纪中叶,虽然将"元旦"改到三月二十五日,但是以后情形又照旧了。至于一月一日,不过名义上的岁首,他们向来是不大看重的。

这年头人们行乐的机会越过越多,不在乎等到逢年过节;所以年情节景一回回地淡下去,像从前那样热狂地期待着,热狂地受用着的事情,怕只在老年人的回忆,小孩子的想象中存在着罢了。大都市里特别是这样;在上海就看得出,不用说更繁华的伦敦了。再说这种不景气的日子,谁还有心肠认真找乐儿?所以虽然圣诞节,大家也只点缀点缀,应个景儿罢了。

可是邮差却忙坏了,成千成万的贺片经过他们的手。贺片之外还有月份牌。这种月份牌一点儿大,装在卡片上,也有画,也有吉语。花样也不少,却比贺片差远了。

贺片分两种,一种填上姓名,一种印上姓名。交游广的用后一种,自然贵些;据说前些年也得勾心斗角地出花样,这一年却多半简简单单的,为的好省些钱。前一种却不同,各家书纸店得抢买主,所以花色比以先还多些。

不过据说也没有十二分新鲜出奇的样子,这个究竟只是应景的玩意儿呀。但是在一个外国人眼里,五光十色,也就够瞧的,曾经到旧城一家大书纸店里看过,样本厚厚的四大册,足有三千种之多。

样本开头是皇家贺片:英王的是圣保罗堂图;王后的内外两幅画,其一是花园图;威尔士亲王的是候人图;约克公爵夫妇的是一六六零年圣詹姆士公园冰戏图;马利公主的是行猎图。圣保罗堂庄严宏大,下临伦敦城;园里的花透着上帝的微笑;候人比喻好运气和欢乐在人生的大道上等着你;圣詹姆士公园(在圣詹姆士宫南)代表宫廷,溜冰和行猎代表英国人运动的嗜好。那幅溜冰图古色古香,而且十足神气。这些贺片原样很大,也有小号的，谁都可以买来填上自己名字寄给人。此外有全金色的，晶莹照眼；有"蝴蝶翅"的，闪闪的宝蓝光；有雕空嵌花纱的，玲珑剔透，如嚼冰雪。又有羊皮纸仿四折本的；嵌铜片小风车的；嵌彩玻璃片圣母像的；嵌剪纸的鸟的；在猫头鹰头上粘羊毛的；都为的教人有实体感。

太太们也忙得可以的，张罗着亲戚朋友丈夫孩子的礼物，张罗着装饰屋子，圣诞树，火鸡等等。节前一个礼拜，每天电灯初亮时上牛津街一带去看，步道上挨肩擦背匆匆来往的满是办年货的，不用说是太太们多。装饰屋子有两件东西不可没有，便是冬青和"苹果寄生"（mistletoe）的枝子。前者教堂里也用；后者却只用在人家里；大都插在高处。冬青取其青，有时还带着小红果儿；用以装饰圣诞节，由来已久，有人疑心是基督教徒从罗马风俗里捡来的。"苹果寄生"带着白色小浆果儿，却是英国土俗，至晚十七世纪初就用它了。从前在它底下，少年男人可以和任何女子接吻；但接吻后他得摘掉一粒果子。果子摘完了，就不准再在下面接吻了。

圣诞树也有种种装饰，树上挂着给孩子们的礼物，装饰的繁简大约看人家的情形。我在朋友的房东太太家看见的只是小小一株；据说从乌尔乌斯三六公司（货价只有三便士六便士两码）买来，才六便士，合四五毛钱。可是放在餐桌上，青青的，的里瓜拉挂着些耀眼的玻璃球儿，绕着树更安排些"爱斯基摩人"一类小玩意，也热热闹闹地凑趣儿。圣诞树的风俗是从德国来的；德国也许是从斯堪的纳维亚传下来的。斯堪的纳维亚神话里有所谓世界树，叫做"乙格抓西儿"（Yggdrasil），用根和枝子联系着天地幽冥三界。

这是株枯树，可是滴着蜜。根下是诸德之泉；树中间坐着一只鹰，一只松鼠，四只公鹿；根旁一条毒蛇，老是啃着根。松鼠上下窜，在顶上的鹰与聪敏的毒蛇之间挑拨是非。树震动不得，震动了，地底下的妖魔便会起来捣乱。想着这段神话，现在的圣诞树真是更显得温暖可亲了。圣诞树和那些冬青，"苹果寄生"，到了来年六日一齐烧去；烧的时候，在场的都动手，为的是分点儿福气。

圣诞节的晚上，在朋友的房东太太家里。照例该吃火鸡，酸梅布丁；那位房东太太手头颇窘，却还卖了几件旧家具，买了一只二十二磅重的大火鸡来过节。可惜女仆不小心，烤枯了一点儿；老太太自个儿唠叨了几句，大节下，也就算了。

可是火鸡味道也并不怎样特别似的。吃饭时候，大家一面扔纸球，一面扯花炮——两个人扯，有时只响一下，有时还夹着小纸片儿，多半是带着"爱"字儿的吉语。饭后做游戏，有音乐椅子（椅子数目比人少一个；乐声止时，众人抢着坐），掩目吹蜡烛，抓瞎，抢人（分队），抢气球等等，大家居然一团孩子气。最后还有跳舞。这一晚过去，第二天差不多什么都照旧了。

新年大家若无其事地过去；有些旧人家愿意上午第一个进门的是个头发深，气色黑些的人，说这样人带进新年是吉利的。朋友的房东太太那早晨特意通电话请一家熟买卖的掌柜上她家去；他正是这样的人。

新年也卖历本；人家常用的是老摩尔历本（Old Moore's Almanack），书纸店里买，价钱贱，只两便士。

这一年的，面上印着"乔治王陛下登极第二十三年"；有一块小图，画着日月星地球，地球外一个圈儿，画着黄道十二宫的像，如"白羊""金牛""双子"等。古来星座的名字，取像于人物，也另有风味。

历本前有一整幅观像图，题道，"将来怎样？""老摩尔告诉你"。从图中看，老摩尔创于一千七百年，到现在已经二百多年了。每月一面，上栏可以说是"推背图"，但没有神秘气；下栏分日数，星期，大事记，日出没时间，月出没时间，伦敦潮汛，时事预测各项。此外还有月盈缺表，各港潮汛表，行星运行表，三岛集期表，邮政章程，大路规则，做点心法，养家禽法，家事常识。广告也不少，卖丸药的最多，满是给太太们预备的，因为这种历本原是给太太们预备的。

罗　马

罗马(Rome)是历史上大帝国的都城,想象起来,总是气象万千似的。现在它的光荣虽然早过去了,但是从七零八落的废墟里,后人还可仿佛于百一。

这些废墟,旧有的加上新发掘的,几乎随处可见,像特意点缀这座古城的一般。这边几根石柱子,那边几段破墙,带着当年的尘土,寂寞地陷在大坑里;虽然在夏天中午的太阳,照上去也黯黯淡淡,没有多少劲儿。

就中罗马市场(Forum Romanum)规模最大。这里是古罗马城的中心,有法庭,神庙,与住宅的残迹。卡司多和波鲁斯庙的三根哥林斯式的柱子,顶上还有片石相连着;在全场中最为秀拔,像三个风姿飘洒的少年用手横遮着额角,正在眺望这一片古市场。

想当年这里终日挤挤闹闹的也不知有多少人,各有各的心思,各有各的手法,现在只剩三两起游客指手画脚地在死一般的寂静里。

犄角上有一所住宅,情形还好。一面是三间住屋,有壁画,已模糊了,地是嵌石铺成的;旁厢是饭厅,壁画极讲究,画的都是正大的题目,他们是很看重饭厅的。市场上面便是巴拉丁山,是饱历兴衰的地方。

最早是一个村落,只有些茅草屋子。罗马共和末期,一姓贵族聚居在这里。帝国时代,更是繁华。

游人走上山去,两旁宏壮的住屋还留下完整的黄土坯子,可以见出当时阔人家的气局。屋顶一片平场,原是许多花园,总名法内塞园子,也是四百年前的旧迹;现在点缀些花木,一角上还有一座小喷泉。在这园子里看脚底下的古市场,全景都在望中了。

市场东边是斗狮场,还可以看见大概的规模。在许多宏壮的废墟里,这个算是情形最好的。

外墙是一个大圆圈儿,分四层,要仰起头才能看到顶上。下三层都是一色的圆拱门和柱子,上一层只有小长方窗户和楞子,这种单纯的对照教人觉得这座建筑是整整的一块,好像直上云霄的松柏,老干亭亭,没有一些繁枝细节。里面中间原是大平场,中古时在这儿筑起堡垒,现在满是一道道颓毁的墙基,倒成了四不像。

这场子便是斗狮场,环绕着的是观众的座位。下两层是包厢,皇帝与外宾的在最下层,上层是贵族的;第三层公务员坐;最上层平民坐;共可容四五万人。狮子洞还在下一层,有口直通场中。

斗狮是一种刑罚,也可以说是一种裁判:罪囚放在狮子面前,让狮子去搏他;他若居然制死了狮子,便是直道在他一边,他就可自由了。

但自然是让狮子吃掉的多,这些人大约就算活该。想到临场的罪囚和他亲族的悲苦与恐怖,他的仇人的痛快,皇帝的威风,与一般观众好奇的紧张的面目,真好比一场噩梦。这个场子建筑在一世纪,原是戏园子,后来才改作斗狮之用。

斗狮场南面不远是卡拉卡拉浴场。古罗马人颇讲究洗澡,浴场都造得好,这一所更其华丽。全场用大理石砌成,用嵌石铺地,有壁画,有雕像,用具也不寻常。房子高大,分两层,都用圆拱门,走进去觉得稳稳的,里面金碧辉煌,与壁画雕像相得益彰。

居中是大健身房,有喷泉两座。场子占地六英亩,可容一千六百人洗浴。洗浴分冷热水蒸气三种,各占一所屋子。

古罗马人上浴场来,不单是为洗澡,他们可以在这儿商量买卖,和解讼事等等,正和我们上茶店上饭店一般作用。这儿还有好些游艺,他们公余或倦后来洗一个澡,找几个朋友到游艺室去消遣一回,要不然,到客厅去谈谈话,都是很"写意"的。现在却只剩下一大堆遗迹大理石,本来还有不少,早给搬去造圣彼得等教堂去了;零星的物件陈列在博物院里。我们所看见的只是些巍巍峨峨参参差差的黄土骨子,站在太阳里,还有学者们精心研究出来的《卡拉卡拉浴场图》的照片,都只是所谓过屠门大嚼而已。

罗马从中古以来便以教堂著名。康南海《罗马游纪》中引杜牧的诗"南朝四百八十寺,多少楼台烟雨中",光景大约有些相像的;只可惜初夏去的人无从领略那烟雨罢了。圣彼得堂最精妙,在城北尼罗圆场的旧址上。尼罗在此地杀了许多基督教徒。据说圣彼得上十字架后也便葬在这里。

这教堂几经兴废,现在的房屋是十六世纪初年动工,经了许多建筑师的手。米开朗琪罗七十二岁时，受保罗第三的命，在这儿工作了十七年。后人以为天使保罗第三假手于这一个大艺术家，给这座大建筑定下了规模；以后虽有增改，但大体总是依着他的。教堂内部参照卡拉卡拉浴场的式样，许多高大的圆拱门稳稳地支着那座穹隆顶。

教堂长六百九十六英尺，宽四百五十英尺，穹隆顶高四百零三英尺，可是乍看不觉得是这么大。因为平常看屋子大小，总以屋内饰物等为标准，饰物等的尺寸无形中是有谱子的。圣彼得堂里的却大得离了谱子，"天使像巨人，鸽子像老鹰"，所以教堂真正的大小，一下倒不容易看出了。

但是你若看里面走动着的人，便渐渐觉得不同。教堂用彩色大理石砌墙，加上好些嵌石的大幅的名画，大都是亮蓝与朱红二色；鲜明丰丽，不像普通教堂一味阴沉沉的。米开朗琪罗雕的彼得像，温和光洁，别是一格，在教堂的犄角上。

圣彼得堂两边的列柱回廊像两只胳膊拥抱着圣彼得圆场；留下一个口子，却又像个块。场中央是一座埃及的纪功方尖柱，左右各有大喷泉。那两道回廊是十七世纪时亚历山大第三所造，成于倍里尼（Pernini）之手。

廊子里有四排多力克式石柱，共二百八十四根；顶上前后都有栏杆，前面栏杆上并有许多小雕像。场左右地上有两块圆石头，站在上面看同一边的廊子，觉得只有一排柱子，气魄更雄伟了。这个圆场外有一道弯弯的白石线，便是梵蒂冈与意大利的分界。教皇每年复活节站在圣彼得堂的露台上为人民祝福，这个场子内外据说是拥挤不堪的。

圣保罗堂在南城外，相传是圣保罗葬地的遗址，也是柱子好。门前一个方院子，四面廊子里都是些整块石头凿出来的大柱子，比圣彼得的两道廊子却质朴得多。教堂里面也简单空廓，没有什么东西。但中间那八十根花岗石的柱子，和尽头处那六根蜡石的柱子，纵横地排着，看上去仿佛到了人迹罕至的远古的森林里。柱子上头墙上，周围安着嵌石的历代教皇像，一律圆框子。

教堂旁边另有一个小柱廊，是十二世纪造的。这座廊子围着一所方院子，在低低的墙基上排着两层各色各样的细柱子——有些还嵌着金色玻璃块儿。这座廊子精工可以说像湘绣，秀美却又像王羲之的书法。

在城心的威尼斯方场上巍然蹲踞着的，是也马奴儿第二的纪功廊。

这是近代意大利的建筑，不缺少力量。一道弯弯的长廊，在高大的石基上。

前面三层石级：第一层在中间，第二三层分开左右两道，通到廊子两头。这座廊子左右上下都匀称，中间又有那一弯，便兼有动静之美了。从廊前列柱间看到暮色中的罗马全城，觉得幽远无穷。

罗马艺术的宝藏自然在梵蒂冈宫，卡辟多林博物院中也有一些，但比起梵蒂冈来就太少了。梵蒂冈有好几个雕刻院，收藏约有四千件，著名的《拉奥孔》(Laocoon)便在这里。

画院藏画五十幅，都是精品，拉斐尔的《基督现身图》是其中之一，现在却因修理关着。梵蒂冈的壁画极精彩，多是拉斐尔和他门徒的手笔，为别处所不及。有四间拉斐尔室和一些廊子，里面满是他们的东西。

拉斐尔由此得名。他是乌尔比奴人，父亲是诗人兼画家。他到罗马后，极为人所爱重，大家都要他画；他忙不过来，只好收些门徒做助手。他的特长在画人体。这是实在的人，肢体圆满而结实，有肉有骨头。这自然受了些佛罗伦萨派的影响，但大半还是他的天才。他对于气韵，远近，大小与颜色也都有敏锐的感觉，所以成为大家。他在罗马住的屋子还在，坟在国葬院里。西斯廷堂与拉斐尔室齐名，也在宫内。这个神堂是十五世纪时西斯廷第四造的，高一百三十三英尺，宽四十五英尺。两旁墙的上部，都由佛罗伦萨派画家装饰，有波提切利在内。屋顶的画满都是米开朗琪罗的，西斯廷堂著名在此。

米开朗琪罗是佛罗伦萨派的极峰。他不多作画，一生精华都在这里。他画这屋顶时候，以深沉肃穆的心情渗入画中。他的构图里气韵流动着，形体的勾勒也自然灵妙，还有那雄伟出尘的风度，都是他独具的好处。

堂中祭坛的墙上也是他的大画，叫做《最后的审判》。这幅壁画是以后多年画的，费了他七年工夫。

罗马城外有好几处隧道，是一世纪到五世纪时候基督教徒挖下来做墓穴的，但也用作敬神的地方。尼罗搜杀基督教徒，他们往往避难于此。

最值得看的是圣卡里斯多隧道。那儿还有一种热诚花，十二瓣，据说是代表十二使徒的。我们看的是圣赛巴司提亚堂底下的那一处，大家点了小蜡烛下去。曲曲折折的狭路，两旁是大大小小深深浅浅的墓穴；现在自然是空的,可是有时还看见些零星的白骨。有一处据说圣彼得住过,成了龛堂,壁上画得很好。

另处也还有些壁画的残迹。这个隧道似乎有四层,占的地方也不小。圣赛巴司提亚堂里保存着一块石头,上有大脚印两个;他们说是耶稣基督的,现在供养在神龛里。另一个教堂也供着这么一块石头,据说是仿本。

缧继堂建于第五世纪,专为供养拴过圣彼得的一条铁链子。现在这条链子还好好的在一个精美的龛子里。堂中周理乌司第二纪念碑上有米开朗琪罗雕的几座像;摩西像尤为著名。那种原始的坚定的精神和勇猛的力量从眉目上,胡须上,胳膊上,手上,腿上,处处透露出来,教你觉得见着了一个伟大的人。

又有个阿拉古里堂,中有圣婴像。这个圣婴自然便是耶稣基督;是十五世纪耶路撒冷一个教徒用橄榄木雕的。他带它到罗马,供养在这个堂里。

四方来许愿的很多,据说非常灵验;它身上密层层地挂着许多金银饰器都是人家还愿的。还有好些信写给它,表示敬慕的意思。

罗马城西南角上,挨着古城墙,是英国坟场或叫做新教坟场。这里边葬的大都是艺术家与诗人,所以来参谒来凭吊的意大利人和别国的人终日不绝。就中最有名的自然是十九世纪英国浪漫诗人雪莱与济慈的墓。

雪莱的心葬在英国,他的遗灰在这儿。墓在古城墙下斜坡上,盖有一块长方的白石;第一行刻着"心中心",下面两行是生卒年月,再下三行是莎士比亚《风暴》中的仙歌。

　　彼无毫毛损,
　　海涛变化之,
　　从此更神奇。

好在恰恰关合雪莱的死和他的为人。济慈墓相去不远,有墓碑,上面刻着道:

　　这座坟里是

英国一位少年诗人的遗体；
他临死时候，
想着他仇人们的恶势力，
痛心极了，叫将下面这一句话
刻在他的墓碑上：
"这儿躺着一个人，
他的名字是用水写的。"

末一行是速朽的意思，但他的名字正所谓"不废江河万古流"，又岂是当时人所料得到的。后来有人别作新解，根据这一行话做了一首诗，连济慈的小像一块儿刻铜嵌在他墓旁墙上。这首诗的原文是很有风趣的。

济慈名字好，
说是水写成；
一点一滴水，
后人的泪痕——
英雄枯万骨，
难如此感人。
安睡吧，
陈词虽挂漏，
高风自峥嵘。

这座坟场是罗马富有诗意的一角，有些爱罗马的人虽不死在意大利，也会遗嘱葬在这座"永远的城"的永远的一角里。

话 中 有 鬼

　　不管我们相信有鬼或无鬼，我们的话里免不了有鬼。我们话里不但有鬼，并且铸造了鬼的性格，描画了鬼的形态，赋予了鬼的才智。凭我们的话，鬼是有的，并且是活的。这个来历很多，也很古老，我们有的是鬼传说，鬼艺术，鬼文学。但是一句话，我们照自己的样子创出了鬼，正如宗教家的上帝照他自己的样子刨出了人一般。

　　鬼是人的化身，人的影子。我们讨厌这影子，有时可也喜欢这影子。正因为是自己的化身，才能说得活灵活现的，才会老挂在嘴边儿上。

　　"鬼"通常不是好词儿。说"这个鬼！"是在骂人，说"死鬼"也是的。还有"烟鬼"，"酒鬼"，"馋鬼"等，都不是好话。不过骂人有怒骂，也有笑骂；怒骂是恨，笑骂却是爱——俗语道，"打是疼，骂是爱"，就是明证。这种骂尽管骂的人装得牙痒痒的，挨骂的人却会觉得心痒痒的。女人喜欢骂人"鬼……""死鬼！"大概就是这个道理。

　　至于"刻薄鬼"，"啬刻鬼"，"小气鬼"等，虽然不大惹人爱似的，可是笑嘻嘻的骂着，也会给人一种热，光却不会有——鬼怎么会有光？光天化日之下怎么会有鬼呢？固然也有"白日见鬼"这句话，那跟"见鬼"，"活见鬼"一样，只是说你"与鬼为邻"，说你是个鬼。鬼没有阳气，所以没有关。所以只有"老鬼"，"小鬼"，没有"少鬼"，"壮鬼"，老年人跟小孩子阳气差点儿，凭他们的年纪就可以是鬼，青年人，中年人阳气盛，不能是鬼。青年人，中年人也可以是鬼，但是别有是鬼之道，不关年纪。"阎王好见，小鬼难当"，那"小"的是地位，所以可怕可恨；若凭年纪，"老鬼"跟"小鬼"倒都是恨也成，爱也成。——若说"小鬼头"，那简直还亲亲儿的，热热儿的。又有人爱说"鬼东西"，那也还只是鬼，"鬼"就是"东西"，"东西"就是"鬼"。总而言之，鬼贪，鬼小，所以"有钱使得鬼推磨"；鬼是一股阴气，是黑暗的东西。人也贪，也小，也有黑暗处，鬼其实是代人受过的影子。所以我们只说"好人"，"坏人"，却只说"坏鬼"；恨也罢，爱也罢，从来没有人说"好鬼"。

"好鬼"不在话下，"美鬼"也不在话下，"丑鬼"倒常听见。说"鬼相"，说"像个鬼"，也都指鬼而言。不过丑的未必就不可爱，特别像一个女人说"你看我这副鬼相！""你看我像个鬼！"她真会想教人讨厌她吗？"做鬼脸"也是鬼，可是往往惹人爱，引人笑。这些都是丑得有意思。"鬼头鬼脑"不但丑，并且丑得小气。"鬼胆"也是小的，"鬼心眼儿"也是小的。"鬼胎"不用说的怪胎，"怀着鬼胎"不用说得担惊害怕。还有，书上说，"冷如鬼手馨！"鬼手是冰凉的，尸体原是冰凉的。"鬼叫"，"鬼哭"都刺耳难听——"鬼胆"和"鬼心眼儿"却有人爱，为的是怪可怜见的。从我们话里所见的鬼的身体，大概就是这一些。

再说"鬼鬼祟祟的"虽然和"鬼头鬼脑"差不多，可只描画那小气而不光明的态度，没有指出身体部分。这就跟着"出了鬼！""其中有鬼！"固然，"鬼"，"诡"同音，但是究竟因"鬼"而"诡"，还是因"诡"而"鬼"，似乎是个兜不完的圈子。我们也说"出了花样"，"其中有花样"，"花样"正是"诡"，是"谲"；鬼是诡谲不过的，所以花样多的人，我们说他"鬼得很"！书上的"鬼蜮伎俩"，口头的"鬼计多端"，指的就是这一类人，这种人只惹人讨厌招人恨，谁爱上了他们才怪！这种人的话自然常是"鬼话"。不过"鬼话"未必都是这种人的话，有些居然妩媚可听，简直是"昵昵儿女语"，或者是"海外奇谈"。说是"鬼话"！尽管不信可是爱听的，有的是。寻常诳语也叫做"鬼话"，王尔德说得有理，诳原可以是很美的，只要撒得好。鬼并不老是那么精明，也有马虎的时候，说这种"无关心"的"鬼话"，就是他马虎的时候。写不好字叫做"鬼画符"，做不好活也叫做"鬼画符"，都是马马虎虎的，敷敷衍衍的。若连不相干的"鬼话"都不爱说，"符"也不爱"画"，那更是"懒鬼"。"懒鬼"还可以希望他不懒，最怕的是"鬼混"，"鬼混"就简直没出息了。

从来没有听见过"笨鬼"，鬼大概总有点儿聪明，所谓"鬼聪明"。"鬼聪明"虽然只是不正经的小聪明，却也有了不起处："什么鬼玩意儿！"

尽管你瞧不上眼，他的可是一套玩意儿。你笑，你骂，你有时笑不得，哭不得，总之，你不免让"鬼玩意儿"耍一回。"鬼聪明"也有正经的，书上叫做"鬼才"。李贺是惟一的号为"鬼才"的诗人，他的诗浓丽和幽险，森森然有鬼气。更上一层的"鬼聪明"，书上叫做"鬼工"；"鬼工"险而奇，非人力所及。这词儿用来夸赞佳山水，大自然的创作，但似乎更多用来夸赞人们文学的和艺术的创作。还有"鬼斧神工"，自然奇妙，也是这一类颂辞。借了"神"的光，"鬼"才能到这"自然奇妙"的一步，不然只是"险而奇"罢了。可是借光也不大易，论书画的将"神品"列在第一，绝不列"鬼品"，"鬼"到底不能上品，真也怪可怜的。

青少年课外阅读系列丛书

乞 丐

"外国也有乞丐"，是的；但他们的丐道或丐术不大一样。近些年在上海常见的，马路旁水门汀上用粉笔写着一大堆困难情形，求人帮助，粉笔字一边就坐着那写字的人——北平也见过这种乞丐，但路旁没有水门汀，便只能写在纸上或布上——却和外国乞丐相像；这办法不知是"来路货"呢，还是"此心同，此理同"呢？

伦敦乞丐在路旁画画的多，写字的却少。只在特拉伐加方场附近见过一个长须老者（外国长须的不多），在水门汀上端坐着，面前几行潦草的白粉字。说自己是大学出身，现在一寒至此，大学又有何用，这几句牢骚话似乎颇打动了一些来来往往的人，加上老者那炯炯的双眼，不露半星儿可怜相，也教人有点肃然。他右首放着一只小提箱，打开了，预备人往里扔钱。那地方本是四通八达的闹市，扔钱的果然不少。箱子内外都撒的铜子儿（便士）；别的乞丐却似乎没有这么好的运气。

画画的大半用各色粉笔，也有用颜料的。见到的有三种花样。或双勾 To live（求生）二字，每一个字母约一英尺见方，在双勾的轮廓里精细地作画。字母整齐匀净，通体一笔不苟。或双勾 Cood Luck（好运）二字，也有只用 Luck（运气）一字的。——"求生"是自道；"好运""运气"是为过客颂祷之辞。或画着四五方风景，每方大小也在一英尺左右。通常画者坐在画的一头，那一头将他那旧帽子翻过来放着，铜子儿就扔在里面。

这些画丐有些在艺术学校受过正式训练，有些平日爱画两笔，算是"玩艺儿"。到没了落儿，便只好在水门汀上动起手来了。一九三二年五月十日，这些人还来了一回展览会。

那天的晚报（The Evening News）上选印了几幅，有两幅是彩绣的。绣的人诨名"牛津街开特尔老大"，拳乱时做水手，来过中国，他还记得那时情形。这两幅画绣在帆布（画布）上，每幅下了八万针。他绣过英王爱德华像，据说颇为当今王后所赏识；那是他生平最得意的时候。现在却只在牛津街上浪荡着。晚报上还记着一个人。他在杂戏馆（Hails）干过三十五年，名字常大书在海报上。三年前还领了一个杂戏班子游行各处，他扮演主要的角色。英伦三岛的城市都到过；大陆上到过百来处，美国也到过十来处。也认识贾波林。可是的运不济，"老伦敦"却没一个子儿。

他想起从前朋友们说过静物写生多么有意思，自己也曾学着玩儿；到了此时，说不得只好凭着这点"玩意儿"在泰晤士河长堤上混混的。但是他怕认得他的人太多，老是背向着路中，用大帽檐遮了脸儿。他说在水门汀上作画颇不容易；最怕下雨，几分钟的雨也许毁了整天的工作。他说总想有朝一日再到戏台上去。

画丐外有乐丐。牛津街见过一个，开着话匣子，似乎是坐在三轮自行车上；记得颇有些堂哉皇也的神气。复活节星期五在冷街中却见过一群，似乎一人推着风琴，一人按着，一人高唱《颂圣歌》——那推琴的也和着。这群人样子却就狼狈了。据说话匣子等等都是赁来；他们大概总有得赚的。另一条冷街上见过一个男的带着两个女的，穿着得像刚从垃圾堆里出来似的。一个女的还抹着胭脂，简直是一块块红土！男的奏乐，女的乱七八糟的跳舞，在刚下完雨泥滑滑的马路上。

这种女乞丐很少。又见过一个拉小提琴的人，似乎很年轻，很文雅，向着步道上的过客站着。右手本来抱着个小猴儿；拉琴时先把它抱在左肩头蹲着。拉了没几弓子，猴儿尿了；他只若无其事，让衣服上淋淋漓漓的。牛津街上还见过一个，那真狼狈不堪。他大概赁话匣子等等的力量都没有；只找了块板儿，三四尺长，五六寸宽，上面安上条弦子，用只玻璃水杯将弦子绷起来。把板儿放在街沿下，便蹲着，两只手穿梭般弹奏着。那是明灯初上的时候，步道上人川流不息；一双双脚从他身边匆匆的跨过去,看见他的似乎不多。街上汽车声脚步声谈话声混成一片,他那独弦的细声细气,怕也不容易让人听见。可是他还是埋着头弹他那一手。

几年前一个朋友还见过背诵狄更斯小说的。大家正在戏园门口排着班等买票;这个人在旁背起《块肉余生述》来,一边念,一边还做着。这该能够多找几个子儿,因为比那些话匣子等等该有趣些。警察禁止空手空口的乞丐,乞丐便都得变做卖艺人。若是无艺可卖,手里也得拿点东西,如火柴皮鞋带之类。路角落里常有男人或女人拿着这类东西默默站着,脸上大都是黯淡的。

其实卖艺,卖物,大半也是幌子;不过到底教人知道自尊些,不许不做事白讨钱。只有瞎子,可以白讨钱。他们站着或坐着;胸前有时挂一面纸牌子,写着"盲人"。

又有一种人,在乞丐非乞丐之间。有一回找一家杂耍场不着,请教路角上一个老者。他殷勤领着走,一面说刚失业,没钱花,要我帮个忙儿。给了五个便士(约合中国三毛钱),算是酬劳,他还争呢。其实只有二三百步路罢了。跟着走,诉苦,白讨钱的,只遇着一次;那里街灯很暗,没有警察,路上人也少,我又是外国人,他所以厚了脸皮,放了胆子——他自然不是瞎子。

青少年课外阅读系列丛书

憎

我生平怕看见干笑,听见敷衍的话;更怕冰搁着的脸和冷淡的言词,看了,听了,心里便会发抖。至于惨酷的佯笑,强烈的揶揄,那简直要我全身都痉挛般掣动了。在一般看惯、听惯、老于世故的前辈们,这些原都是"家常便饭",很用不着大惊小怪地去张扬;但如我这样一个阅历未深的人,神经自然容易激动些,又痴心渴望着爱与和平,所以便不免有些变态。平常人可以随随便便过去的,我不幸竟是不能;因此增加了好些苦恼,减却了好些"生力"。——这真所谓"自作孽"了！

前月我走过北火车站附近。马路上横躺着一个人：微侧着蜷曲的身子。脸被一破芦苇遮了，不曾看见；穿着黑布夹袄，垢腻的淡青的衬里，从一处处不规则地显露，白斜纹的单裤，受了尘秽底沾染，早已变成灰色；双足是赤着，脚底满涂着泥土，脚面满积着尘垢，皮上却皱着网一般的细纹，映在太阳里，闪闪有光。这显然是一个劳动者的尸体了。一个不相干的人死了，原是极平凡的事，况是一个不相干又不相干的劳动者呢？所以围着看的虽有十余人，却都好奇地睁着眼，脸上的筋肉也都冷静而弛缓。我给周遭的冷淡噤住了；但因为我的老脾气，终于茫漠地想着：他的一生是完了；但是他曾有什么价值呢？他的死，自然，不自然呢？上海像他这样人，知道有多少？像他这样死的，知道一日里又有多少？再推到全世界呢？……这不免引起我对于人类运命的一种杞忧了！但是思想忽然转向，何以那些看闲的，于这一个同伴底死如此冷淡呢？倘然死的是他们的兄弟，朋友，或相识者，他们将必哀哭切齿，至少也必惊惶；这个不识者，在他们却是无关得失的，所以便漠然了？但是，果然无关得失么？"叫天子一声叫"，尚能"撕去我一缕神经"，一个同伴悲惨的死，果然无关得失么？一人生在世，倘只有极少极少的所谓得失相关者顾念着，岂不是太孤寂又太狭隘了么？狭隘，孤寂的人间，那里有善良的生活！唉！我不愿再往下想了！

这便是遍满现世间的"漠视"了。我有一个中学同班的同学。他在高等学校毕了业；今年恰巧和我同事。我们有四五年不见面，不通信了；相见时我很高兴，滔滔汩汩地向他说知别后的情形；称呼他的号，和在中学时一样。他只支持着同样的微笑听着。听完了，仍旧支持那微笑，只用极简单的话说明他中学毕业后的事，又称了我几声"先生"。我起初不曾留意，陡然发现那干涸的微笑，心里先有些怯了；接着便是那机器榨出来的几句话和"敬而远之"的一声声的"先生"，我全身都不自在起来；热烈的向望早冰结在心坎里！可是到底鼓勇说了这一句话："请不要这样称呼罢；我们是同班的同学哩！"他却笑着不理会，只含糊应了一回；另一个"先生"早又从他嘴里送出了！我再不能开口，只蜷缩在椅子里，眼望着他。他觉得有些奇怪，起身，鞠躬，告辞。我点了头，让他走了。这时羞愧充满在我心里；世界上有什么东西在我身上，使人弃我如敝屣呢！

约摸两星期前，我从大马路搭电车到车站。半路上上来一个魁梧奇伟的华捕。他背着手直挺挺的靠在电车中间的转动机上。穿着青布制服，戴着红缨凉帽，蓝的绑腿，黑的厚重的皮鞋：这都和他别的同伴一样。另有他的一张粗黑的盾形的脸，在那脸上表现出他自己的特色。在那脸，嘴上是抿了，两眼直看着前面，筋肉像浓霜后的大地一般冷重；一切有这样地严肃，我几乎疑惑那是黑的石像哩！从他上车，我端详了好久，总不见那脸上有一丝的颤动；我忽然感到一种压迫的感觉，仿佛有人用一条厚棉被连头夹脑紧紧地捆了我一般，呼吸便渐渐地低迫促了。那时电车停了；再开的时候，从车后匆匆跑来一个贫妇。伊有褴褛的古旧的混沌色的竹布长褂和裤；跑时只是用两只小脚向前挣扎，蓬蓬的黄发纵横地飘拂着；瘦黑多皱襞的脸上，闪烁着两个热望的眼珠，嘴唇不住地开合——自然是喘息了。伊大概有紧要的事，想搭乘电车。来得慢了，捏捉着车上的铁柱，早又被他从伊手里滑去；于是伊只有踉踉跄跄退下了！这时那位华捕忽然出我意外，赫然地笑了；他看着拙笨的伊，叫道："哦——呵！"他颊上，眼旁，霜浓的筋肉都开始显出匀称的皱纹；两眼细而润泽，不似先前的枯燥；嘴是裂开了，露出两个灿灿的金牙和一色洁白的大齿；他身体的姿势似乎也因此变动了些。他的笑虽然暂时地将我从冷漠里解放；但一刹那间，空虚之感又使我几乎要被身份的大气压扁！因为从那笑的貌和声里，我锋利地感着一切的骄傲，狡猾，侮辱，残忍；只要有"爱的心"，"和平的光芒"的，谁的全部神经能不被痉挛般掣动着呢？

这便是遍满现世间的"蔑视"了。我今年春间，不自量力，去任某校教务主任。同事们多是我的熟人，但我于他们，却几乎是个完全的生人；我遍尝漠视和膜视的滋味，感到莫名的孤寂！那时第一难事是拟订日课表。因了师生们关系的复杂，校长交来三十余条件；经验缺乏、脑筋简单的我，真是无所措手足！挣揣了五六天工夫，好容易勉强凑成了。却有一位在别校兼课的，资望深重的先生，因为有几天午后的第一课和别校午前的第四课衔接，两校相距太远，又要回家吃饭，有些赶不及，便大不满意。他这兼课情形，我本不知，校长先生底条件里，也未开入；课表中不能顾到，似乎也"情有可原"。但这位先生向来是面若冰霜，气如虹盛；他的字典里大约是没有"恕"字的,于是挑战的信来了,说什么"既难枵腹,又无汽车;如何设法,还希见告"!我当时受了这意外的,滥发的,冷酷的讽刺,极为难受;正是满肚皮冤枉,没申诉处,我并未曾有一些开罪于他,他却为何待我如仇敌呢?我便写一信复他,自己略略辩解;对于他的态度,表示十分的遗憾:我说若以他的失当的谴责,便该不理这事,可是因为向学校的责任,我终于给他设法了。他接信后,"上诉"于校长先生。校长先生请我去和他对质。狡黠的复仇的微笑在他脸上,正和有毒的菌类显着光怪陆离的彩色一般。他极力说得慢些,说低些:"为什么说'便该不理'呢? 课表岂是'钦定'的么?——若说态度,该怎样啊! 许要用'请愿'罢?"这里每一个字便像一把利剑,缓缓地,但是深深地,刺入我心里!——他完全胜利,脸上换了愉快的微笑,侮蔑地看着默了的我,我不能再支持,立刻辞了职回去。

这便是遍满现世间的"敌视"了。

我所见的叶圣陶

我第一次与圣陶见面是在民国十年的秋天。那时刘延陵兄介绍我到吴淞炮台湾中国公学教书。到了那边,他就和我说:"叶圣陶也在这儿。"

我们都念过圣陶的小说,所以他这样告我。我好奇地问道:"怎样一个人?"出乎我的意外,他回答我:"一位老先生哩。"但是延陵和我去访问圣陶的时候,我觉得他的年纪并不老,只那朴实的服色和沉默的风度与我们平日所想象的苏州少年文人叶圣陶不甚符合罢了。

记得见面的那一天是一个阴天。我见了生人照例说不出话;圣陶似乎也如此。

我们只谈了几句关于作品的泛泛的意见,便告辞了。延陵告诉我每星期六圣陶总回角直去;他很爱他的家。他在校时常邀延陵出去散步;我因与他不熟，只独自坐在屋里。

不久，中国公学忽然起了风潮。我向延陵说起一个强硬的办法；——实在是一个笨而无聊的办法！——我说只怕叶圣陶未必赞成。但是出乎我的意外，他居然赞成了！

后来细想他许是有意优容我们吧；这真是老大哥的态度呢。我们的办法天然是失败了，风潮延宕下去；于是大家都住到上海来。我和圣陶差不多天天见面；同时又认识了西谛，予同诸兄。这样经过了一个月；这一个月实在是我的很好的日子。

我看出圣陶始终是个寡言的人。大家聚谈的时候，他总是坐在那里听着。他却并不是喜欢孤独，他似乎老是那么有味地听着至于与人独对的时候，自然多少要说些话；但辩论是不来的。他觉得辩论要开始了，往往微笑着说："这个弄不大清楚了。"这样就过去了。他又是个极和易的人，轻易看不见他的怒色。他辛辛苦苦保存着的《晨报》副张，上面有他自己的文字的，特地从家里捎来给我看；让我随便放在一个书架上，给散失了。当他和我同时发见这件事时，他只略露惋惜的颜色，随即说："由他去末哉，由他去末哉！"我是至今惭愧着，因为我知道他作文是不留稿的。他的和易出于天性，并非阅历世故，矫揉造作而成。

他对于世间妥协的精神是极厌恨的。在这一月中，我看见他发过一次怒；——始终我只看见他发过这一次怒——那便是对于风潮的妥协论者的蔑视。

风潮结束了，我到杭州教书。那边学校当局要我约圣陶去。圣陶来信说："我们要痛痛快快游西湖，不管这是冬天。"

他来了，教我上车站去接。我知道他到了车站这一类地方，是会觉得寂寞的。他的家实在太好了，他的衣着，一向都是家里管。我常想，他好像一个小孩子；像小孩子的天真，也像小孩子的离不开家里人。必须离开家里人时，他也得找些熟朋友伴着；孤独在他简直是有些可怕的。所以他到校时，本来是独住一屋的，却愿意将那间屋做我们两人的卧室，而将我那间做书室。这样可以常常相伴；我自然也乐意。我们不时到西湖边去；有时下湖，有时只喝喝酒。在校时各据一桌，我只预备功课，他却老是写小说和童话。初到时，学校当局来看过他。第二天，我问他，"要不要去看看他们?"他皱眉道:"一定要去么? 等一天吧。"后来始终没有去。他是最反对形式主义的。

那时他小说的材料,是旧日的储积;童话的材料有时却是片刻的感兴。如《稻草人》中《大喉咙》一篇便是。那天早上,我们都醒在床上,听见工厂的汽笛;他便说:"今天又有一篇了,我已经想好了,来的真快呵。"那篇的艺术很巧,谁想他只是片刻的构思呢! 他写文字时,往往拈笔伸纸,便手不停挥地写下去,开始及中间,停笔踌躇时绝少。他的稿子极清楚,每页至多只有三五个涂改的字。他说他从来是这样的。每篇写毕,我自然先睹为快;他往往称述结尾的适宜,他说对于结尾是有些把握的。看完,他立即封寄《小说月报》;照例用平信寄。我总劝他挂号;但他说:"我老是这样的。"他在杭州不过两个月,写的真不少,教人羡慕不已。《火灾》里从《饭》起到《风潮》这七篇,还有《稻草人》中一部分,都是那时我亲眼看他写的。

在杭州待了两个月,放寒假前,他便匆匆地回去了;他实在离不开家,临去时让我告诉学校当局,无论如何不回来了。但他却到北平住了半年,也是朋友拉去的。我前些日子偶翻十一年的《晨报副刊》,看见他那时途中思家的小诗,重念了两遍,觉得怪有意思。

北平回去不久,便入了商务印书馆编译部,家也搬到上海。从此在上海待下去,直到现在——中间又被朋友拉到福州一次,有一篇《将离》抒写那回的别恨,是缠绵悱恻的文字。这些日子,我在浙江乱跑,有时到上海小住,他常请了假和我各处玩儿或喝酒。有一回,我便住在他家,但我到上海,总爱出门,因此他老说没有能畅谈;他写信给我,老说这回来要畅谈几天才行。十六年一月,我接眷北来,路过上海,许多熟朋友和我饯行,圣陶也在。

那晚我们痛快地喝酒,发议论;他是照例地默着。酒喝完了,又去乱走,他也跟着。到了一处,朋友们和他开了个小玩笑;他脸上略露窘意,但仍微笑地默着。圣陶不是个浪漫的人;在一种意义上,他正是延陵所说的"老先生"。

但他能了解别人,能谅解别人,他自己也能"作达",所以仍然——也许格外是可亲的。那晚快夜半了,走过爱多亚路,他向我诵周美成的词,

"酒已都醒，如何消夜永！"我没有说什么；那时的心情，大约也不能说什么的。我们到一品香又消磨了半夜。

这一回特别对不起圣陶；他是不能少睡觉的人。他家虽住在上海，而起居还依着乡居的日子；早七点起，晚九点睡。有一回我九点十分去，他家已熄了灯，关好门了。这种自然的，有秩序的生活是对的。

那晚上伯祥说："圣兄明天要不舒服了。"想起来真是不知要怎样感谢才好。

第二天我便上船走了，一眨眼三年半，没有上南方去。信也很少，却全是我的懒。我只能从圣陶的小说里看出他心境的迁变；这个我要留在另一文中说。

圣陶这几年里似乎到十字街头走过一趟，但现在怎么样呢？我却不甚了然。他从前晚饭时总喝点酒，"以半醺为度"；近来不大能喝酒了，却学了吹笛——前些日子说已会一出《八阳》，现在该又会了别的了吧。他本来喜欢看看电影，现在又喜欢听听昆曲了。但这些都不是"厌世"，如或人所说的；圣陶是不会厌世的，我知道他虽会喝酒，加上吹笛，却不曾抽什么"上等的纸烟"，也不曾住过什么"小小别墅"，如或人所想的，这个我也知道。

女　人

白水是个老实人，又是个有趣的人。他能在谈天的时候，滔滔不绝地发出长篇大论。这回听勉子说，日本某杂志上有《女？》一文，是几个文人以"女"为题的桌话的记录。他说，"这倒有趣，我们何不也来一下？"我们说，"你先来！"他搔了搔头发道："好！就是我先来；你们可别临阵脱逃才好。"我们知道他照例是开口不能自休的。

果然，一番话费了这多时候，以致别人只有补充的工夫，没有自叙的余裕。那时我被指定为临时书记,曾将桌上所说,拉杂写下。现在整理出来,便是以下一文。因为十之八是白水的意见,便用了第一人称,作为他自述的模样;我想,白水大概不至于不承认吧?

老实说,我是个欢喜女人的人;从国民学校时代直到现在,我总一贯地欢喜着女人。

虽然不曾受着什么"女难",而女人的力量,我确是常常领略到的。

女人就是磁石,我就是一块软铁;为了一个虚构的或实际的女人,呆呆地想了一两点钟,乃至想了一两个星期,真有不知肉味光景——这种事是屡屡有的。

在路上走,远远的有女人来了,我的眼睛便像蜜蜂们嗅着花香一般,直攫过去。

但是我很知足,普通的女人,大概看一两眼也就够了,至多再掉一回头。像我的一位同学那样,遇见了异性,就立正——向左或向右转,仔细用他那两只近视眼,从眼镜下面紧紧追出去半日半日,然后看不见,然后开步走——我是用不着的。我们地方有句土话说:"乖子望一眼,呆子望到晚。"我大约总在"乖子"一边了。我到无论什么地方,第一总是用我的眼睛去寻找女人。

在火车里,我必走遍几辆车去发现女人;在轮船里,我必走遍全船去发现女人。我若找不到女人时,我便逛游戏场去,赶庙会去,我大胆地加一句——参观女学校去;这些都是女人多的地方。于是我的眼睛更忙了!我拖着两只脚跟着她们走,往往直到疲倦为止。

我所追寻的女人是什么呢?我所发现的女人是什么呢?这是艺术的女人。

从前人将女人比做花,比做鸟,比做羔羊;他们只是说,女人是自然手里创造出来的艺术,使人们欢喜赞叹——正如艺术的儿童是自然的创作,使人们欢喜赞叹一样。

不独男人欢喜赞叹,女人也欢喜赞叹;而"妒"便是欢喜赞叹的另一面,正如"爱"是欢喜赞叹的一面一样。受欢喜赞叹的,又不独是女人,男人也有。"此柳风流可爱,似张绪当年",便是好例;而"美丰仪"一语,尤为"史不绝书"。

但男人的艺术气分，似乎总要少些；贾宝玉说得好：男人的骨头是泥做的，女人的骨头是水做的。这是天命呢？还是人事呢？我现在还不得而知；只觉得事实是如此罢了。——你看，目下学绘画的"人体习作"的时候，谁不用了女人做他的模特儿呢？这不是因为女人的曲线更为可爱么？我们说，自有历史以来，女人是比男人更其艺术的；这句话总该不会错吧？所以我说，艺术的女人。

所谓艺术的女人，有三种意思：是女人中最为艺术的，是女人的艺术的一面，是我们以艺术的眼去看女人。我说女人比男人更其艺术的，是一般的说法；说女人中最为艺术的，是个别的说法。——而"艺术"一词，我用它的狭义，专指眼睛的艺术而言，与绘画，雕刻，跳舞同其范类。

艺术的女人便是有着美好的颜色和轮廓和动作的女人，便是她的容貌，身材，姿态，使我们看了感到"自己圆满"的女人。这里有一块天然的界碑，我所说的只是处女，少妇，中年妇人，那些老太太们，为她们的年岁所侵蚀，已上了凋零与枯萎的路途，在这一件上，已是落伍者了。

女人的圆满相，只是她的"人的诸相"之一；她可以有大才能，大智慧，大仁慈，大勇毅，大贞洁等等，但都无碍于这一相。诸相可以帮助这一相，使其更臻于充实；这一相也可帮助诸相，分其圆满于它们，有时更能遮盖它们的缺处。

我们之看女人，若被她的圆满相所吸引，便会不顾自己，不顾她的一切，而只陶醉于其中；这个陶醉是刹那的，无关心的，而且在沉默之中的。

我们之看女人，是欢喜而绝不是恋爱。恋爱是全般的，欢喜是部分的。恋爱是整个"自我"与整个"自我"的融合，故坚深而久长；欢喜是"自我"间断片的融合，故轻浅而飘忽。这两者都是生命的趣味，生命的姿态。但恋爱是对人的，欢喜却兼人与物而言。——此外本还有"仁爱"，便是"民胞物与"之怀；再进一步，"天地与我并生，万物与我为一"，便是"神爱"，"大爱"了。这种五分物我的爱，非我所要论；但在此又须立一界碑，凡伟大庄严之像，无论属人属物，足以吸引人心者，必为这种爱；而优美艳丽的光景则始在"欢喜"的阈中。

至于恋爱，以人格的吸引为骨子，有极强的占有性，又与二者不同。Y君以人与物平分恋爱与欢喜，以为"喜"仅属物，"爱"乃属人；若对人言

"喜",便是蔑视他的人格了。现在有许多人也以为将女人比花,比鸟,比羔羊,便是侮辱女人;赞颂女人的体态,也是侮辱女人。所以者何?便是蔑视她们的人格了!但我觉得我们若不能将"体态的美"排斥于人格之外,我们便要慢慢地说这句话!而美若是一种价值,人格若是建筑于价值的基石上,我们又何能排斥那"体态的美"呢?所以我以为只须将女人的艺术的一面作为艺术而鉴赏它,与鉴赏其他优美的自然一样;艺术与自然是"非人格"的,当然便说不上"蔑视"与否。

在这样的立场上,将人比物,欢喜赞叹,自与因袭的玩弄的态度相差十万八千里,当可告无罪于天下。——只有将女人看做"玩物",才真是蔑视呢;即使是在所谓的"恋爱"之中。艺术的女人,是的,艺术的女人!我们要用惊异的眼去看她,那是一种奇迹!

我之看女人,十六年于兹了,我发见了一件事,就是将女人作为艺术而鉴赏时,切不可使她知道;无论是生疏的,是较熟悉的。因为这要引起她性的自卫的羞耻心或他种嫌恶心,她的艺术味便要变稀薄了;而我们因她的羞耻或嫌恶而关心,也就不能静观自得了。所以我们只好秘密地鉴赏;艺术原来是秘密的呀,自然的创作原来是秘密的呀。

但是我所欢喜的艺术的女人,嫌恶而关心,也就不能静观自得了。所以我们只好秘密地鉴赏;艺术原来是秘密的呀,自然的创作原来是秘密的呀。但是我所欢喜的艺术的女人,究竟是怎样的呢?您得问了。

让我告诉您:我见过西洋女人,日本女人,江南江北两个女人,城内的女人,名闻浙东西的女人;但我的眼光究竟太狭了,我只见过不到半打的艺术的女人!而且其中只有一个西洋人,没有一个日本人!那西洋的处女是在Y城里一条僻巷的拐角上遇着的,惊鸿一瞥似的便过去了。

其余有两个是在两次火车里遇着的,一个看了半天,一个看了两天;还有一个是在乡村里遇着的,足足看了三个月。我以为艺术的女人第一是有她的温柔的空气;使人如听着箫管的悠扬,如嗅着玫瑰花的芬芳,如躺着在天鹅绒的厚毯上。她是如水的密,如烟的轻,笼罩着我们;我们怎能不欢喜赞叹呢?这是由她的动作而来的;她的一举步,一伸腰,一掠鬓,一转眼,一低头,乃至衣袂的微扬,裙幅的轻舞,都如蜜的流,风的微漾;我们怎能不欢喜赞叹呢?最可爱的是那软软的腰儿;从前人说临风的垂柳,

《红楼梦》里说晴雯的"水蛇腰儿",都是说腰肢的细软的;但我所欢喜的腰呀,简直和苏州的牛皮糖一样,使我满舌头的甜,满牙齿的软呀。腰是这般软了,手足自也有飘逸不凡之概。你瞧她的足胫多么丰满呢!从膝关节以下,渐渐的隆起,像新蒸的曲包一样;后来又渐渐渐渐地缓下去了。这足胫上正罩着丝袜,淡青的?或者白的?拉得紧紧的,一些儿皱纹没有,更将那丰满的曲线显得丰满了;而那闪闪的鲜嫩的光,简直可以照出人的影子。你再往上瞧,她的两肩又多么亭匀呢!像双生的小羊似的,又像两座玉峰似的;正是秋山那般瘦,秋水那般平呀。肩以上,便到了一般人讴歌颂赞所集的"面目"了。

我最不能忘记的,是她那双鸽子般的眼睛,伶俐到像要立刻和人说话。

在惺忪微倦的时候,尤其可喜,因为正像一对睡了的褐色小鸽子。和那润泽而微红的双颊,苹果般照耀着的,恰如曙色之与夕阳,巧妙的相映衬着。再加上那覆额的,稠密而蓬松的发,像天空的乱云一般,点缀得更有情趣了。而她那甜蜜的微笑也是可爱的东西;微笑是半开的花朵,里面流溢着诗与画与无声的音乐。是的,我说的已多了;我不必将我所见的,一个人一个人分别说给你,我只将她们融合成一个素描给你看——这就是我的惊异的型,就是我所谓艺术的女子的型。但我的眼光究竟太狭了!我的眼光究竟太狭了!

在女人的聚会里,有时也有一种温柔的空气;但只是笼统的空气,没有详细的节目。所以这是要由远观而鉴赏的,与个别的看法不同;若近观时,那笼统的空气也许会消失了的。说起这艺术的"女人的聚会",我却想着数年前的事了,云烟一般,好惹人怅惘的。

在P城一个礼拜日的早晨,我到一所宏大的教堂里去做礼拜;听说那边女人多,我是礼拜女人去的。那教堂是男女分坐的。我去的时候,女座还空着,似乎颇遥遥的;我的遐想便去充满了每个空座里。忽然眼睛有些花了,在薄薄的香泽当中,一群白上衣,黑背心,黑裙子的女人,默默的,远远的走进来了。

我现在不曾看见上帝,却看见了带着翼子的这些安琪儿了!另一回在傍晚的湖上,暮霭四合的时候,一只插着小红花的游艇里,坐着八九个雪白雪白的白衣的姑娘;湖风舞弄着她们的衣裳,便成一片浑然的白。我想她们是湖之女神,以游戏三昧,暂现色相于人间的呢!第三回在湖中的一座桥上,淡月微云之下,倚着十来个,也是姑娘,朦朦胧胧的与月一齐白着。在抖荡的歌喉里,我又遇着月姊儿的化身了!——这些是我所发见的又一型。

是的,艺术的女人,那是一种奇迹!

儿　女

我现在已是五个儿女的父亲了。想起圣陶喜欢用的"蜗牛背了壳"的比喻,便觉得不自在。新近一位亲戚嘲笑我说,"要剥层皮呢!"更有些悚然了。

十年前刚结婚的时候,在胡适之先生的《藏晖室札记》里,见过一条,说世界上有许多伟大的人物是不结婚的;文中并引培根的话,"有妻子者,其命定矣。"当时确吃了一惊,仿佛梦醒一般;但是家里已是不由分说给娶了媳妇,又有什么可说?现在是一个媳妇,跟着来了五个孩子;两个肩头上,加上这么重一副担子,真不知怎样走才好。"命定"是不用说了;从孩子们那一面说,他们该怎样长大,也正是可以忧虑的事。我是个彻头彻尾自私的人,做丈夫已是勉强,做父亲更是不成。

自然,"子孙崇拜","儿童本位"的哲理或伦理,我也有些知道;既做着父亲,闭了眼抹杀孩子们的权利,知道是不行的。可惜这只是理论,实际上我是仍旧按照古老的传统,在野蛮地对付着,和普通的父亲一样。

近来差不多是中年的人了,才渐渐觉得自己的残酷;想着孩子们受过的体罚和叱责,始终不能辩解——像抚摩着旧创痕那样,我的心酸溜溜的。

有一回,读了有岛武郎《与幼小者》的译文,对了那种伟大的,沉挚的态度,我竟流下泪来了。

去年父亲来信,问起阿九,那时阿九还在白马湖呢;信上说,"我没有耽误你,你也不要耽误他才好。"我为这句话哭了一场;我为什么不像父亲的仁慈?我不该忘记,父亲怎样待我们来着!人性许真是二元的,我是这样地矛盾;我的心像钟摆似的来去。

你读过鲁迅先生的《幸福的家庭》么?我的便是那一类的"幸福的家庭"!每天午饭和晚饭,就如两次潮水一般。

先是孩子们你来他去地在厨房与饭间里查看,一面催我或妻发"开饭"的命令。急促繁碎的脚步,夹着笑和嚷,一阵阵袭来,直到命令发出为止。他们一递一个地跑着喊着,将命令传给厨房里佣人;便立刻抢着回来搬凳子。

于是这个说,"我坐这儿!"那个说,"大哥不让我!"大哥却说,"小妹打我!"我给他们调解,说好话。但是他们有时候很固执,我有时候也不耐烦,这便用着叱责了;叱责还不行,不由自主地,我的沉重的手掌便到他们身上了。

于是哭的哭,坐的坐,局面才算定了。接着可又你要大碗,他要小碗,你说红筷子好,他说黑筷子好;这个要干饭,那个要稀饭,要茶要汤,要鱼要肉,要豆腐,要萝卜;你说他菜多,他说你菜好。妻是照例安慰着他们,但这显然是太迂缓了。

我是个暴躁的人,怎么等得及?不用说,用老法子将他们立刻征服了;虽然有哭的,不久也就抹着泪捧起碗了。吃完了,纷纷爬下凳子,桌上是饭粒呀,汤汁呀,骨头呀,渣滓呀,加上纵横的筷子,欹斜的匙子,就如一块花花绿绿的地图模型。吃饭而外,他们的大事便是游戏。

游戏时,大的有大主意,小的有小主意,各自坚持不下,于是争执起来;或者大的欺负了小的,或者小的竟欺负了大的,被欺负得哭着嚷着,到我或妻的面前诉苦;我大抵仍旧要用老法子来判断的,但不理的时候也有。

最为难的,是争夺玩具的时候:这一个的与那一个的是同样的东西,却偏要那一个的;而那一个便偏不答应。在这种情形之下,不论如何,终于是非哭了不可的。

这些事件自然不至于天天全有，但大致总有好些起。我若坐在家里看书或写什么东西，管保一点钟里要分几回心，或站起来一两次的。若是雨大或礼拜日，孩子们在家的多，那么。摊开书竟看不下一行，提起笔也写不出一个字的事，也有过的。我常和妻说，"我们家真是成日的千军万马呀！"有时是不但"成日"，连夜里也有兵马在进行着，在有吃乳或生病的孩子的时候！

我结婚那一年，才十九岁。二十一岁，有了阿九；二十三岁，又有了阿菜。那时我正像一匹野马，哪能容忍这些累赘的鞍鞯，辔头，和缰绳？摆脱也知是不行的，但不自觉地时时在摆脱着。

现在回想起来，那些日子，真苦了这两个孩子；真是难以宽宥的种种暴行呢！阿九才两岁半的样子，我们住在杭州的学校里。不知怎的，这孩子特别爱哭，又特别怕生人。一不见了母亲，或来了客，就哇哇地哭起来了。

学校里住着许多人，我不能让他扰着他们，而客人也总是常有的；我懊恼极了，有一回，特地骗出了妻，关了门，将他按在地下打了一顿。这件事，妻到现在说起来，还觉得有些不忍；她说我的手太辣了，到底还是两岁半的孩子！我近年常想着那时的光景，也觉黯然。

阿菜在台州，那是更小了；才过了周岁，还不大会走路。也是为了缠着母亲的缘故吧，我将她紧紧地按在墙角里，直哭喊了三四分钟；因此生了好几天病。妻说，那时真寒心呢！但我的苦痛也是真的。我曾给圣陶写信，说孩子们的折磨，实在无法奈何；有时竟觉着还是自杀的好。这虽是气愤的话，但这样的心情，确也有过的。

后来孩子是多起来了，磨折也磨折得久了，少年的锋棱渐渐地钝起来了；加以增长的年岁增长了理性的裁制力，我能够忍耐了——觉得从前真是一个"不成材的父亲"，如我给另一个朋友信里所说。但我的孩子们在幼小时，确比别人的特别不安静，我至今还觉如此。我想这大约还是由于我们抚育不得法；从前只一味地责备孩子，让他们代我们负起责任，却未免是可耻的残酷了！

正面意义的"幸福"，其实也未尝没有。正如谁所说，小的总是可爱，孩子们的小模样，小心眼儿，确有些教人舍不得的。阿毛现在五个月了，你用手指去拨弄她的下巴，或向她做趣脸，她便会张开没牙的嘴格格地笑，笑得像一朵正开的花。她不愿在屋里待着；待久了，便大声儿嚷。妻常说，"姑娘又要出去溜达了。"她说她像鸟儿般，每天总得到外面溜一些时候。闰儿上个月刚过了三岁，笨得很，话还没有学好呢。他只能说三四个字的短语或句子，文法错误，发音模糊，又得费气力说出；我们老是要笑他的。他说"好"字，总变成"小"字；问他"好不好？"他便说"小"，或"不小"。

我们常常逗着他说这个字玩儿；他似乎有些觉得，近来偶然也能说出正确的"好"字了——特别在我们故意说成"小"字的时候。他有一只搪瓷碗，是一毛来钱买的；买来时，老妈子教给他，"这是一毛钱。"他便记住"一毛"两个字，管那只碗叫"一毛"，有时竟省称为"毛"。

这在新来的老妈子，是必需翻译了才懂的。他不好意思，或见着生客时，便咧着嘴痴笑；我们常用了土话，叫他做"呆瓜"。他是个小胖子，短短的腿，走起路来，蹒跚可笑；若快走或跑，便更"好看"了。他有时学我，将两手叠在背后，一摇一摆的；那是他自己和我们都要乐的。他的大姐便是阿菜，已是七岁多了，在小学校里念着书。

在饭桌上，一定得唆唆地报告些同学或他们父母的事情；气喘喘地说着，不管你爱听不爱听。说完了总问我："爸爸认识么？""爸爸知道么？"妻常禁止她吃饭时说话，所以她总是问我。她的问题真多：看电影便问电影里的是不是人？是不是真人？怎么不说话？看照相也一样。不知谁告诉她，兵是要打人的。她回来便问，兵是人么？为什么打人？近来大约听了先生的话，回来又问张作霖的兵是帮谁的？蒋介石的兵是不是帮我们的？诸如此类的问题，每天短不了，常常闹得我不知怎样答才行。她和闰儿在一处玩儿，一大一小，不很合适，老是吵着哭着。

但合适的时候也有：譬如这个往床底下躲，那个便钻进去追着；这个钻出来，那个也跟着——从这个床到那个床，只听见笑着，嚷着，喘着，真如妻所说，像小狗似的。现在在京的，便只有这三个孩子；阿九和转儿是去年北来时，让母亲暂时带回扬州去了。

阿九是欢喜书的孩子。他爱看《水浒传》、《西游记》、《三侠五义》、《小朋友》等；没有事便捧着书坐着或躺着看。只不欢喜《红楼梦》，说是没有味儿。是的，《红楼梦》的味儿，一个十岁的孩子，哪里能领略呢？去年我们事实上只能带两个孩子来；因为他大些，而转儿是一直跟着祖母的，便在上海将他俩丢下。我清清楚楚记得那分别的一个早上。我领着阿九从二洋泾桥的旅馆出来，送他到母亲和转儿住着的亲戚家去。妻嘱咐说，"买点吃的给他们吧。"我们走过四马路，到一家茶食铺里。阿九说要熏鱼，我给买了；又买了饼干，是给转儿的。便乘电车到海宁路。下车时，看着他的害怕与累赘，很觉恻然。

到亲戚家，因为就要回旅馆收拾上船，只说了一两句话便出来；转儿望望我，没说什么，阿九是和祖母说什么去了。我回头看了他们一眼，硬着头皮走了。

后来妻告诉我，阿九背地里向她说："我知道爸爸欢喜小妹，不带我上北京去。"其实这是冤枉的。他又曾和我们说，"暑假时一定来接我啊！"我们当时答应着；但现在已是第二个暑假了，他们还在迢迢的扬州待着。他们是恨着我们呢？还是惦着我们呢？妻是一年来老放不下这两个，常常独自暗中流泪；但我有什么法子呢！想到"只为家贫成聚散"一句无名的诗，不禁有些凄然。转儿与我较生疏些。

但去年离开白马湖时，她也曾用了生硬的扬州话（那时她还没有到过扬州呢），和那特别尖的小嗓子向着我："我要到北京去。"她晓得什么北京？只跟着大孩子们说罢了；但当时听着，现在想着的我，却真是抱歉呢。这兄妹俩离我，原是常事，离开母亲，虽也有过一回，这回可是太长了；小小的心儿，知道是怎样忍耐那寂寞来着！

我的朋友大概都是爱孩子的。少谷有一回写信责备我，说儿女的吵闹，也是很有趣的，何至可厌到如我所说；他说他真不解。子恺为他家华瞻写的文章，真是"蔼然仁者之言"。圣陶也常常为孩子操心：小学毕业了，到什么中学好呢？——这样的话，他和我说过两三回了。我对他们只有惭愧！可是近来我也渐渐觉着自己的责任。

我想，第一该将孩子们团聚起来，其次便该给他们些力量。我亲眼见过一个爱儿女的人，因为不曾好好地教育他们，便将他们荒废了。他并不是溺爱，只是没有耐心去料理他们，他们便不能成材了。我想我若照现在这样下去，孩子们也便危险了。我得计划着，让他们渐渐知道怎样去做人才行。但是要不要他们像我自己呢？这一层，我在白马湖教初中学生时，也曾从师生的立场上问过丏尊，他毫不踌躇地说，"自然。"

近来与平伯谈起教子，他却答得妙，"总不希望比自己坏啰。"是的，只要不"比自己坏"就行，"像"不"像"倒是不在乎的。职业，人生观等，还是由他们自己去定的好；自己顶可贵，只要指导，帮助他们去发展自己，便是极贤明的办法。

予同说，"我们得让子女在大学毕了业，才算尽了责任。"SK 说，"不然，要看我们的经济，他们的材质与志愿；若是中学毕了业，不能或不愿升学，便去做别的事，譬如做工人吧，那也并非不行的。"自然，人的好坏与成败，也不尽靠学校教育；说是非大学毕业不可，也许只是我们的偏见。在这件事上，我现在毫不能有一定的主意；特别是这个变动不居的时代，知道将来怎样？好在孩子们还小，将来的事且等将来吧。

目前所能做的，只是培养他们基本的力量——胸襟与眼光；孩子们还是孩子们，自然说不上高的远的，慢慢从近处小处下手便了。这自然也只能先按照我自己的样子："神而明之，存乎其人。"光辉也罢，倒楣也罢，平凡也罢，让他们各尽各的力去。

我只希望如我所想的，从此好好地做一回父亲，便自称心满意。——想到那"狂人""救救孩子"的呼声，我怎敢不悚然自勉呢？

白　采

盛暑中写《白采的诗》一文，刚满一页，便因病搁下。这时候薰宇来了一封信，说白采死了，死在香港到上海的船中。他只有一个人；他的遗物暂存在立达学园里。有文稿，旧体诗词稿，笔记稿，有朋友和女人的通信，还有四包女人的头发！我将薰宇的信念了好几遍，茫然若失了一会；觉得白采虽于生死无所容心，但这样的死在将到吴淞口了的船中；也未免太惨

青少年课外阅读系列丛书

酷了些——这是我们后死者所难堪的。

白采是一个不可捉摸的人。他的历史,他的性格,现在虽从遗物中略知梗概,但在他生前,是绝少人知道的;他也绝口不向人说,你问他他只支吾而已。他赋性既这样遗世绝俗,自然是落落寡合了;但我们却能够看出他是一个好朋友,他是一个有真心的人。

"不打不成相识",我是这样的知道了白采的。这是为学生李芳诗集的事。李芳将他的诗集交我删改,并嘱我作序。那时我在温州,他在上海。我因事忙,一搁就是半年;而李芳已因不知名的急病死在上海。我很懊悔我的蠕缓,赶紧抽了空给他工作。正在这时,平伯转来白采的信,短短的两行,催我设法将李芳的诗出版;又附了登在《觉悟》上的小说《作诗的儿子》,让我看看——里面颇有讥讽我的话。我当时觉得不应得这种讥讽,便写了一封近两千字的长信,详述事件首尾,向他辩解。信去了便等回信;但是杳无消息。等到我已不希望了,他才来了一张明信片;在我看来,只是几句半冷半热的话而已。我只能以"岂能尽如人意? 但求无愧我心!"自解,听之而已。

但平伯因转信的关系,却和他常通函札。平伯来信,屡屡说起他,说是一个有趣的人。有一回平伯到白马湖看我。我和他同往宁波的时候,他在火车中将白采的诗稿《羸疾者的爱》给我看。我在车身不住的动摇中,读了一遍。觉得大有意思。我于是承认平伯的话,他是一个有趣的人。我又和平伯说,他这篇诗似乎是受了尼采的影响。后来平伯来信,说已将此语函告白采,他颇以为然。我当时还和平伯说,关于这篇诗,我想写一篇评论;平伯大约也告诉了他。有一回他突然来信说起此事;他盼望早些见着我的文字,让他知道在我眼中的他的诗究竟是怎样的。我回信答应他,就要做的。以后我们常常通信,他常常提及此事。但现在是三年以后了,我才算将此文完篇;他却已经死了,看不见了! 他暑假前最后给我的信还说起他的盼望。天啊! 我怎样对得起这样一个朋友,我怎样挽回我的过错呢?

平伯和我都不曾见过白采,大家觉得是一件缺憾。有一回我到上海,和平伯到西门林阴路新正兴里五号去访他:这是按着他给我们的通信地址去的。但不幸得很,他已经搬到附近什么地方去了;我们只好嗒然而归。新正兴里五号是朋友延陵君住过的：有一次谈起白采，他说他姓童，在美术专门学校念书；他的夫人和延陵夫人是朋友，延陵夫妇曾借住他们所赁的一间亭子间。那是我看延陵时去过的，床和桌椅都是白漆的；是一间虽小而极洁净的房子，几乎使我忘记了是在上海的西门地方。

现在他存着的摄影里，据我看，有好几张是在那间房里照的。又从他的遗札里，推想他那时还未离婚；他离开新正兴里五号，或是正为离婚的缘故，也未可知。这却使我们事后追想，多少感着些悲剧味了。但平伯终于未见着白采，我竟得和他见了一面。那是在立达学园我预备上火车去上海前的五分钟。这一天，学园的朋友说白采要搬来了；我从早上等了好久，还没有音信。

正预备上车站，白采从门口进来了。他说着江西话，似乎很老成了，是饱经世变的样子。我因上海还有约会，只匆匆一谈，便握手作别。他后来有信给平伯说我"短小精悍"，却是一句有趣的话。这是我们最初的一面，但谁知也就是最后的一面呢！去年年底，我在北京时，他要去集美作教；他听说我有南归之意，因不能等我一面，便寄了一张小影给我。这是他立在露台上远望的背影，他说是聊寄伫盼之意。我得此小影，反复把玩而不忍释，觉得他真是一个好朋友。

这回来到立达学园，偶然翻阅《白采的小说》，《作诗的儿子》一篇中讥讽我的话，已经删改；而薰宇告我，我最初给他的那封长信，他还留在箱子里。这使我惭愧从前的猜想，我真是小器的人哪！

但是他现在死了，我又能怎样呢？我只相信，如爱墨生的话，他在许多朋友的心里是不死的！

你　我

现在受过新式教育的人，见了无论生熟朋友，往往喜欢你我相称。这不是旧来的习惯而是外国语与翻译品的影响。

这风气并未十分通行。一般社会还不愿意采纳这种办法——所谓粗人一向你呀我的，却当别论。

有一位中等学校校长告诉人，一个旧学生去看他，左一个"你"，右一个"你"，仿佛用指头点着他鼻子，真有些受不了。在他想，只有长辈该称他"你"，只有太太和老朋友配称他"你"。够不上这个份儿，也来"你"呀"你"的，倒像对当差老妈子说话一般，岂不可恼！可不是，从前小说里"弟兄相呼，你我相称"，也得够上那份儿交情才成。

而俗语说的"你我不错"，"你我还这样那样"，也是托熟的口气，指出彼此的依赖与信任。

同辈你我相称，言下只有你我两个，旁若无人，虽然十目所视，十手所指，视他的们，指他们的，管不着。

杨震在你我相对的时候，会想到你我之外的"天知地知"，真是一个玄远的托辞，亏他想得出。常人说话称你我，却只是你说给我，我说给你；别人听见也罢，不听见也罢，反正说话的一点儿没有想着他们那些不相干的。自然也有时候"取瑟而歌"，也有时候"指桑骂槐"，但那是话外的话或话里的话，论口气却只对着那一个"你"。

这么着，一说你看，你我便从一群人里除外，单独地相对着。离群是可怕又可怜的，只要想想大野里的独行，黑夜里的独处就明白。你我既甘心离群，彼此便非难解难分不可；否则岂不要吃亏？难解难分就是亲昵；骨肉是亲昵，结交也是个亲昵，所以说只有长辈该称"你"，只有太太和老朋友配称"你"。你我相称者，你我相亲而已。然而我们对家里当差老妈子也称"你"，对街上的洋车夫也称"你"，却不是一个味儿。

古来以"尔汝"为轻贱之称，就指的这一类。但轻贱与亲昵有时候也难分，譬如叫孩子为"狗儿"，叫情人为"心肝"，明明将人比物，却正是亲昵之至。

而长辈称晚辈为"你",也夹杂着这两种味道——那些亲谊疏远的称"你",有时候简直毫无亲昵的意思,只显得辈分高罢了。大概轻贱与亲昵有一点相同。就是,都可以随随便便,甚至于动手动脚。

生人相见不称"你"。通称是"先生",有带姓不带姓之分。不带姓好像来者是自己老师,特别客气,用得少些。

北平人称"某爷","某几爷",如"冯爷","吴二爷",也是通称,可比"某先生"亲昵些。但不能单称"爷",与"先生"不同。"先生"原是老师,"爷"却是"父亲",尊人为师犹之可,尊人为父未免吃亏太甚。(听说前清的太监有称人为"爷"的时候,那是刑余之人,只算例外。)至于"老爷",多一个"老"字,就不会与父亲相混,所以仆役用以单称他的主人,旧式太太用以单称她的丈夫。女的通称"小姐","太太","师母",却都带姓;"太太","师母"更其如此。因为单称"太太",自己似乎就是老爷,单称"师母",自己似乎就是门生,所以非带姓不可。"太太"是北方的通称,南方人却嫌官僚气;"师母"是南方的通称,北方人却嫌头巾气。女人麻烦多,真是无法奈何。比"先生"亲近些是"某某先生","某某兄","某某"是号或名字;称"兄"取其仿佛一家人。再进一步就以号相称,同时也可称"你"。

在正式的聚会里,有时候得称职衔,如"张部长","王经理";也可以不带姓,和"先生"一样;偶尔还得加上一个"贵"字,如"贵公使"。下属对上司也得称职衔。但像科员等小角色却不便称衔,只好屈居在"先生"一辈里。

仆役对主人称"老爷","太太",或"先生","师母";与同辈分别的,一律不带姓。他们在同一时期内大概只有一个老爷,太太,或先生,师母,是他们衣食的靠山;不带姓正所以表示只有这一对儿才是他们的主人。

对于主人的客,却得一律带姓;即使主人的本家,也得带上号码儿,如"三老爷","五太太"。——大家庭用的人或两家合用的人例外。"先生"本可不带姓,"老爷"本是下对上的称呼,也常不带姓;女仆称"老爷",虽和旧式太太称丈夫一样,但身份声调既然各别,也就不要紧。仆役称"师母",决无门生之嫌,不怕尊敬过分;女仆称"太太",毫无疑义,男仆称"太太",与女仆称"老爷"同例。

晚辈际长辈，有"爸爸"，"妈妈"，"伯伯"，"叔叔"等称。自家人和匠亲不带姓，但有时候带号码儿；远亲和父执，母执，都带姓；干亲带"干"字，如"干娘"；父亲的盟兄弟，母亲的盟姊妹，有些人也以自家人论。

这种种称呼，按刘半农先生说，是"名词替代代词"，但也可说是他称替代对称。不称"你"而称"某先生"，是将分明对面的你变成一个别人；于是乎对你说的话，都不过是关于"他"的。这么着，你我间就有了适当的距离，彼此好提防着；生人间对话提防着些，没有错儿。

再则一般人都可以称你"某先生"，我也跟着称"某先生"，正见得和他们一块儿，并没有单独挨近你身边去。所以"某先生"一来，就对面无你，旁边有人。这种替代法的效用，因所代的他称广狭而转移。譬如"某先生"，谁时谁都可称，用以代"你"，是十分"敬而远之"；又如"某部长"，只是僚属对同官与长官之称，"老爷"只是仆役对主人之称，敬意过于前者，远意却不及；至于"爸爸""妈妈"，只是弟兄姊妹对父母的称，不像前几个名字可以移用在别人身上，所以虽不用"你"，还觉得亲昵，但敬远的意味总免不了有一些；在老人家前头要像在太太或老朋友前头那么自由自在，到底是办不到的。

北方话里有个"您"字，是"你"的尊称，不论亲疏贵贱全可用，方便之至。这个字比那拐弯抹角的替代法干脆多了，只是南方人听不进去，他们觉得和"你"也差不多少。这个字本是闭口音，指众数；"你们"两字就从此出。南方人多用"你们"代"你"。用众数表尊称，原是语言常例。指的既非一个，你旁边便仿佛还有些别人和你亲近的，与说话的相对着；说话的天然不敢侵犯你，也不敢妄想亲近你。这也还是个"敬而远之"。湖北人尊称人为"你家"，"家"字也表众数，如"人家""大家"可见。

此外还有个方便的法子，就是利用呼位，将他称与对称拉在一块儿。说话的时候先叫声"某先生"或别的，接着再说"你怎样怎样"；这么着好像"你"字儿都是对你以外的"某先生"说的，你自己就不会觉得唐突了。

这个办法上下一律通行。在上海，有些不三不四的人问路，常叫一声"朋友"，再说"你"；北平老妈子彼此说话，也常叫声"某姐"，再"你"下去——她们觉得这么称呼倒比说"您"亲昵些。但若说"这是兄弟你的事"，"这是他爸爸你的责任"，"兄弟""你"，"他爸爸""你"简直连成一串儿，与用呼位的大不一样。这种口气只能用于亲近的人。

第一例的他称意在加重全句的力量，表示虽与你亲如弟兄，这件事却得你自己办，不能推给别人。

第二例因"他"而及"你"，用他称意在提醒你的身份，也是加重那个句子，好像说你我虽亲近，这件事却该由做他爸爸的你，而不由做自己的朋友的你负责任；所以也不能推给别人。又有对称在前他称在后的；但除了"你先生"，"你老兄"还有敬远之意以外，别的如"你太太"，"你小姐"，"你张三"，"你这个人"，"你这家伙"，"你这位先生"，"你这该死的"，"你这没良心的东西"，却都是些亲口埋怨或破口大骂的话。"你先生"，"你老兄"的"你"不重读，别的"你"都是重读的。"你张三"直呼姓名，好像听话的是个远哉遥遥的生人，因为只有毫无关系的人，才能直呼姓名；可是加上"你"字，却变了亲昵与轻贱两可之间。近指形容词"这"，加上量词"个"成为"这个"，都兼指人与物；说"这个人"和说"这个碟子"，一样地带些无视的神气在指点着。加上"该死的"，"没良心的"，"家伙"，"东西"，无视的神气更足。只有"你这位先生"稍稍客气些；不但因为那"先生"，并且因为那量词"位"字。"位"指"地位"，用以称人，指那有某种地位的，就与常人有别。至于"你老"，"你老人家"，"老人家"是众数，"老"是敬辞——老人常受人尊重。但"你老"用得少些。

最后还有省去对称的办法，却并不如文法书里所说，只限于祈使语气，也不限于上辈对下辈的问语或答语，或熟人间偶然的问答语：如"去吗"，"不去"之类。有人曾遇见一位颇有名望的省议会议长，随意谈天儿。那议长的说话老是这样的：

去过北京吗？

在哪儿住？

觉得北京怎么样？

几时回来的？

始终没有用一个对称，也没有用一个呼位的他称，仿佛说到一个不知是谁的人。那听话的觉得自己没有了，只看见俨然的议长。可是偶然要敷衍一两句话，而忘了对面人的姓，单称"先生"又觉不值得的时候，这么办却也可以救眼前之急。生人相见也不多称"我"。但是单称"我"只不过傲慢，仿佛有点儿瞧不起人，却没有那过分亲昵的味儿，与称你我的时候不一样。所以自称比对称麻烦少些。

若是不随便称"你"，"我"字尽可马马虎虎通用；不过要留心声调与姿态，别显出拍胸脯指鼻尖的神儿。若是还要谨慎些，在北京可以说"咱"，说"俺"，在南方可以说"我们"；"咱"和"俺"原来也都是闭口音，与"我们"同是众数。

自称用众数，表示听话的也在内，"我"说话，像是你和我或你我他联合宣言；这么着，我的责任就有人分担，谁也不能说我自以为是了。也有说"自己"的，如"只怪自己不好"，"自己没主意，怨谁！"但同样的句子用来指你我也成。至于说"我自己"，那却是加重的语气，与这个不同。又有说'某人'，"某某人"的；如张三说，"他们老疑心这是某人做的，其实我一点也不知道。"这个"某人"就是张三，但得随手用"我"字点明。若说"张某人岂是那样的人！"却容易明白。又有说"人""别人""人家""别人家"的；如，"这可叫人怎么办？""也不管人家死活。"指你我也成。这些都是用他称（单数与众数）替代自称，将自己说成别人；但都不是明确的替代，要靠上下文，加上声调姿态，才能显出作用，不像替代对称那样。而其中如"自己"，"某人"，能替代"我"的时候也不多，可见自称在我的关系多，在人的关系少，老老实实用"我"字也无妨；所以历来并不十分费心思去找替代的名词。

演说称"兄弟""鄙人""个人"或自己名字，会议称"本席"，也是他称替代自称，却一听就明白。因为这几个名词，除"兄弟"代"我"，平常谈话里还偶然用得着之外，别的差不多都已成了向公众说话专用的自称。"兄弟"，"鄙人"全是谦词，"兄弟"亲昵些；"个人"就是"自己"；称名字不带姓，好像对尊长说话。——称名字的还有仆役与幼儿。仆役称名字兼带姓，如"张顺不敢"。幼儿自称乳名，却因为自我观念还未十分发达，听见人家称自己乳名，也就如法炮制，可教大人听着乐，为的是"像煞有介事"。——"本席"指"本席的人"，原来也该是谦称；但以此自称的人往往有一种地地然的声调姿态，所以反觉得傲慢了。这大约是"本"字作怪，从

"本总司令"到"本县长",虽也是以他称替代自称,可都是告诫下属的口气,意在显出自己的身份,让他们知所敬畏。这种自称用的机会却不多。

对同辈也偶然有要自称职衔的时候,可不用"本"字而用"敝"字。但"司令"可"敝","县长"可"敝","人"却"敝"不得;"敝人"是凉薄之人,自己骂得未免太苦了些。同辈间也可用"本"字,是在开玩笑的当儿,如"本科员","本书记","本教员",取其气昂昂的,有俯视一切的样子。

他称比"我"更显得傲慢的还有;如"老子","咱老子","大爷我","我某几爷","我某某某"。老子本非同辈相称之词,虽然加上众数的"咱",似乎只是壮声威,并不为的分责任。"大爷","某几爷"也都是尊称,加在"我"上,是增加"我"的气焰的。对同辈自称姓名,表示自己完全是个无关系的陌生人;本不如此,偏取了如此态度,将听话的远远地推开去,再加上"我",更是神气。这些"我"字都是重读的。

但除了"我某某某",那几个别的称呼大概是丘八流氓用得多。他称也有比"我"显得亲昵的。如对儿女自称"爸爸","妈",说"爸爸疼你","妈在这儿,别害怕"。对他们称"我"的太多了,对他们称"爸爸","妈"的却只有两个人,他们最亲昵的两个人。所以他们听起来,"爸爸","妈"比"我"鲜明得多。幼儿更是这样;他们既然还不甚懂得什么是"我",用"爸爸","妈"就更要鲜明些。听了这两个名字,不用捉摸,立刻知道是谁而得着安慰;特别在他们正专心一件事或者快要睡觉的时候。若加上"你",说"你爸爸""你妈",没有"我",只有"你的",让大些的孩子听了,亲昵的意味更多。对同辈自称"老某",如"老张",或"兄弟我",如"交给兄弟我办吧,没错儿",也是亲昵的口气。"老某"本是称人之词。单称姓,表示彼此非常之熟,一提到姓就会想起你,再不用别的;同姓的虽然无数,而提到这一姓,却偏偏只想起你。"老"字本是敬辞,但平常说笑惯了的人,忽然敬他一下,只是惊他以取乐罢了。姓上加"老"字,原来怕不过是个玩笑,正和"你老先生","你老人家"有时候用作滑稽的敬语一种。

日子久了,不觉得,反变成"熟得很"的意思。于是自称"老张",就是"你熟得很的张",不用说,顶亲昵的。"我"在"兄弟"之下,指的是做兄弟的"我",当然比平常的"我"客气些;但既有他称,还用自称,特别着重那个"我",多少免不了自负的味儿。这个"我"字也是重读的。用"兄弟我"的也以江湖气的人为多。自称常可省去；或因叙述的方便，或因答语的方便，或因避免那傲慢的字。

"他"字也须因人而施，不能随便用。先得看"他"在不在旁边儿。还得看"他"与说话的和听话的关系如何——是长辈，同辈，晚辈，还是不相干的，不相识的？北平有个"怹"字，用以指在旁边的别人与不在旁边的尊长；别人既在旁边听着，用个敬词，自然合适些。这个字本来也是闭口音，与"您"字同是众数，是"他们"所从出。

可是不常听见人说；常说的还是"某先生"。也有称职衔，行业，身份，行次，姓名号的。"他"和"你""我"情形不同，在旁边的还可指认，不在旁边的必得有个前词才明白。前词也不外乎这五样儿。职衔如"部长"，"经理"。行业如店主叫"掌柜的"，手艺人叫"某师傅"，是通称；做衣服的叫"裁缝"，做饭的叫"厨子"，是特称。身份如妻称夫为"六斤的爸爸"，洋车夫称坐车人为"坐儿"，主人称女仆为"张妈"，"李嫂"。——"妈"，"嫂"，"师傅"都是尊长之称，却用于既非尊长，又非同辈的人，也许称"张妈"是借用自己孩子们的口气，称"师傅"是借用他徒弟的口气，只有称"嫂"才是自己的口气，用意都是要亲昵些。借用别人口气表示亲昵的，如媳妇跟着他孩子称婆婆为"奶奶"，自己矮下一辈儿；又如跟着熟朋友用同样的称呼称他亲戚，如"舅母"，"外婆"等，自己近走一步儿，只有"爸爸"，"妈"，假借得极少。对于地位同的既可如此假借，对于地位低的当然更可随便些；反正谁也明白，这些不过说得好听罢了。——行次如称朋友或儿女用"老大"，"老二"；称男仆也常用"张二"，"李三"。称号在亲子间，夫妇间，朋友间最多，近亲与师长也常这么称。称姓名往往是不相干的人。有一回政府不让报上直称当局姓名，说应该称衔带姓，想来就是恨这个不相干的劲儿。又有指点似的说"这个人""那个人"的，本是疏远或轻贱之称。

可是有时候不愿，不便，或不好意思说出一个人的身份或姓名，也用"那个人"；这里头却有很亲昵的，如要好的男人或女人，都可称"那个人"。至于"这东西"，"这家伙"，"那小子"，是更进一步；爱憎同辞，只看怎么说出。又有用泛称的，如"别怪人"，"别怪人家"，"一个人别太不知足"，"人到底是人"。但既是泛称，指你我也未尝不可。又有用虚称的，如"他说某人不好，某人不好"；"某人"虽确有其人，却不定是谁，而两个"某人"所指也非一人。还有"有人"就是"或人"。用这个称呼有四种意思：

一是不知其人，如"听说有人译这本书"。

二是知其人而不愿明言，如"有人说怎样怎样"，这个人许是个大人物，自己不愿举出他的名字，以免矜夸之嫌。这个人许是个不甚知名的角色，提起来听话的未必知道，乐得不提省事。又如"有人说你的闲话"，却大大不同。

三是知其人而不屑明言，如"有人在一家报纸上骂我"。

四是其人或他的关系人就在一旁，故意"使子闻之"；如，"有人不乐意，我知道。"我知道，有人恨我，我不怕。"——这么着简直是挑战的态度了。又有前词与"他"字连文的，如"你爸爸他辛苦了一辈子，真是何苦来？"是加重的语气。

亲近的及不在旁边的人才用"他"字；但这个字可带有指点的神儿，仿佛说到的就在眼前一样。自然有些古怪，在眼前的尽管用"您"或别的向远处推；不在的却又向近处拉。其实推是为说到的人听着痛快；他既在一旁，听话的当然看得亲切，口头上虽向远处推无妨。拉却是为听话人听着亲切，让他听而如见。因此"他"字虽指你我以外的别人，也有亲昵与轻贱两种情调，并不含含糊糊的"等量齐观"。最亲昵的"他"，用不着前词；如流行甚广的"看见她"歌谣里的"她"字——一个多情多义的"她"字。这还是在眼前的。新婚少妇谈到不在眼前的丈夫，也往往没头没脑地说"他如何如何"，一面还红着脸儿。

但如"管他，你走你的好了"，"他——他只比死人多口气"，就是轻贱的"他"了。不过这种轻贱的神儿若"他"不在一旁却只能从上下文看出；不像说"你"的时候永远可以从听话的一边直接看出。"他"字除人以外，也能用在别的生物及无生物身上；但只在孩子们的话里如此。指猫指狗用"他"是常事；指桌椅指树木也有用"他"的时候。譬如孩子让椅子绊了一跤，哇地哭了；大人可以将椅子打一下，说"别哭。是他不好。我打他"。孩子真会相信，回嗔作喜，甚至于也捏着小拳头帮着捶两下。孩子想着什么都是活的，所以随随便便地"他"呀"他"的，大人可就不成。大人说"他"，十回九回指人；别的只称名字，或说"这个"，"那个"，"这东西"，"这件事"，"那种道理"。但也有例外，像"听他去吧"，"管他成不成，我就是这么办"。这种"他"有时候指事不指人。还有个"彼"字，口语里已废而不用，除了说"不分彼此"，"彼此都是一样"。这个"彼"字不是"他"而是与"这个"相对的"那个"，已经在"人称"之外。"他"字不能省略，一省就与你我相混；只除了在直截的答语里。

代词的三称都可用名词替代，三称的单数都可用众数替代，作用是"敬而远之"。但三称还可互代；如"大难临头，不分你我"，"他们你看我，我看你，一句话不说"，"你""我"就是"彼""此"。又如"此公人弃我取"，"我"是"自己"。又如论别人，"其实你去不去与人无干，我们只是尽朋友之道罢了。""你"实指"他"而言。因为要说得活灵活现，才将三人间变为二人间，让听话的更觉得亲切些。意思既指别人，所以直呼"你""我"，无需避忌。这都以自称对称替代他称。又如自己责备自己说："咳，你真糊涂！"这是化一身为两人。又如批评别人，"凭你说干了嘴唇皮，他听你一句才怪！""你"就是"我"，是让你设身处地替自己想。又如，"你只管不动声色地干下去，他们知道我怎么办？""我"就是"你"；是自己设身处地替对面人想。这都是着急的口气：我的事要你设想，让你同情我；你的事我代设想，让你亲信我。可不一定亲昵，只在说话当时见得彼此十二分关切就是了。只有"他"字，却不能替代"你""我"，因为那么着反把话说远了。

众数指的是一人与一人，一人与众人，或众人与众人，彼此间距离本远，避忌较少。但是也有分别；名词替代，还用得着。如"各位"，"诸位"，"诸位先生"，都是"你们"的敬词；"各位"是逐指，虽非众数而作用相同。代词名词连文，也用得着。如"你们这些人"，"你们这班东西"，轻重不一样，却都是责备的口吻。又如发牢骚的时候不说"我们"而说"这些人"，"我们这些人"，表示多多少少，是与众不同的人。但替代"我们"的名词似乎没有。又如不说"他们"而说"人家"，"那些位"，"这班东西"，"那班东西"，或"他们这些人"。三称众数的对峙，不像单数那样明白的鼎足而三。"我们"，"你们"，"他们"相对的时候并不多；说"我们"，常只与"你们"，"他们"二者之一相对着。这儿的"你们"包括"他们"，"他们"也包括"你们"；所以说"我们"的时候，实在只有两边儿。所谓"你们"，有时候不必全都对面，只是与对面的在某些点上相似的人；所谓"我们"，也不一定全在身旁，只是与说话的在某些点上相似的人。所以"你们"，"我们"之中，都有"他们"在内。"他们"之近于"你们"的，就收编在"你们"里；"他们"之近于"我们"的，就收编在"我们"里；于是"他们"就没有了。"我们"与"你们"也有相似的时候，"我们"可以包括"你们"，"你们"就没有了；只剩下"他们"和"我们"相对着。演说的时候，对听众可以说"你们"，也可以说"我们"。说"你们"显得自己高出他们之上，在教训着；说"我们"，自己就只在他们之中，在彼此勉励着。听众无疑地是愿意听"我们"的。只有"我们"，永远存在，不会让人家收编了去；因为没有"我们"，就没有了说话的人。"我们"包罗最广，可以指全人类，而与一切生物无生物对峙着。"你们"，"他们"都只能指人类的一部分；而"他们"除了特别情形，只能指不在眼前的人，所以更狭窄些。北平自称的众数有"咱们"，"我们"两个。第一个发见这两个自称的分别的是赵元任先生。他在《阿丽思漫游奇境记》的凡例里说：

> "咱们"是对他们说的，听话的人也在内的。
> "我们"是对你们或他们说的，听话的人不在内的。

赵先生的意思也许说，"我们"是对你们或（你们和）他们说的。这么着"咱们"就收编了"你们"，"我们"就收编了"他们"——不能收编的时候，"我们"就与"你们"，"他们"成鼎足之势。这个分别并非必需，但有了也好玩儿；因为说"咱们"亲昵些，说"我们"疏远些，又多一个花样。北平还有个"俩"字，只能两个，"咱们俩"，"你们俩"，"他们俩"，无非显得两个人更亲昵些；不带"们"字也成。还有"大家"是同辈相称或上称下之词，可用在"我们"，"你们"，"他们"之下。单用是所有相关的人都在内；加"我们"拉得近些，加"你们"推得远些，加"他们"更远些。至于"诸位大家"，当然是个笑话。

代词三称的领位，也不能随随便便的。生人间还是得用替代，如称自己丈夫为"我们老爷"，称朋友夫人为"你们太太"，称别人父亲为"某先生的父亲"。但向来还有一种简便的尊称与谦称，如"令尊"，"令堂"，"尊夫人"，"令弟"，"令郎"，以及"家父"，"家母"，"内人"，"舍弟"，"小儿"等等。"令"字用得最广，不拘那一辈儿都加得上，"尊"字太重，用处就少；"家"字只用于长辈同辈，"舍"字，"小"字只用于晚辈。熟人也有用通称而省去领位的，如自称父母为"老人家"，——长辈对晚辈说他父母，也这么称——称朋友家里人为"老太爷"，"老太太"，"太太"，"少爷"，"小姐"；可是没有称人家丈夫为"老爷"或"先生"的，只能称"某先生"，"你们先生"。此外有称"老伯"，"伯母"，"尊夫人"的，为的亲昵些；所省去的却非"你的"而是"我的"。更熟的人可称"我父亲"，"我弟弟"，"你学生"，"你姑娘"，却并不大用"的"字。"我的"往往只用于呼位：如"我的妈呀！"，"我的儿呀！"，"我的天呀！"被领位若不是人而是事物，却可随便些。"的"字还用于独用的领位，如"你的就是我的"，"去他的"。领位有了"的"字，显得特别亲昵似的。也许"的"字是齐齿音，听了觉得挨挤着，紧缩着，才有此感。平常领位，所领的若是人，而也用"的"字，就好像有些过火；"我的朋友"差不多成了一句嘲讽的话，一半怕就是为了那个"的"字。众数的领位也少用"的"字。

其实真正众数的领位用的机会也少；用的大多是替代单数的。"我家"，"你家"，"他家"有时候也可当众数的领位用，如"你家孩子真懂事"，"你家厨子走了"，"我家运气不好"。北平还有一种特别称呼，也是关于自称领位的。譬如女的向人说："你兄弟这样长那样短。""你兄弟"却是她丈夫；男的向人说："你侄儿这样短那样长。""你侄儿"却是他儿子。这也算对称替代自称，可是大规模的；用意可以说是"敬而近之"。因为"近"，才直称"你"。被领位若是事物，领位除可用替代外，也有用"尊"字的，如"尊行"（行次），"尊寓"，但少极；带滑稽味而上"尊"号的却多，如"尊口"，"尊须"，"尊靴"，"尊帽"等等。

外国的影响引我们抄近路，只用"你"，"我"，"他"，"我们"，"你们"，"他们"，倒也是干脆的办法；好在声调姿态变化是无穷的。"他"分为三，在纸上也还有用，口头上却用不着；读"她"为"I"，"它"或"牠"为"厶"，大可不必，也行不开去。"它"或"牠"用得也太洋味儿，真别扭，有些实在可用"这个""那个"。再说代词用得太多，好些重复是不必要的，而领位"的"字也用得太滥点儿。

佛 罗 伦 萨

佛罗伦萨(Florence)最教你忘不掉的是那色调鲜明的大教堂与在它一旁的那高耸入云的钟楼。教堂靠近闹市,在狭窄的旧街道与繁密的市房中,展开它那伟大的个儿,好像一座山似的。它的门墙全用大理石砌成,黑的红的白的线条相间着。长方形是基本图案,所以直线虽多,而不觉严肃,也不觉浪漫;白天里绕着教堂走,仰着头看,正像看达·芬奇的《蒙娜丽莎》(Mona Lisa)像,她在你上头,可也在你里头。

这不独是线形温和平静的缘故,那三色的大理石,带着它们的光泽,互相显映,也给你鲜明稳定的感觉;加上那朴素而黯淡的周围,衬托着这富丽堂皇的建筑,像给它打了很牢固的基础一般。夜晚就不同些;在模糊的街灯光里,这庞然的影子便有些压迫着你了。

教堂动工在十三世纪,但门墙只是十九世纪的东西;完成在一八八四年,算到现在才四十九年。教堂里非常简单,与门墙决不相同,只穹隆顶宏大而已。钟楼在教堂的右首,高二百九十二英尺,是乔托(Giotto,十四世纪)的杰作。乔托是意大利艺术的开山祖师;从这座钟楼可以看出他的大匠手。这也用颜色大理石砌成墙面;宽度与高度正合适,玲珑而不显单薄。

墙面共分七层:下四层很短,是打根基的样子,最上层最长,以助上耸之势。窗户越高越少越大,最上层只有一个;在长方形中有金字塔形的妙用。教堂对面是受洗所,以吉贝尔蒂(Ghiberti)做的铜门著名。有两扇最工,上刻《圣经》故事图十方,分远近如画法,但未免太工些;门上并有作者的肖像。米开朗琪罗(十六世纪)说过这两扇门真配做天上乐园的门,传为佳话。

教堂内容富丽的,要推送子堂,以《送子图》得名。门外廊子里有萨托(Sarto,十六世纪)的壁画,他自己和他太太都在画中;画家以自己或太太作模特儿是常见的。教堂里屋顶以金漆花纹界成长方格子,灿烂之极。门内左边有一神龛,明灯照耀,香花供养,墙上便是《送子图》。画的是天使送耶稣给童贞玛利亚,相传是天使的手笔。平常遮着不让我们俗眼看;每年只复活节的礼拜五揭开一次。这是塔斯干省最尊的神龛了。

美第奇(Medici)家庙也以富丽胜,但与别处全然不同。美第奇家是中古时大公爵,治佛罗伦萨多年。那时佛罗伦萨非常富庶,他们家穷极奢华;佛罗伦萨艺术的兴盛,一半便由于他们的爱好。这个家庙是历代大公爵家族的葬所。房屋是八角形,有穹隆顶;分两层,下层是坟墓,上层是雕像与纪念碑等。上层墙壁,全用各色上好大理石作面子,中间更用宝石嵌成花纹,地也用大理石嵌花铺成;屋顶是名人的画。光彩焕发,五色纷纶;嵌工最精细,平滑如天然。佛罗伦萨嵌石是与威尼斯嵌玻璃齐名的,美第奇家造这个庙,用过二千万元,但至今并未完成;雕像座还空着一大半,地也没有全铺好。旁有新庙,是米开朗琪罗所建,朴质无华;中有雕像四座,叫做《昼》《夜》《晨》《昏》,是纪念碑的装饰,是出于米开朗琪罗的手,颇有名。

十字堂是"佛罗伦萨的西寺","塔斯干的国葬院";前面是但丁的造像。米开朗琪罗与科学家格里雷的墓都在这里,但丁也有一座纪念碑;此外名人的墓还很多。佛罗伦萨与但丁有关系的遗迹,除这所教堂外,在送子堂附近是他的住宅;是一所老老实实的小砖房,带一座方楼,据说那时阔人家都有这种方楼的。他与他的情人佩特拉齐相遇,传说是在一座桥旁;这个情景常见于图画中。这座有趣的桥,照画看便是阿奴河上的三一桥;桥两头各有雕像两座,风光确是不坏。佩特拉齐的住宅离但丁的也不远;她葬在一个小教堂里,就在住宅对面小胡同内。

这个教堂双扉紧闭,破旧得可以,据说是终年不常开的。但丁与佩特拉齐的屋子,现在都已作别用,不能进去,只墙上钉些纪念的木牌而已。佩特拉齐住宅墙上有一块木牌,专钞但丁的诗两行,说他遇见了一个美人,却有些意思。还有一所教堂,据说原是但丁写《神曲》的地方;但书上没有,也许是"齐东野人"之语罢。米开朗琪罗住过的屋子在十字堂近旁,是他侄儿的住宅。

现在是一所小博物院,其中两间屋子陈列着米开朗琪罗塑的小品,有些是名作的雏形,都奕奕有神采。在这一层上,他似乎比但丁还有幸些。

佛罗伦萨著名的方场叫做官方场,据说也是历史的和商业的中心,比威尼斯的圣马克方场黯淡冷落得多。东边未周府,原是共和时代的议会,现在是市政府。

要看中古时佛罗伦萨的堡子,这便是个样子,建筑仿佛铜墙铁壁似的。门前有米开朗琪罗《大卫》(David)像的翻本(原件存本地国家美术院中)。府西是著名的喷泉,雕像颇多;中间阿波罗驾四马,据说是一块大理石凿成。但死板板的没有活气,与旁边有血有肉的《大卫》像一比,便看出来了。米开朗琪罗说这座像白费大理石,也许不错。府东是朗齐亭,原是人民会集的地方,里面有许多好的古雕像;其中一座像有两个面孔,后一个是作者自己。

方场东边便是乌费齐画院(Uffizi Gallery)。这画院是美第奇家立的,收藏十四世纪到十六世纪的意大利画最多;意大利画的精华荟萃于此,比那儿都好。乔托,波提切利(Botticelli,十五世纪),达·芬奇(十五世纪),拉斐尔(十六世纪),米开朗琪罗,提香的作品,这儿都有;波提切利和提香的最多。乔托,波提切利,达·芬奇都是佛罗伦萨派,重形线与构图;拉斐尔曾到佛罗伦萨,也受了些影响。

提香是威尼斯派,重着色。这两个潮流是西洋画的大别。波提切利的作品如《勃里马未拉的寓言》,《爱神的出生》等似乎最能代表前一派;达·芬奇的《送子图》,构图也极巧妙。提香的《佛罗拉像》和《爱神》,可以看出丰富的颜色与柔和的节奏。另有《蓝色圣母像》,沙琐费拉陀(Sossoferrato,十七世纪)所作,后来临摹的很多;《小说月报》曾印作插图。古雕像以《美第奇爱神》,《摔跤》为最:前者情韵欲流,后者精力饱满,都是神品。隔阿奴河有辟第(Pitti)画院,有长廊与乌费齐相通;这条长廊架在一座桥的顶上,里面挂着许多画像。辟第画院是辟第(LucaPitti)立的。他和美第奇是死冤家。

可是后来扩充这个画院的还是美第奇家。收藏的名画有拉斐尔的两幅《圣母像》,《福那利那像》与提香的《马达来那像》等。福那利那是拉斐尔的未婚妻,是他许多名作的模特儿。提香此幅和《佛罗拉像》作风相近,但金发飘拂,节奏更要生动些。

两个画院中常看见女人坐在小桌旁用描花笔蘸着粉临摹小画像,这种小画像是将名画临摹在一块长方的或椭圆的小纸上,装在小玻璃框里,作案头清供之用。因为地方太小，只能临摹半身像。这也是西方一种特别的艺术，颇有些历史。看画院的人走过那些小桌子旁，她们往往请你看她们的作品；递给你扩大镜让你看出那是一笔不苟的。每件大约二十元上下。她们特别拉住些太太们，也许太太们更能赏识她们的耐心些。

十字堂邻近，许多做嵌石的铺子。黑地嵌石的图案或带图案味的花卉人物等都好；好在颜色与光泽彼此衬托，恰到佳处。有几块小丑像，趣极了。但临摹风景或图画的却没有什么好。无论怎么逼真，总还隔着一层；嵌石决不能如作画那么灵便的。再说就使做得和画一般，也只是因难见巧，没有一点新东西在内。威尼斯嵌玻璃却不一样。他们用玻璃小方块嵌成风景图；这些玻璃块相似而不尽相同，它们所构成的不是一个简单的平面，而是许多颜色的点儿。你看时会觉得每一点都触着你，它们间的光影也极容易跟着你的角度变化；至少这"触着你"一层，画是办不到的。不过佛罗伦萨所用大理石，色泽胜于玻璃多多；威尼斯人虽会着色，究竟还赶不上。

撺 天 儿

《世说新语·品藻》篇有这么一段儿：

王黄门兄弟三人俱诣谢公。子猷，子重多说俗事，子敬寒温而已。既出，坐客问谢公，"向三贤孰愈？"谢公曰，"小者最胜。"客曰，"何以知之？"谢公曰，"'吉人之辞寡，躁人之辞多，'推此知之'。"

王子敬只谈谈天气，谢安引《易系辞传》的句子称赞他话少的好。《世说》的作者记他的两位哥哥"多说俗事"，那么，"寒温"就是雅事了。"寡言"向来认为美德，原无雅俗可说；谢安所赞美的似乎是"寒温'而已'"，刘义庆所着眼的却似乎是"'寒温'而已",他们的看法是不一样的。

"寡言"虽是美德,可是"健谈","谈笑风生",自来也不失为称赞人的语句。这些可以说是美才,和美德是两回事,却并不互相矛盾,只是从另一角度看人罢了。只有"花言巧语"才真是要不得的。古人教人寡言,原来似乎是给执政者和外交官说的。这些人的言语关系往往很大,自然是谨慎的好,少说的好。

后来渐渐成为明哲保身的处世哲学,却也有它的缘故。说话不免陈述自己,评论别人,这些都容易落把柄在听话人的手里。旧小说里常见的"逢人只说三分话,未可全抛一片心",就是教人少陈述自己。《女儿经》里的"张家长,李家短,他家是非你莫管",就是教人少评论别人。

这些不能说没有道理。但是说话并不一定陈述自己,评论别人,像谈谈天气之类。就是陈述自己,评论别人,也不一定就"全抛一片心",或道"张家长,李家短"。"戏法人人会变,各有巧妙不同",这儿就用得着那些美才了。但是"花言巧语"却不在这儿所谓"巧妙"的里头,那种人往往是别有用心的。所谓"健谈","谈笑风生",却只是无所用心的"闲谈","谈天","撩天儿"而已。

"撩天儿"最能表现"闲谈"的局面。一面是"天儿",是"闲谈"少不了的题目,一面是"撩","闲谈"只是东牵西引那么回事。这"撩"字抓住了它的神儿。

日常生活里,商量,和解,乃至演说,辩论等等,虽不是别有用心的说话,却还是有所用心的说话。只有"闲谈",以消遣为主;才可以算是无所为的,无所用心的说话。人们是不甘静默的,爱说话是天性,不爱说话的究竟是很少的。人们一辈子说的话,总计起来,大约还是闲话多,废话多;正经话太用心了,究竟也是很少的。

人们不论怎么忙,总得有休息;"闲谈"就是一种愉快的休息。这其实是不可少的。访问,宴会,旅行等等社交的活动,主要的作用其实还是闲谈。

西方人很能认识闲谈的用处。十八世纪的人说,说话是"互相传达情愫,彼此受用,彼此启发"的。十九世纪的人说,"谈话的本来目的不是增进知识,是消遣。"二十世纪的人说,"人的百分之九十九的谈话并不比苍蝇的哼哼更有意义些;可是他愿意哼哼。愿意证明他是个活人,不是个蜡人。谈话的目的,多半不是传达观念,而是要哼哼。"

"自然,哼哼也有高下;有的像蚊子那样不停地响,真叫人生气。可是在晚餐会上,人宁愿做蚊子,不愿做哑子。幸而大多数的哼哼是悦耳的,有些并且是快心的。"看!十八世纪还说"启发",十九世纪只说"消遣",二十世纪更只说"哼哼",一代比一代干脆,也一代比一代透彻了。闲谈从天气开始,古今中外,似乎一例。这正因为天气是个同情的话题,无人不知,无人不晓,而又无需乎陈述自己或评论别人。刘义庆以为是雅事,便是因为谈天气是无所为的,无所用心的。但是后来这件雅事却渐渐成为雅俗共赏了;闲谈又叫"谈天",又叫"撩天儿",一面见出天气在闲谈里的重要地位,一面也见出天气这个话题已经普遍化到怎样程度。因为太普遍化了,便有人嫌它古老,陈腐;他们简直觉得天气是个俗不可耐的题目。于是天气有时成为笑料,有时跑到讽刺的笔下去。

有一回,一对未婚的中国夫妇到伦敦结婚登记局里,是下午三四点钟了,天上云沉沉的,那位管事的老头儿却还笑着招呼说,"早晨好!天儿不错,不是吗?"朋友们传述这个故事,都当做笑话。鲁迅先生的《立论》也曾用"今天天气哈哈哈"讽刺世故人的口吻。那位老头儿和那种世故人来的原是"客套"话,因为太"熟套"了,有时就不免离了谱。但是从此可见谈天气并不一定认真的谈天气,往往只是招呼,只是应酬,至多也只是引子。笑话也罢,讽刺也罢,哼哼总得哼哼的,所以我们都不断的谈着天气。天气虽然是个老题目,可是风云不测,变化多端,未必就是个腐题目;照实际情形看,它还是个好题目。去年二月美大使詹森过昆明到重庆去。昆明的记者问他,"此次经滇越路,比上次来昆,有何特殊观感?"他答得很妙:"上次天气炎热,此次气候温和,天朗无云,旅行甚为平安舒适。"这是外交辞令,是避免陈述自己和评论别人的明显的例子。天气有这样的作用,似乎也就无可厚非了。

谈话的开始难,特别是生人相见的时候。从前通行请教"尊姓","台甫","贵处",甚至"贵庚"等等,一半是认真——知道了人家的姓字。当时才好称呼谈话,虽然随后大概是忘掉的多——,另一半也只是哼哼罢了。

自从有了介绍的方式,这一套就用不着了。这一套里似乎只有"贵处"一问还可以就答案发挥下去；别的都只能一答而止，再谈下去，就非换题目不可，那大概还得转到天气上去，要不然，也得转到别的一些琐屑的节目上去，如"几时到的？路上辛苦吧？是第一次到这儿罢？"之类。用介绍的方式，谈话的开始更只能是这些节目。

若是相识的人，还可以说"近来好吧？""忙得怎么样？"等等。这些琐屑的节目像天气一样是哼哼调儿，可只是特殊的调儿，同时只能说给一个人听，不像天气是普通的调儿，同时可以说给许多人听。所以天气还是打不倒的谈话的引子——从这个引子可以或断或连的牵搭到四方八面去。

但是在变动不居的非常时代，大家关心或感兴趣的题目多，谈话就容易开始，不一定从天气下手。

天气跑到讽刺的笔下，大概也就在这当儿。我们的正是这种时代。抗战，轰炸，政治，物价，欧战，随时都容易引起人们的谈话，而且尽够谈一个下午或一个晚上，无须换题目。新闻本是谈话的好题目，在平常日子，大新闻就能够取天气而代之，何况这时代，何况这些又都是关切全民族利害的！

政治更是个老题目，向来政府常禁止人们谈，人们却偏爱谈。袁世凯、张作霖的时代，北平茶楼多挂着"莫谈国事"的牌子，正见出人们的爱谈国事来。但是新闻和政治总还是跟在天气后头的多，除了这些，人们爱谈的是些逸闻和故事。这又全然回到茶余酒后的消遣了。还有性和鬼，也是闲谈的老题目。据说美国有个化学家，专心致志的研究他的化学，差不多不知道别的，可就爱谈性，不惜一晚半晚的谈下去。鬼呢，我们相信的明明很少，有时候却也可以独占一个晚上。不过这些都得有个引子，单刀直入是很少的。

谈话也得看是哪一等人。平常总是地位差不多职业相近似的人聚会的时候多，话题自然容易找些。若是聚会里夹着些地位相殊或职业不近的人，那就难点儿。

引子倒是有现成的，如上文所说种种，也尽够用了，难的是怎样谈下去。若是知识或见闻够广博的，自然可以抓住些新题目，适合这些特殊的客人的兴趣，同时还不至于冷落了别人。要不然，也可以发挥自己的熟题目，但得说成和天气差不多的雅俗共赏的样子。话题就难在这"共赏"或

"同情"上头。

不用说，题目的性质是一个决定的因子。可是无论什么地位什么职业的人，总还是人，人情是不相远的。谁都可以谈谈天气，就是眼前的好证据。

虽然是自己的熟题目，只要拣那些听起来不费力而可以满足好奇心的节目发挥开去，也还是可以共赏的。这儿得留意隐藏着自己，自己的知识和自己的身份。但是"自己"并非不能做题目，"自己"也是人，只要将"自己"当做一个不多不少的"人"陈述着，不要特别爱惜，更不要得意忘形，人们也会同情的。自己小小的错误或愚蠢，不妨公诸同好，用不着爱惜。自己的得意，若有可以引起一般人兴趣的地方，不妨说是有一个人如此这般，或者以多报少，像不说"很知道"而说"知道一点儿"之类。用自己的熟题目，还有一层便宜处。若有大人物在座，能找出适合他的口味而大家也听得进去的话题，固然很好，可是万一一说了外行话，就会引得那大人物或别的人肚子里笑，不如谈自己的倒是善于用短。无论如何，一番话总要能够教座中人悦耳快心，暂时都忘记了自己的地位和职业才好。

有些人只愿意人家听自己的谈话。一个声望高，知识广，听闻多，记性强的人，往往能够独占一个场面，滔滔不绝的谈下去。他谈的也许是若干牵搭着的题目，也许只是一个题目。若是座中只三五个人，这也可以是一个愉快的场面，虽然不免有人抱向隅之感。若是人多了，也许就有另行找伴儿搭话的，那就有些杀风景了。

这个独占场面的人若是声望不够高，知识和经验不够广，听话的可窘了。人多还可以找伴儿搭话，人少就只好干耗着，一面想别的。在这种聚会里，主人若是尽可能预先将座位安排成可分可合的局势，也许方便些。平常的闲谈可总是引申别人一点儿，自己也说一点儿，想着是别人乐意听听的；别人若乐意听下去，就多说点儿。还得让那默默无言的和冷冷儿的收起那长面孔，也高兴的听着。这才有意思。闲谈不一定增进人们的知识，可是对人对事得有广泛的知识，才可以有谈的；有些人还得常常读些书报，才不至于谈的老是那几套儿。并且得有好性儿，要不然，净闹别扭，真成了"话不投机半句多"了。

记性和机智不用说也是少不得的。记性坏，往往谈得忽断忽连的，教人始而闷气，继而着急。机智差，往往赶不上点儿，对不上茬儿。闲谈总是断片的多,大段的需要长时间,维持场面不易。又总是报告的描写的多,议论少。议论不能太认真,太认真就不是闲谈;可也不能太不认真,太不认真就不成其为议论;得斟酌乎两者之间,所以难。议论自然可以批评人,但是得泛泛儿的,远远儿的;也未尝不可骂人,但是得用同情口吻。你说这是戏!人生原是戏。戏也是有道理的,并不一定是假的。闲谈要有意思;所谓"语言无味",就是没有意思。不错,闲谈多半是费话,可是有意思的费话和没有意思的还是不一样。"又臭又长",没有意思;重复,矛盾,老套儿,也没有意思。"又臭又长"也是机智差,重复和矛盾是记性坏,老套儿是知识或见闻太可怜见的。所以除非精力过人,谈话不可太多,时间不可太久,免得露了马脚。古语道,"言多必失",这儿也用得着。还有些人只愿意自己听人家的谈话。这些人大概是些不大能,或不大爱谈话的。世上或者有"一锥子也扎不出一句话"的,可是少。那不是笨货就是怪人,可以存而不论。平常所谓不能谈话的,也许是知识或见闻不够用,也许是见的世面少。

这种人在家里,在亲密的朋友里,也能有说有笑的,一到了排场些的聚会,就哑了。但是这种人历练历练,能以成。也许是懒。这种人记性大概不好;懒得谈,其实也没谈的。还有,是矜持。这种人是"语不惊人死不休"的。他们在等着一句聪明的话,可是老等不着。——等得着的是"谈言微中"的真聪明人;这种人不能说是不能谈话,只能说是不爱谈话。不爱谈话的却还有深心的人;他们生怕露了什么口风,落了什么把柄似的,老等着人家开口。也还有谨慎的人,他们只是小心,不是深心;只是自己不谈或少谈,并不等着人家。这是明哲保身的人。向来所赞美的"寡言",其实就是这样的人。但是"寡言"原来似乎是针对着战国时代"好辩"说的。后世有些高雅的人,觉得话多了就免不了说到俗事上去,爱谈话就免不了俗气,这和"寡言"的本义倒还近些。这些爱"寡言"的人也有他们的道理,谢安和刘义庆的赞美都是值得的。不过不能谈话不爱谈话的人,却往往更愿意听人家的谈话,人情究竟是不甘静默的。

就算谈话免不了俗气,但俗的是别人,自己只听听,也乐得的。一位英国的无名作家说过:"良心好,不愧于神和人,是第一件乐事,第二件乐事就是谈话。"就一般人看,闲谈这一件乐事其实是不可少的。

论书生的酸气

读书人又称书生。这固然是个可以骄傲的名字,如说"一介书生","书生本色",都含有清高的意味。但是正因为清高,和现实脱了节,所以书生也是嘲讽的对象。

人们常说"书呆子"、"迂夫子"、"腐儒"、"学究"等,都是嘲讽书生的。"呆"是不明利害,"迂"是绕大弯儿,"腐"是顽固守旧,"学究"是指一孔之见。

总之,都是知古不知今,知书不知人,食而不化的读死书或死读书,所以在现实生活里老是吃亏、误事、闹笑话。总之,书生的被嘲笑是在他们对于书的过分的执著上;过分的执著书,书就成了话柄了。

但是还有"寒酸"一个话语,也是形容书生的。"寒"是"寒素",对"膏粱"而言。是魏晋南北朝分别门第的用语。"寒门"或"寒人"并不限于书生,武人也在里头;"寒士"才指书生。这"寒"指生活情形,指家世出身,并不关涉到书;单这个字也不含嘲讽的意味。加上"酸"字成为连语,就不同了,好像一副可怜相活现在眼前似的。"寒酸"似乎原作"酸寒"。韩愈《僻士》诗,"酸寒溧阳尉",指的是孟郊。后来说"郊寒岛瘦",孟郊和贾岛都是失意的人,作的也是失意诗。"寒"和"瘦"映衬起来,够可怜相的,但是韩愈说"酸寒",似乎"酸"比"寒"重。可怜别人说"酸寒",可怜自己也说"酸寒",所以苏轼有"故人留饮慰酸寒"的诗句。陆游有"书生老瘦转酸寒"的诗句。"老瘦"固然可怜相,感激"故人留饮"也不免有点儿。范成大说"酸"是"书生气味",但是他要"洗尽书生气味酸",那大概是所谓"大丈夫不受人怜"罢?

为什么"酸"是"书生气味"呢?怎么样才是"酸"呢?话柄似乎还是在书上。

我想这个"酸"原是指读书的声调说的。晋以来的清谈很注重说话的声调和读书的声调。说话注重音调和辞气,以朗畅为好。读书注重声调,从《世说新语·文学》篇所记殷仲堪的话可见;他说,"三日不读《道德经》,便觉舌本闲强",说到舌头,可见注重发音,注重发音也就是注重声调。

《任诞》篇又记王孝伯说："名士不必须奇才，但使常得无事，痛饮酒，熟读《离骚》，便可称名士。"这"熟读《离骚》"该也是高声朗诵，更可见当时风气。《豪爽》篇记"王司州（胡之）在谢公（安）坐，咏《离骚》、《九歌》'入不言兮出不辞，乘回风兮载云旗'，语人云，'当尔时，觉一坐无人。'"正是这种名士气的好例。读古人的书注重声调，读自己的诗自然更注重声调。《文学》篇记着袁宏的故事：

袁虎（宏小名虎）少贫，尝为人佣载运租。谢镇西经船行，其夜清风朗月，闻江渚间估客船上有咏诗声，甚有情致，所诵五言，又其所未尝闻，叹美不能已。即遣委曲讯问，乃是袁自咏其所作咏史诗。因此相要，大相赏得。

从此袁宏名誉大盛，可见朗诵关系之大。此外《世说新语》里记着"吟啸"，"啸咏"，"讽咏"，"讽诵"的还很多，大概也都是在朗诵古人的或自己的作品罢。

这里最可注意的是所谓"洛下书生咏"或简称"洛生咏"。《晋书·谢安传》说：

安本能为洛下书生咏。有鼻疾，故其音浊。名流爱其咏而弗能及，或手掩鼻以效之。

《世说新语·轻诋》篇却记着：

人间顾长康"何以不作洛生咏？"答曰，"何至作老婢声！"

刘孝标注，"洛下书生咏音重浊，故云'老婢声'。"所谓"重浊"，似乎就是过分悲凉的意思。当时诵读的声调似乎以悲凉为主。王孝伯说"熟读《离骚》，便可称名士"，王胡之在谢安坐上咏的也是《离骚》、《九歌》，都是《楚辞》。

当时诵读《楚辞》，大概还知道用楚声楚调，乐府曲调里也正有楚调。而楚声楚调向来是以悲凉为主的。

当时的诵读大概受到和尚的梵诵或梵唱的影响很大，梵诵或梵唱主要的是长吟，就是所谓"咏"。《楚辞》本多长句，楚声楚调配合那长吟的梵调，相得益彰，更可以"咏"出悲凉的"情致"来。

袁宏的咏史诗现存两首，第一首开始就是"周昌梗概臣"一句，"梗概"就是"慷慨"，"感慨"；"慷慨悲歌"也是一种"书生本色"。沈约《宋书·谢灵运传》论所举的五言诗名句，钟嵘《诗品·序》里所举的五言诗名句和名篇，差不多都是些"慷慨悲歌"。

《晋书》里还有一个故事。晋朝曹摅的《感旧》诗有"富贵他人合，贫贱亲戚离"两句。

后来殷浩被废为老百姓，送他的心爱的外甥回朝，朗诵这两句，引起了身世之感，不觉泪下。

这是悲凉的朗诵的确例。

但是自己若是并无真实的悲哀，只去学时髦，捏着鼻子学那悲哀的"老婢声"的"洛生咏"，那就过了分，那也就是赵宋以来所谓"酸"了。

唐朝韩愈有《八月十五夜赠张功曹》诗，开头是：

纤云四卷天无河，
清风吹空月舒波，
沙平水息声影绝，
一杯相属君当歌。

接着说：

君歌声酸辞且苦，
不能听终泪如雨。

接着就是那"酸"而"苦"的歌词：

洞庭连天九疑高，
蛟龙出没猩鼯号。
十生九死到官所，

幽居默默如藏逃。
下床畏蛇食畏药，
海气湿蛰熏腥臊。
昨者州前槌大鼓，
嗣皇继圣登夔皋。
赦书一日行万里，
罪从大辟皆除死。
迁者追回流者还，
涤瑕荡垢朝清班。
州家申名使家抑，
坎坷只得移荆蛮。
判司卑官不堪说，
未免捶楚尘埃间。
同时辈流多上道，
天路幽险难追攀！

张功曹是张署，和韩愈同被贬到边远的南方，顺宗即位。只奉命调到
近一些的江陵做个小官儿，还不得回到长安去，因此有了这一番冤苦的
话。这是张署的话，也是韩愈的话。但是诗里却接着说：

君歌且休听我歌，
我歌今与君殊科。

韩愈自己的歌只有三句：

一年明月今宵多，
人生由命非由他，
有酒不饮奈明何！

他说认命算了，还是喝酒赏月罢。这种达观其实只是苦情的伪装而
已。前一段"歌"虽然辞苦声酸，倒是货真价实，并无过分之处，由那"声

酸"知道吟诗的确有一种悲凉的声调,而所谓"歌"其实只是讽咏。大概汉朝以来不像春秋时代一样,士大夫已经不会唱歌,他们大多数是书生出身,就用讽咏或吟诵来代替唱歌。他们——尤其是失意的书生的苦情就发泄在这种吟诵或朗诵里。

战国以来,唱歌似乎就以悲哀为主,这反映着动乱的时代。《列子·汤问》篇记秦青"抚节悲歌,声振林木,响遏行云",又引秦青的话,说韩娥在齐国雍门地方"曼声哀哭,一里老幼悲愁垂涕相对,三日不食",后来又"曼声长歌,一里老幼,善跃抃舞,弗能自禁"。

这里说韩娥虽然能唱悲哀的歌,也能唱快乐的歌,但是和秦青自己独擅悲歌的故事来看,就知道还是悲歌为主。再加上齐国杞梁的妻子哭倒了城的故事,就是现在还在流行的孟姜女哭倒长城的故事,悲歌更为动人,是显然的。书生吟诵,声酸辞苦,正和悲歌一脉相传。

但是声酸必须辞苦,辞苦又必须情苦;若是并无苦情,只有苦辞,甚至连苦辞也没有,只有那让人酸鼻的声调,那就过了分,不但不能动人,反要遭人嘲弄了。书生往往自命不凡,得意的自然有,却只是少数,失意的可太多了。所以总是叹老嗟卑,长歌当哭,哭丧着脸一副可怜相。朱子在《楚辞辨证》里说汉人那些模仿的作品"诗意平缓,意不深切,如无所疾痛而强为呻吟者"。"无所疾痛而强为呻吟"就是所谓"无病呻吟"。

后来的叹老嗟卑也正是无病呻吟。有病呻吟是紧张的,可以得人同情,甚至叫人酸鼻,无病呻吟,病是装的,假的,呻吟也是装的,假的,假装可以酸鼻的呻吟,酸而不苦像是丑角扮戏,自然只能逗人笑了。

苏东坡有《赠诗僧道通》的诗:

雄豪而妙苦而腴,
只有琴聪与蜜殊。
语带烟霞从古少,
气含蔬笋到公无。

查慎行注引叶梦得《石林诗话》说:

近世僧学诗者极多,皆无超然自得之趣,往往摄拾模仿士大夫所残

弃,又自作一种体,格律九俗,谓之"酸馅气"。子瞻……尝语人云,"颇解
'蔬笋'语否?为无'酸馅气'也。"闻者无不失笑。

东坡说道通的诗没有"蔬笋"气,也就没有"酸馅气",和尚修苦行,吃
素,没有油水,可能比书生更"寒"更"瘦";一味反映这种生活的诗,好像酸
了的菜馒头的馅儿,干酸,吃不得,闻也闻不得,东坡好像是说,苦不妨苦,
只要"苦而腴",有点儿油水,就不至于那么扑鼻酸了。

这酸气的"酸"还是从"声酸"来的。而所谓"书生气味酸"该就是指的
这种"酸馅气"。和尚虽苦,出家人原可"超然自得",却要学吟诗,就染上
书生的酸气了。书生失意的固然多,可是叹老嗟卑的未必真的穷苦到他
们嗟叹的那地步;倒是"常得无事",就是"有闲",有闲就无聊,无聊就作成
他们的"无病呻吟"了。

宋初西昆体的领袖杨亿讥笑杜甫是"村夫子",大概就是嫌他叹老嗟
卑的太多。但是杜甫"窃比稷与契",嗟叹的其实是天下之大,决不止于自
己的鸡虫得失。杨亿是个得意的人,未免忘其所以,才说出这样不公道的
话。可是像陈师道的诗,叹老嗟卑,吟来吟去,只关一己,的确叫人腻味。
这就落了套子,落了套子就不免有些"无病呻吟",也就是有些"酸"了。

道学的兴起表示书生的地位加高,责任加重,他们更其自命不凡了,
自嗟自叹也更多了。就是眼光如豆的真正的"村夫子"或"三家村学究",
也要哼哼唧唧的在人面前卖弄那背得的几句死书,来嗟叹一切,好搭起自
己的读书人的空架子。鲁迅先生笔下的"孔乙己",似乎是个更破落的读
书人,然而"他对人说话,总是满口之乎者也,教人半懂不懂的。"人家说他
偷书,他却争辩着,"窃书不能算偷……窃书!……读书人的事,能算偷
么?""接连便是难懂的话,什么'君子固穷',什么'者乎'之类,引得众人都
哄笑起来。"孩子们看着他的茴香豆的碟子。

孔乙己着了慌,伸开五指将碟子罩住,弯下腰去说道,"不多了,我已
经不多了。"直起身又看一看豆,自己摇头说,"不多不多!多乎哉?不多
也!"于是这一群孩子都在笑声里走散了。

破落到这个地步,却还只能"满口之乎者也",和现实的人民隔得老远

的，"酸"到这地步真是可笑又可怜了。"书生本色"虽然有时是可敬的，然而他的酸气总是可笑又可怜的。最足以表现这种酸气的典型，似乎是戏台上的文小生，尤其是昆曲里的文小生，那哼哼唧唧、扭扭捏捏、摇摇摆摆的调调儿，真够"酸"的！这种典型自然不免夸张些，可是许差不离儿罢。

向来说"寒酸"、"穷酸"，似乎酸气老聚在失意的书生身上。得意之后，见多识广，加上"一行作吏，此事便废"，那时就会不再执著在书上，至少不至于过分的执著在书上，那"酸气味"是可以多多少少"洗"掉的。而失意的书生也并非都有酸气。他们可以看得开些，所谓达观，但是达观也不易，往往只是伪装。他们可以看远大些，"梗概而多气"是雄风豪气，不是酸气。

至于近代的知识分子，让时代逼得不能读死书或死读书，因此也就不再执著那些古书。文言渐渐改了白话，吟诵用不上了；代替吟诵的是又分又合的朗诵和唱歌。最重要的是他们看清楚了自己，自己是在人民之中，不能再自命不凡了。他们虽然还有些闲，可是要"常得无事"却也不易。他们渐渐丢了那空架子，脚踏实地向前走去。

早些时还不免带着感伤的气氛，自爱自怜，一把眼泪一把鼻涕的；这也算是酸气，虽然念诵的不是古书而是洋书。可是这几年时代逼得更紧了，大家只得抹干了鼻涕眼泪走上前去。这才真是"洗尽书生气味酸"了。

说　梦

伪《列子》里有一段梦话，说得甚好：

"周之尹氏大治产，其下趣役者，侵晨昏而不息。有老役夫筋力竭矣，而使之弥勤。昼则呻呼而即事，夜则昏惫而熟寐。精神荒散，昔昔梦为国君；居人民之上，总一国之事；游燕宫观，恣意所欲，其乐无比。觉则复役人。……尹氏心营世事，虑钟家业，心形俱疲，夜亦昏惫而寐。昔昔梦为人仆：趋走作役，无不为也；数骂杖挞，无不至也。眠中呓呻呼，彻旦息焉。……"

　　此文原意是要说出"苦逸之复，数之常也，若欲觉梦兼之，岂可得邪？"这其间大有玄味，我是领略不着的。我只是断章取义地赏识这件故事的自身，所以才老远地引了来。我只觉得梦不是一件坏东西。

　　即真如这件故事所说，也还是很有意思的。因为人生有限，我们若能夜夜有这样清楚的梦，则过了一日，足抵两日，过了五十岁，足抵一百岁；如此便宜的事，真是落得的。至于梦中的"苦乐"，则照我素人的见解，毕竟是"梦中的"苦乐，不必斤斤计较的。若必欲斤斤计较，我要大胆地说一句：他和那些在墙上贴红纸条儿，写着"夜梦不祥，书破大吉"的，同样地不懂得梦！

　　但庄子说道，"至人无梦。"伪《列子》里也说道，"古之真人，其觉自忘，其寝不梦。"——张湛注曰，"真人无往不忘，乃当不眠，何梦之有？"可知我们这几位先哲不甚以做梦为然，至少也总以为梦是不大高明的东西。但孔子就与他们不同，他深以"不复梦见周公"为憾，他自然是爱做梦的，至少也是不反对做梦的。——殆所谓时乎做梦则做梦者欤？我觉得"至人"，"真人"，毕竟没有我们的份儿，我们大可不必妄想。只看"乃当不眠"一个条件，你我能做到么？唉，你若主张或实行"八小时睡眠"，就别想做"至人"，"真人"了！但是，也不用担心，还有为我们捐木梢的：我们知道，愚人也无梦！他们是一枕黑甜，哼呵到晓，一些儿梦的影子也找不着的！我们徼幸还会做几个梦，虽因此失了"至人"，"真人"的资格，却也因此而得免于愚人，未尝不是运气。至于"至人"，"真人"之无梦和愚人之无梦，究竟有何分别？却是一个难题。我想偷懒，还是撮拾上文说过的话来答吧："真人……乃当不眠，……"而愚人是"一枕黑甜，哼呵到晓"的！再加一句，此即孔子所谓"上智与下愚不移"也。说到孔子，孔子不反对做梦，难道也做不了"至人"，"真人"？我说，"唯唯，否否！"孔子是"圣人"，自有他的特殊的地位，用不着再来争"至人"，"真人"的名号了。但得知道，做梦而能梦周公，才能成其所以为圣人；我们也还是够不上格儿的。

　　我们终于只能做第二流人物。但这中间也还有个高低。高的如我的朋友P君：他梦见花，梦见诗，梦见绮丽的衣裳，……真可算得有梦皆甜了。低的如我：我在江南时，本忝在愚人之列，照例是漆黑一团地睡到天光；不过得声明，哼呵是没有的。北来以后，不知怎样，陡然聪明起来，夜夜有梦，而且不一其梦。但我究竟是新升格的，梦尽管做，却做不着一个清清楚楚的梦！成夜地乱梦颠倒，醒来不知所云，恍然若失。最难堪的是每早将醒未醒之际，残梦依人，腻腻不去；忽然双眼一睁，如坠深谷，万象寂然——只有一角日光在墙上痴痴地等着！我此时决不起来，必凝神细想，欲追回梦中滋味于万一，但照例是想不出，只惘惘然茫茫然似乎怀念着些什么而已。虽然如此，有一点是知道的：梦中的天地是自由的，任你徜徉，任你翱翔；一睁眼却就给密密的麻绳绑上了，就大大地不同了！我现在确乎有些精神恍惚，这里所写的就够教你知道。但我不因此诅咒梦，我只怪我做梦的艺术不佳，做不着清楚的梦。若做着清楚的梦，若夜夜做着清楚的梦，我想精神恍惚也无妨的。

照现在这样一大串儿糊里糊涂的梦，直是要将这个"我"化成漆黑一团，却有些儿不便。是的，我得学些本事，今夜做他几个好好的梦。我是彻头彻尾赞美梦的，因为我是素人，而且将永远是素人。

加尔东尼市场

在北平住下来的人，总知道逛庙会逛小市的趣味。你来回踱着，这儿看看，那儿站站；有中意的东西，磋磨磋磨价钱，买点儿回去让人一看，说真好；再提价钱，说哪有这么巧的。你这一乐，可没白辛苦一趟！要什么都没买成，那也不碍；就凭看中的一两件三四件东西，也够你讲讲说说的。再说在市上流连一会子；到底过了"蘑菇"的瘾，还有什么抱怨的？

伦敦人纷纷上加尔东尼市场(Caldoni Market)，也正是这股劲儿。房东太太客厅里炉台儿上放着一个手榴弹壳，是盛烟灰用的。比甜瓜小一点，面上擦得精亮，方方的小块儿，界着又粗又深的黑道儿，就是蛮得好，傻得好。房东太太说还是她家先生在世时逛加尔东尼市场买回来的。她说这个市场卖旧货,可以还价,花样不少,有些是偷来的,倒也有好东西;去的人可真多。市场只在星期二星期五上午十时至下午四时开放,有些像庙会;市场外另有几家旧书旧货铺子,却似乎常做买卖,又有些像小市。

先到外头一家旧书铺。没窗没门。仰面灰蓬蓬的,土地,刚下完雨,门口还积着个小小水潭儿。从乱书堆中间进去,一看倒也分门别类的。"文学"在里间,空气变了味,扑鼻子一阵阵的——到如今三年了,不忘记,可也叫不出什么味。《圣经》最多,整整一箱子。不相干的小说左一堆右一堆;却也挑出了一本莎翁全集,几本正正经经诗选。莎翁全集当然是普通本子,可是只花了九便士,才合五六毛钱。铺子里还卖旧话匣片子,不住地开着让人听,三五个男女伙计穿梭似的张罗着。别几家铺子没进去,外边瞧了瞧,也一团灰土气。

市场门口有小牌子写着开放日期,又有一块写着"谨防扒手"——伦敦别处倒没见过这玩意儿。地面大小和北平东安市场差不多,一半带屋顶,一半露天;干净整齐,却远不如东安市场。满是摊儿,屋里没有地摊儿,露天里有。

摆摊儿的,男女老少,色色俱全;还有缠着头的印度人。卖的是日用什物,布匹,小摆设;花样也不怎样多,多一半古旧过了头。有几件日本瓷器,中国货色却不见。也有卖吃的,卖杂耍的。蹓了半天,看见一个铜狮子镇纸,够重的,狮子颇有点威武;要价三先令(二元余),还了一先令,没买成。快散了,却瞥见地下大大的厚厚的一本册子,拿起来翻着,原来是书纸店里私家贺年片的样本。这些旧贺年片虽是废物,却印得很好看,又各不相同;问价钱才四便士,合两毛多,便马上买了。出门时又买了个擦皮鞋的绒卷儿,也贱——到现在还用着。这时正愁大册子夹着不便,抬头却见面前立着个卖硬纸口袋的,大小都有,买了东西的人,大概全得买上那么一只;这当口门外沿路一直到大街上,挨挨擦擦的,差不离尽是提纸口袋的。——我口袋里那册贺年片样本,回国来让太太小姐孩子们瞧,都爱不释手;让她们猜价儿,至少说四元钱。我忍不住要想,逛那么一趟加尔东尼,也算值得了。